史上第一混亂

卷三 天馬行空

張小花——著

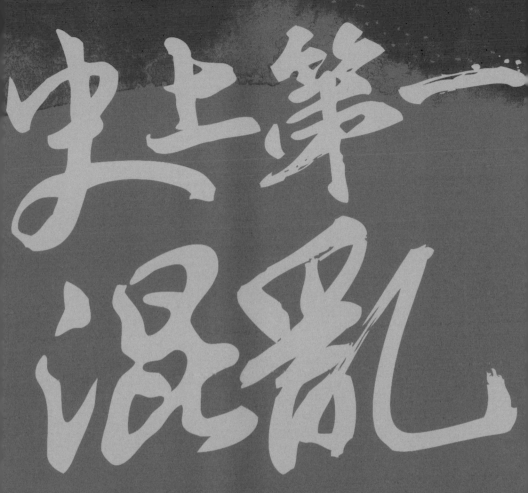

目錄

Contents

第一章

四面楚歌

我跟李師師說：

「表妹，明天你找機會開溜，張冰如果不逃跑，那羽哥就有戲了。」

項羽愣愣地說：「你們不能這樣吧？」

我對他說：「羽哥，現在你又到了『四面楚歌』的境地了，

你再不『破釜沉舟』，可就什麼都完了！」

「咚！」我腦袋硬生生把炕桌砸出一個坑，嘩啦啦一陣響，杯盤碗筷掉了一地，外面的人一聽，以為我們打起來了，包子她媽第一個躥了進來，叫道：「有話好好說！」後面緊跟著眾人，包子無比緊張地探頭往裡看著，項羽就在她身邊。

老項示意他們退下，心平氣和地說：「我知道你不信，我有照片為證的。」

難道項羽跟他拍過照？老項把手裡的照片遞給我，我一看簡直就是嬴胖子的作品翻版，滿是褶皺的黑白照片裡一片清冷，一個瘦老頭握著一個斯文男人的手在乾笑，不過看年代確實很古早了。

我啞著嗓子問：「這就是項羽？」

老項指著照片裡的瘦老頭說：「這是我爺爺，也就是包子的曾祖，這是民國時的照片，當時我爺爺把祖宗傳下來的一個扳指捐給了縣裡，旁邊那人是縣長，經過專家鑑定，那可確實是秦末的東西啊，後來縣裡還給發的憑證和獎狀，你要看嗎……」

我只覺陣陣暈眩，老項居然是項羽也不知道幾十代的孫子，那我豈不是成了他幾十代的孫女婿？以後我該叫他什麼，羽哥祖宗？羽祖宗哥？

蒼天啊，大地啊，這是哪位天使大姐跟我玩的遊戲啊？

這個突發事件直接導致我渾渾噩噩地度過了後面的時間，好像還跟老項定了婚期——也可能沒定，我腦子實在太亂了。

不過最後的結果倒是挺皆大歡喜，老兩口一直把我們送到車上，老項還拍了拍項羽的肩膀說：「小夥子，開車小心點……」

在車上，我一直沉默著，包子擺弄著那束康乃馨，一邊問我：「哎，你跟我爸怎麼說的啊？」

她問了我半天我才勉強回過神來，反問她：「你為什麼不把花送給你媽？」

包子輕蔑地切了一聲說：「你看我媽是那種喜歡花的人嗎？送她這個還不如送她一把韭菜。」

我點點頭，又沉默了。

最後快到家門口的時候，我跟包子說：「一會兒下車你把花獻給大個兒吧，就當給祖宗上墳了。」

到家以後，包子故意落後幾步，我鎖好車正要上樓，包子一拉我，低聲問：「你到底和我爸怎麼說的？」

我心亂如麻，隨口說：「反正你爸把你給我了，你以後就是蕭項氏。」

「聘金給多少？」

「五萬。」

「啊？」包子驚叫一聲，又懷疑地說：「到底是多少？」

我說：「真的五萬，我跟你爸說，先給兩萬，剩下的過門前一天再給，你爸不答應，後來我說那先給三萬，過門的時候再給剩下的兩萬，你爸就樂意了，不愧是學會計的，對數字相當敏感。」

包子抽了我一巴掌，然後登登登跑上樓去，說：「我自己打電話問我爸。」她上了樓就鑽進臥室看電視去了，還拉上了李師師。

我上樓把外衣掛好，就見秦始皇劉邦他們都坐在自己的位置，眼巴巴地等著我。

項羽摩拳擦掌地說：「小強，明天我該怎麼做？」

我看著他很不自在地說：「羽……哥……你這次真的準備好了？」

項羽堅定地點點頭。

「……那好，我們的計畫不用大改，今天是張冰請師師吃飯，明天讓她回請，你繼續出現……」

項羽想像了一下，忽然又緊張地說：「第一句話我該怎麼說？」

我立刻一擺手：「不用了，咱們想別的方案吧。」

劉邦笑道：「其實小籍已經想好辦法了，他受了今天的啟發，決定先從張冰的爺爺下手。」

「哦？」我好奇地看著項羽，見他又是自信滿滿的樣子。愛情的力量真是偉大，逼得匹夫之勇的楚霸王都學會用釜底抽薪這一計了。

「我問過師師了，」項羽說：「每週六阿虞都會回家看望爺爺，明天就是週六了……」

項羽把那張畫過地圖的報紙找出來，用大手在學校和舊區委宿舍之間來回指點著，皺眉道：「現在只剩一個難題，那就是怎麼讓師師再次接近阿虞。」

「歪（那）簡單滴很，讓絲絲（師師）守在嘴兒（這），假裝又碰上咧不就行了麼？」秦始皇抄起鉛筆在區委宿舍周圍畫著圈圈。

劉邦看了一眼項羽說：「真是難以置信，你打了那麼多年的仗，連一點排兵佈陣也不會。」

項羽也不著惱，搓著手說：「辦法倒是好辦法，可是誰知道阿虞會從哪條路回家？」他搶過秦始皇的鉛筆，在他畫過的圈上重複畫著，思考地說：「師師該在哪裡跟她碰面？」

劉邦咂咂嘴說：「要是有幅戰略地圖就好了，或者有一隊哨兵也行。」

我想了一會兒，跑下樓去把筆電抱上來，打開，找到一個「G」的入口圖案點進去，然後出現了路標的畫面，一干人大眼瞪小眼，問：「這是什麼？」

我打個響指說：「真是難以置信，你們都來這麼久了，連谷歌也不知道。」

我找到我們所在的地方，指著畫面上一棟小樓，對滿頭霧水的劉邦道：「還沒看出來嗎，我們現在就在這裡。」

劉邦馬上認出了巷口的麻將館，隨著畫面慢慢清晰，甚至連門口的花盆和鄰居家晾衣服的繩子都隱約可見。

劉邦駭然道：「當初要有這麼一幅圖，打仗可就省事多了。」

秦始皇奇道：「天哈（下）是圓滴？」

荊軻鄙夷地看了他一眼說：「怎麼可能？那底下的人不是掉下去了？」然後指著我們的小樓說：「能看見裡面的人不？」

面對他們各式各樣的問題，我只能說：「咱們先討論羽哥的問題，一會兒我再跟你們解釋現代科技。」

以前的區委大樓並不難找，區委宿舍就在它的後面，我這才發現以前迎街的區委大樓已經被後起的商業大樓擋了個嚴嚴實實，而去往宿舍的路更是被擠得只剩一條小道，我指著這截羊腸小路說：「這是張冰的必經之路，讓師師守在這裡就萬無一失了。」

荊軻忽然說：「這麼荒的一條小路誰會去？」

我們一起大驚，暗道慚愧，連傻子都想到這一點了，看來不找個充足的理由是不行的。

劉邦托著下巴說：「就說師師在這裡有親戚。」

秦始皇搖頭：「太巧咧吧？再社（說），這麼小的地方，相互都叫滴上名來，張冰要問起來咋辦？」

我們都默然，然後絞盡腦汁地想著藉口，氣氛相當肅穆。

這時李師師出來上洗手間，看見我們一臉癡呆的樣子，走過來關切地問：「你們這是怎麼了？」

我把電腦螢幕扳向她，跟她大概說明了一下情況，說：「這裡是張冰的必經之路，可是我們實在想不出你出現在那裡的理由。」

李師師深深地看了我們一眼，掏出電話，「喂張冰嗎，明天一起去逛街好不好？……哦對，你還得看望爺爺，我能和你一起去嗎？……好，那我就在那等你。」

李師師「啪」一下扣好電話，再掃我們一眼，說：「真是難以置信，你們居然把這麼簡單的事搞得這麼複雜。」說完揚長而去。

我們面面相覷，瞠目結舌，過了好半天我才打著哈哈說：「這就叫智者千慮必有一失呀，哈哈哈。」（作者按：智者千慮必有一失，一說出自《史記》，一說出自《晏子春秋》，這裡採用第一種說法，也就是在劉邦項羽之後。）

劉邦使勁點頭：「嗯嗯，就是，我喜歡這句話。」

秦始皇：「這話誰社（說）滴，對滴很麼。」

還沒等荊軻說話，我馬上說出了後半句：「愚者千慮必有一得。」

荊軻想了半天，說：「前一句就說得挺好的。」

我合上電腦說：「好了，現在我們繼續討論後面的事情——師師跟著張冰去過她家之後，可以再帶著羽哥以順路拜訪為藉口去接觸她爺爺，羽哥，你是這麼想的嗎？」

項羽點點頭說：「最好能讓師師第一次去就探聽出阿虞爺爺的愛好……」說到這，項羽很為自己的老謀深算感到難為情，嘿嘿笑道，「這都是跟小強學的。對了小強，項老伯在屋裡跟你說什麼了？」

我大驚道：「你別叫他老伯。」

項羽道：「我說的是包子她爸，我不叫老伯叫什麼？」

「……叫小項就行了。」

第二天李師師一早就走了，劉邦也找黑寡婦去了，秦始皇在玩遊戲，荊軻和趙白臉在樓下「練劍」，項羽站在窗口凝神遠望，我知道他心裡還是不能平靜。

我調出秦始皇拍的那些照片翻著，說：「羽哥，別慌，順利的話，師師明天就能帶你殺進嫂子的大本營，對付老頭咱就拿手了。老頭嘛，無非喜歡個古董字畫，就算他爺爺以前是副區長，李白的真跡肯定沒見過吧，要是不識貨，光喜歡熱鬧的就更好辦了，我讓聖手書生蕭讓把『八榮八恥』用顏筋柳骨寫出來送他……」

我忽然一機靈，說：「說不定老爺子好弄幾下武把抄，那可就事半功倍了，你想想，張冰為什麼別的不學專學舞蹈，八成是受了爺爺的言傳身教。」

項羽也興奮起來，說：「別的我不行，馬上步下的功夫自問天下還罕有對手。」

我站起來繞了兩圈，說：「不行，老頭們要練最多練練太極拳，你見哪個老頭每天綽著一百多斤的大槍撒歡？」

「太極拳是什麼拳？」

我打量了一下項羽，虎虎生威如同天神一樣的漢子，很難想像他練太極拳是什麼樣子，這跟讓西施手使兩把板斧是一個道理：太不協調了。老頭們還愛玩什麼？下象棋、抖空竹、踢毽子、鬥蛐蛐……這怎麼越來越不靠譜，哪個場景也安不進項羽這個大塊頭去呀。

沒一會兒，李師師居然回來了，臉色很不好看，項羽小心翼翼地問：「師師，怎麼了？」

李師師端起水杯喝著，說：「張冰臨時有排練，被叫回去了。」

我興奮地說：「那敢情好啊，咱們現在就直奔張冰她爺爺家。」

李師師很抱歉地看了一眼項羽說：「項大哥，還是想別的辦法吧。」

項羽看出不尋常來，問：「怎麼了到底？」

「張冰的爺爺……」

我們一起湊上去豎起耳朵聽著。

「張冰的爺爺完全癱了，聽張冰說，他爺爺以前受過傷，影響到了脊椎神經，現在已經到了很嚴重的程度，老頭每天只能躺在床上，根本無法和人說話了。」

「她奶奶呢？」我問。

「她奶奶去世多年了，家裡只有一個老保姆在照顧老頭。」

項羽「哎呀」一聲坐倒在沙發裡，半晌無語。我急忙安慰他：「羽哥別灰心，這就叫好事多磨。」

李師師也坐在那，默默喝著水。

項羽忽然站起說：「我還是要去看看他。」

「啊？」我詫異地說：「你還指望老頭能跟你弓刀石馬步箭呢？」

項羽緩緩道：「那他畢竟也是阿虞的爺爺，我去看看也應該。」

李師師點點頭說：「這樣也好，不過，不用指望他會喜歡你了。」

我腦筋一轉，馬上說：「不用他喜歡你，一個善良的青年經常去探望癱瘓的老人，因此而俘獲了少女的芳心——羽哥，你可以啊，這也是一種泡妞方法嘛。」

李師師也是眼睛一亮，嬌笑道：「表哥壞心眼就是多，這麼做確實也是個辦法，不過時間可能要拖得長一點了，最起碼你要和張冰見面又得下個禮拜六了。」

項羽搖搖頭說：「我沒想那麼多，如果沒有阿虞的爺爺，也就沒有阿虞，我應該去謝謝他的。」

這不廢話嗎，沒有他還沒有包子呢，我是該謝他呢還是該恨他呢？

我說：「說走就走，行動。」

在路上，項羽問我：「你說我該買點什麼見面禮呢？」

我說：「隨便買點吧，第一次見面，又是打著順路探望的旗號，禮品太貴重也不好。」

項羽點頭。

我們在一家禮品店買了盒蜂蜜和牛奶，繼續上路。

結果眼看快到了，我們的車被堵在了一條土路上，再想往後倒，後面的車已然填住了去路。我見前面圍出一個大圈子，探出頭去問比我先來的路人甲：「哥們，打架呢？」

路人甲用手往上指了指，我順他手一看，見一個人站在六樓頂上，腳踩房檐，衣服被吹得恣意搖擺，看不清臉。這是有人要跳樓啊。

我頓時大感興趣，問路人甲：「這孫子怎麼回事啊？」

路人甲：「說是老婆跟他鬧離婚，半個小時以前就站上去了，說要跳，然後又叫我們給讓開點，給讓開了還不跳，我憋著泡尿呢一直沒捨得走。」

我說：「就是，這孫子真不厚道。」

這時李師師也探出頭來，「呀」了一聲說：「表哥，想辦法救救他吧。」

我說：「放心吧，要跳早跳了，等會警察來了談談條件，再跟老婆孩子見一面準下來。」

我點根菸，再給路人甲發一根，路人甲噴著煙說：「你說這傢伙想什麼呢？」

他一句話提醒我了，我拿出手機，對著樓頂按了七四七四七四八，路人甲說：「大哥，就你這手機還想拍到他啊？」

手機螢幕沒有顯示，說明距離太遠了。李師師扒著我和項羽的座背說：「我們不能就這樣看著吧？」

我說：「那你救他去，他就因為老婆跟他鬧離婚才要跳的，你去跟他說你願意嫁給他，說不定就下來了。」

項羽把胳膊支在車窗上，淡淡地說：「自己不想活了，何苦去救他。」

李師師生氣了，一拉車門就往下走：「我去就我去。」

我急忙探手拉著她腰帶把她拽回來，無奈地說：「我去還不行嗎？你真要那麼幹，他一激動掉下來算誰的？」

李師師嫣然笑道：「表哥真好。」

我下了車，邁步向樓梯口走去，身手矯捷地爬上通道樓梯，剛一冒頭就看見這位勇士正背對著我，煢煢孑立地站在樓頂的邊上，衣角飛揚，頭髮凌亂，但看穿著不像是生活窘迫的人。

我剛一爬上來，他立刻就發現了我，緊張地轉過身來說：「你別過來！」

我從口袋裡掏出手機，撥好號，對著他，隨時準備對他使用讀心術。

這傢伙指著我說：「你手裡拿的什麼？」

我輕鬆地說：「你管我拿的什麼，就算是把手槍你還會害怕嗎？」

我這個笑話並沒有使他感到好笑，他只是微微點了點頭，我發現這人真的已經很不正常了，這是一個四十多歲的中年人，臉面上一層死灰，看來我開始的想法未必正確，也許這是一個真的想死的人。

我又點上一根菸，把菸盒對著他晃了晃，他搖搖頭說：「我有。」

「為了什麼呀，能說說嗎？」我吐著煙，故意很輕描淡寫地說。

「你別過來我就跟你說。」

我使勁點頭，索性盤腿坐在原地。

「我老婆要跟我離婚……」他面無表情地說。

「就為這個呀？不過話說回來，她為什麼要跟你離婚，你都要為她跳樓了她還不知足？」我問。

跳樓男哀怨地說：「她嫌我不顧家，不陪她，不指導女兒做作業。」

我說：「那你就陪陪她嘛……」我忽然一拍大腿說：「我知道了，你外頭有人了。」

跳樓男顯出憤怒的顏色，沉聲說：「我很愛她的，我沒工夫陪她還不都是為了這個家，我是男人，我要賺錢呀！」

我連連點頭說：「嗯嗯，這就是你女人的不對了，你好好跟她說嘛。」

跳樓男慘然說：「我本來是想賺夠錢就陪她的，等我掙到足夠的錢，我們以後什麼都不用做，我天天陪著她，指導女兒做作業——可是，誰知道我他媽怎麼那麼倒楣，期貨賠，股票賠，基金還賠，我他媽就想不通了，那天給女兒買個小兔子，愣是把人家的哈士奇給咬傷了，又賠了兩千多……」

我忍不住笑了出來，但見他很嚴肅，急忙又板起臉。

我問他：「你一共賠了多少錢？」

「六百多萬，」跳樓男苦笑一聲：「以前我至少還有錢，可是現在，事業沒了，家沒了，老婆也沒了，我是一個倒楣的男人，我活著就是多餘的，誰還把我當個人看？」

他越說臉色越慘，最後絕望地擺了擺手，「謝謝你陪我說話。」他毅然地轉過身去，低頭看著腳下的芸芸眾生，整個人有一半已經凌空，樓下的人們都激動地叫了起來。

我見情勢不對，按下電話上的撥打鍵，螢幕上出現了一排小字：「真想對小紅說聲對不起再走，哎，跳吧……」

就在他腿一弓就要往下跳的那一瞬間，我冷冷地說：「你不想跟小紅說聲對不起再走嗎？」

我的聲音雖然不大，卻像一針強力麻醉劑一樣，他整個人都僵住了，震驚地回頭看我，用顫音問：「你是誰，你怎麼知道小紅的？」

我故意不緊不慢地說：「反正你要死簡單得很，遲早有什麼關係，不如我們再聊一會。」

他根本沒聽我在說什麼，只是一個勁地問我：「你是怎麼知道小紅的？」

我只好打著哈哈說：「因為我認識小紅啊，昨天我們一起喝酒還說你呢，他說你只要跟他親口說一聲對不起，再大的過錯都能原諒。」

跳樓男慘笑一聲：「我讓你騙了，你根本不認識小紅，她才八歲，是我女兒。」說著，他又向邊上挪了兩步，向下眺望著。

不過我發現他的腿已經開始發軟了。人都是這樣，從死志初萌到付諸行動只有一個頂點，這種勇氣只能是直上直下，不可能波浪式變化，現在他第一次沒死成，決心已經動搖，膽氣開始退縮，看樣子暫時他是沒有跳下去的想法了。

我說：「看看，你閨女才八歲，你為什麼不等十年再死，那時候她也長成亭亭玉立的大姑娘了，一撥一撥的壞小子在打她的主意，她也就顧不上你了，還嫌你煩，那時候你再死，她不但不會怪你，可能還會打心底裡感謝你，雖然看見你摔成蜂窩的腦袋也免不了哭幾聲，但正好借機靠在男朋友懷裡……」

我這番話把跳樓男說得一愣一愣，最後他終於一屁股坐倒在地上，苦笑道：「我一開始以為你是警方的談判專家，現在可以確認不是了。」

我說：「想聽聽我的故事嗎？」

跳樓男虛弱地說：「你肯定編得比我還慘。」

我怒道：「用得著編嗎？老子一個月工資才一千出頭，老丈人嫌我沒車沒房還跟我要五萬塊聘金，要娶個天仙老子也認了，偏偏我那個老婆長得比你還醜，咱倆誰慘？」

跳樓男「噗嗤」一聲笑了出來，又想到自己的處境，搖頭道：「人活得都不容易啊。」

跳樓男拿出一盒冬蟲夏草菸來點了一根，我看了叫道：「一個要跳樓的抽的菸比老子的還好——給我一根。」

跳樓男把菸盒扔過來，淡淡笑道：「兄弟啊，謝謝了。」

我見他心情漸復平靜，知道猛藥已經下夠了，現在該暖胃了，便說：「其實你跳樓是為了什麼你自己心裡最清楚，是為了老婆和你打離婚嗎？別把自己裝得那麼癡情了，不就是賠了錢，腰桿沒以前那麼直了嗎，話說回來還不是為了個面子?!以前裝闊還有點小資本，現在賠了夫人又折兵，自覺無顏面對江東父老，對吧？」

跳樓男嘆了口氣說：「讓你這麼一分析，我才發現你說的都對。」

我站起來走到他旁邊坐下，說：「要不是群眾『配合』你，沒幫你報警，你下去也得被弄個妨礙公共治安的罪名，不關你兩天，起碼精神訓話一頓少不了。這兒沒人認識你，回家吧，路上買點菜，晚上回家和老婆一起吃頓飯，把女兒哄睡了，再和老婆親熱親熱，睡一覺，明天起來又是一條好漢。」

跳樓男眼淚巴巴地聽著，最後看了一眼樓下因為失望而散去的人群，低聲說：「兄弟，你是好人。」

我率先站起來，把他提溜起來，幫他拍了拍褲子上的土，領著他往樓下走，快到門口的時候，他忽然站住說：「等等兄弟。」他迅速掏出一個小本子來，在上面寫了一個號碼撕給我說：「你是我的恩人，以後無論天涯海角黑夜白天，隨時找我。」

我把紙條裝進口袋，往外看了看，一把把他推進人群，說：「走吧。」跳樓男很快消失在人海裡杳無蹤跡。

我坐回車裡，邊喘氣邊擦汗，項羽依舊把胳膊支在車窗上，看著外面散開的行人說：「救人比殺人累吧？」

李師師瞪了他一眼，無限崇拜地對我說：「表哥，你太棒了，你跟他怎麼說的呀？」

我笑而不答。這也是我用我的讀心手機幹的第一件好事，沒想到區區一句話換來的代價是一條生命。當然，救了跳樓男我也很開心——終於不堵車了。

然後我們開著車，直奔張冰爺爺家。

張冰爺爺家在二樓，我們走進青灰色臺階的樓道，兩邊的牆皮蜷曲班駁，露出裡面的水泥來，李師師敲了敲門，老保姆開了第一道門，先看見了項羽，像看見天神一樣嚇得後退了一步。

李師師笑著打招呼：「阿姨，不認識我啦？我是張冰的朋友，上午剛來過。」

保姆看著李師師說：「對，你不是小楠嗎，冰冰說你是她的好朋友。」她警惕地看了我和項羽一眼，遲疑地說：「這倆人是……」

看來保姆警覺性很高，這說明她很負責任，現在搶劫單身老人的事屢見不鮮。

李師師介紹我們說是她表哥，順路來探望張冰爺爺，老保姆才猶豫著放我們進去。見我們進屋沒有露出灰撲撲的尾巴和尖利的牙齒來，這才真正放心，邊帶著我們往臥室走邊說：「爺爺剛睡了會兒。」

床鋪上，一個白頭髮老頭躺著，肚子上蓋著毛巾被，雙手放在小腹上，眼睛微睜著，可以看到眼珠子很有規律地動著，除此之外，全身都保持著靜止。

老保姆憐惜地看著老頭，說：「心裡都明白，就是嘴上說不出來。」

項羽竟然難得體貼地幫老頭往上拉了拉被子，他身體的巨大陰影完全把老頭遮蓋起來了。張爺爺好像也感覺到了一種壓力和充沛無比的生命力，眼珠子動得更勤了。

項羽問保姆：「日常都是你照顧？」保姆點頭。

「……方便嗎？」

老保姆自然懂得他的意思，攏了攏白髮，笑道：「張爺爺今年七十五，我也六十多了，還有什麼方便不方便的。」

項羽點點頭。

在他們說話的時候，我一直在思考一個問題：不知道用讀心術能不能測出這老頭在想什麼。我拿出手機，見沒人注意我，對著老頭按下那串數字，然後手機顯示……居然是省略號，哎，該把二傻帶來的，他跟老頭肯定有共同語言。

這個結果倒也在我意料之中，我剛要合上電話，忽然見上面一串串的省略號後，夾著兩個字……口淡，然後又是兩個字：蜂蜜。

我興奮地一把拉住項羽，在他耳邊說了幾句話，項羽疑惑地看著我，低聲說：「你不是在開玩笑吧？」我揮揮手讓他快去。

項羽遮遮掩掩地說：「阿姨，能給我找個杯子來嗎？」

保姆輕輕一拍額頭說：「看我，都忘了給客人倒水了。」

項羽說：「不是我，我想給爺爺調杯蜂蜜水喝。」說著，他打開了我們帶來的蜂蜜。

「他？他不喜歡吃甜的，而且醫生說甜的也不能多吃……」

但保姆見項羽很堅持的樣子，只好找來杯子和勺子等東西，項羽舀了兩勺蜂蜜倒進杯裡，又倒了半杯水，嘩啦嘩啦地攪和，李師師看他笨手笨腳的，忍不住說：「我來餵吧。」

項羽躲開她的手，舀了一勺蜂蜜水，吹了吹，直接倒進張冰爺爺嘴裡。

保姆叫道：「哎喲，這樣能喝進去嗎？先把人扶起來再餵啊，傻大個兒。」

項羽「哦」了一聲，單手把老頭扶了起來，讓他斜靠在被子上，保姆一連叫道：「哎喲喂，輕點，哎喲，不是這樣扶的……」

奇蹟出現了，那一勺蜂蜜水下去，張爺爺貪婪地吞咽著，嘴唇劇烈地抖動著，甚至還想伸出舌頭來把流在嘴邊上的水舔回去。雖然他說不出話來，但發出了兩聲極輕微的哼哼，誰都能看出他很滿足。

保姆震驚地說：「大個子，你行啊，你是怎麼知道爺爺想喝蜂蜜水的？」

項羽也不說話，把半杯蜂蜜水都餵進老頭嘴裡，雖然半杯水有一半灑在了外面，灌了老頭一脖子，但老頭顯然很開心，眼珠在眼眶裡滾著，努力地尋找著項羽，然後一瞇一瞇的，像個尋找母親的嬰兒。

老保姆笑著說：「他這是在謝謝你呢。」

我們走的時候，老保姆千恩萬謝地把我們送了出來，項羽回頭跟她說：「我會經常來看爺爺的。」

到了樓下，項羽一把拉住我，我搶先說：「別問我，什麼也別問，我是瞎猜的。」

吃過晚飯，包子把我拉在一邊，神色不定地說：「你真的答應我爸五萬塊聘金？」

「是呀，我不是早就跟你說了嗎？」

包子一下急了說：「你給他五萬，我們拿什麼結婚？」

我說：「你這叫什麼話，什麼是『他』呀，那是你爸耶！」

「還有兩個多月的時間，借都沒地方借去，租場地租車租婚紗，哪樣不要錢？」

我順勢試探她的口風：「那……要不傢俱就先別換了？」

包子狠狠踹我屁股兩腳，罵道：「狗東西，你就會算計我。」

我趁她踢完第二腳撈住她的腿，把她拽到我懷裡，賊兮兮地說：「讓老子非禮一下。」

這時李師師猛地從臥室鑽出來叫道：「張冰來電話了！」

她這麼一叫，所有人都同時出現。李師師似笑非笑地看了我們一眼，接起電話：「喂，小冰啊，哦你說中午啊……是啊，那人是我表哥，他電話是……」

項羽突然顯得無比緊張起來。

等她打完電話，我問：「她跟你說什麼了？」

「她從保姆那知道咱們去看過她爺爺了，道了謝，還要了項大哥的電話。」

項羽趕緊從口袋裡掏出電話，原地繞著圈說：「怎麼辦？怎麼辦？」

我跟他說：「還能怎麼辦，她打過來，你就跟她聊聊嘛。」

這時項羽的電話響了一聲，項羽無助地看著我們，我說：「別慌，只是簡訊。」我接過電話剛按了兩下，劉邦一把搶過去，念道：「我是張冰，謝謝你幫我照顧爺爺。」

項羽問：「我該怎麼說？」

劉邦道：「說個屁，你又不會發簡訊，我幫你回她。」說著邊按鍵邊喃喃念：「客氣啥，你爺爺就是我爺爺。」

項羽大驚，急忙去搶電話，劉邦擰著身子嘿嘿笑說：「逗你呢，沒那麼發。」項羽這才住手。

「其實我發的是：小妞，跟我上床吧……」

項羽一聲暴叫，提起沙發就要砸劉邦，我急忙按住他，拿過電話來按開寄件匣一看，上面寫的是：「不用客氣，照顧老人是應該的。」後面居然還打了一個笑臉。

我把電話給項羽看，他訕訕地放下沙發，有點難為情。

劉邦委屈地說：「你老是不相信我，以為我要害你。」

我瞪他一眼：「幸虧我手快，要不我那沙發還不得報銷了。」

劉邦回嘴：「你那沙發本來就三條腿……」

項羽電話又響，這回他主動把手機放在桌上讓大家看，張冰回的是：「呵呵，你真是個好人，明天我請你和小楠吃飯，方便嗎？」後面也打了一個笑臉。

項羽看著劉邦，劉邦說：「看我做什麼，你決定去還是不去吧。」

我把手搭在項羽肩膀上說：「羽哥，這回可是人家主動邀請的，不去就不合適了；再說，你總不能就這麼躲著張冰吧？」

劉邦故意看著項羽說：「你不是一向瞧不起我嗎？當年『鴻門宴』反正我是去了，明天看你的了。你要不去也行，以後少跟我吹牛！」

項羽受不過激，一拍桌子道：「有什麼不敢的！」

所有人臉上都露出了奸詐的笑，包括二傻。

我跟李師師說：「表妹，明天你找機會中途開溜，張冰要是明白人，自然就知道是什麼意思了，如果她不找藉口逃跑，那羽哥就有戲了。」

李師師笑道：「我知道。」

項羽愣愣地說：「你們不能這樣吧？」

眾人各回各屋，誰也不再理他。我對他說：「羽哥，現在你又到了『四面楚歌』的境地了，你再不『破釜沉舟』，可就什麼都完了！」

說完我也不理他，衝正在洗碗的包子喊：「你剛才說再過兩個月我們結婚？」

包子探出頭來說：「不是你和我爸定的日子嗎，十月二號？」

我撓著頭說：「是我定的嗎？你問過你爸了嗎，真的是十月二號？那天我有點喝多了。」

包子探身說：「你是覺得太早呢還是太晚？」

我嘿嘿笑道：「我是無所謂，反正睡也睡了。」

「你說什麼？」包子拿了把菜刀擦著……

我立刻義正詞嚴地說：「我覺得我們應該先找個時間把結婚證領了……」

睡覺前，我又接到張校長的電話，他問我比賽的事情準備得怎麼樣，我支吾著說挺順利。

老張是何等樣人，一聽就知道我拿他的話沒當回事辦，又訓斥了我半天，最後說：「對了小強，你的那些教練我見過不少，別都是野路子吧，有會正規散打的嗎？別上了擂臺給我丟人。」

他這麼一問，我也出了一身冷汗，梁山上有會散打的嗎？這是個問題，要不買本書我教他們？我很快就否定了這個想法。

我左思右想，忽然想到一個替死鬼：老虎。老虎雖然是大洪拳的傳人，但散打這種東西他不可能不會，我馬上給他打電話。

電話那邊一片歌舞昇平，我笑道：「虎哥，泡妞呢？」

老虎嚴肅地說：「泡什麼妞呀，談筆生意。」

我說：「聽出我是誰了嗎？」

「強子吧——哥們恕我直言啊，我電話上有七個編號強子的，你是……」

我笑著說：「前段日子我學校開幕你還來的……咱們在古爺那還掐了一架。」

老虎立刻恍然說：「對不起呀強哥，最近忙昏了頭了。」

「呵呵，可以理解。董平去你那兒了嗎？」

老虎失落地說：「你說董哥啊，真神難請，人家根本沒把我看在眼裡。」老虎頗為委屈，但沒有絲毫不滿，看來董平在他眼裡簡直就是不可褻瀆的世外高人。

題外話說夠了，我馬上進入正題：「虎哥，你那教不教散打？」

一提這話題，老虎馬上來了精神，呵呵笑道：「你要問我跆拳道和柔道什麼的，我一定跟你翻臉，要說散打麼，兄弟我還參加過全國比賽，差一點闖進前十咧。」

我興奮地說：「那太好了，幫我帶幾個徒弟吧。」

老虎爽快地說：「行，你讓他們來了報你的名字，我安排人照應，學費全免。」

我試探地問：「虎哥你明天有時間嗎，我想帶著人直接去找你。」

老虎沉吟著說：「不是我駁你面子，你說的這幾個人，資質怎麼樣啊？要是光因為和你關係好，我可不親自教。」

我沉默了半天，實在不知道該怎麼跟他說。資質這個東西，是說不清道不明的玩意，所以我跟老虎說，讓他明天該忙啥就忙啥去，我就領著人去看看。因為我後來想通了，又不是真的要跟他學什麼散打，就是問問規矩，跟他的徒弟一樣是學。

早上我九點多起來，一出臥室門就見項羽穿戴得整整齊齊，筆直地站在窗戶前，他把雙手壓在窗臺上，看著遠處，像是將軍大戰前在做短暫的休憩。

我小心地問：「羽哥，幾點吃飯？」

項羽看著外面說：「不知道，可能是中午，也可能是晚上。」

「……你打算就這麼一直站著？」

項羽不說話，這時李師師走過來，衝我微微點點頭，示意她會照顧項羽。

我開著麵包車去學校，話說這次比賽，我是後來才知道，這絕對是一次國內規模空前的武術盛事，至於為什麼把比賽地點安排在我們這個小地方，完全應了那句話：鷸蚌相爭，漁翁得利。

爭取這次比賽舉辦地的主要兩個城市是北京和上海，這兩個地方從政府到武術協會以及各個相關部門，不惜動用一切後臺和管道來爭取主辦權，在相持不下的局面下，上海首先妥協，表示舉辦地可以不在上海，但隨之也有一個條件，那就是必須改在南京；北京人也不傻，也表示舉辦地可以不在北京，但必須在河北省境內，諸如通縣周口店一帶。

就這樣，在兩大巨頭的一拖一拽下，大城市紛紛中選，到最後所有有舉辦資格和條件的城市裡，露出一個可憐巴巴的小地方，沒有任何裙帶關係，組委會為了誰也不得罪，索性決定將該市定為舉辦地……

看看我那面聯合國國旗，不可謂孫思欣沒有先見之明，但一個學校掛這麼一面旗子也很有諷刺的意味，我們這畢竟離國際化還差著一截，而前來參賽的很多學校據說都有上百年的歷史。

學校落成以後，我還是第一次來，我先來到教學樓的一層階梯教室。

我站在教室門口，忽然發現三百人不全了，現在坐在教室裡的，大概只有兩百五十個左右，我問徐得龍：「其他的人呢？」

徐得龍說：「從昨天開始，每天輪流給五十人放假。」

「放假幹什麼？」

「……玩。」

我奇怪地說：「玩？」這個字從三百戰士的嘴裡說出來感覺很彆扭，他們又沒錢又沒見識，出去能玩什麼？

我見徐得龍表情奇怪，也就不再深問。他們自從到我這兒的那一天，就好像隱藏著什麼秘密，跟我雖然說不上是離心離德，但絕對沒有掏實話。

我跟徐得龍說了比賽的事，原以為他最多借給我五個人，沒想到他很痛快地說：「需要我們做什麼儘管說話，三百個都可以借給你。」

我說：「你們能不能好好排練一個節目參加表演？不要大合唱！」我現在的主旨就是：凡是老張說不重要的，我都一定盡力去做；越是老張說志在必得的，我越得謹慎行事。我得給他一個交代，還要注意不引火上身。

徐得龍說：「問題不大，我們可以集體表演套棍法。」

我說：「你現在就派倆人跟我走。」

徐得龍貓著腰跑進去把魏鐵柱和李靜水叫了出來，這倆人跟著我出去執行任務駕輕就熟，見了我十分親熱。

然後我又來到宿舍樓，土匪們住的地方毫無秩序可言，我推開幾個門，和上次見到的人都不一樣，大概是相互間進行了重組，走廊裡都是光著膀子搭著毛巾的邋遢漢。

我先去看了看李白，老頭披頭散髮地坐在小桌旁，把鋼筆拆壞了，前頭綁了點頭髮當毛筆用，桌上放著酒碗和一大堆書，我隨便拿起幾本一看，有《伊力亞特》《莎士比亞四大悲劇》《中國近代精品詩歌總集》，看到這我已經冒汗了，這是誰給開的書目啊？

我再拿起一本一看：《誅仙》！擦汗，再拿一本：《交錯時光的愛戀》！我使勁搖晃著滿臉通紅的李白：「太白兄，這些書你都能看得懂嗎？」

李白醉眼朦朧地抬頭看我一眼，忽然朗聲道：「脛甲堅固的阿開亞人，他們輕輕地揮手，不勝涼風的嬌羞；活著還是死去，這是一個石無忌的大道中期……」

我瞬間崩潰，一個天才詩人就這麼毀在我手裡了嗎？我一古腦把他的書全扔在床底下，想找條濕毛巾幫他清醒一下，李白一隻手探出來想拿回他的書，結果半途中說了句「存在主義是一種人道主義」後，就趴在桌上睡著了。

我拿濕毛巾抹著臉，一出門就碰見了扈三娘，她正百無聊賴地把雙拳對碰，我下意識地跳開一丈開外，李靜水和魏鐵柱也沒有要保護我的意思，都笑嘻嘻地看著，看來他們和梁山的人都熟識了。

因為天熱，扈三娘不懷好意地走近我，擰著拳頭問：「你在這幹什麼呢？」

我警惕地問：「俊義哥哥在哪個屋住？」

「一〇一，你找他幹什麼？」

我倒退幾步，撒腿就跑，扈三娘「咦」了一聲，在後緊追，我跑到一〇一門口一個踉蹌跌進去，抱住穿著小白背心的盧俊義叫道：「哥哥救命。」

這時扈三娘因為跑得太快追過了頭，她一個漂移抓住門框，笑咪咪地擰著拳頭跟了進來。

盧俊義正在喝茶，他高舉著茶杯叫道：「莫鬧莫鬧，燙著──」

等我說明來意，盧俊義問：「你是想從這找幾個人去參加比武？」

我點頭。

「那你看誰去比較合適？」

我說：「現在的問題是咱們還不知道比武的規矩，所以我想找幾個腦袋比較靈光的去熟悉一下章程，要不空有一身本事因為犯規被罰下來就不好了。」

盧俊義問：「要幾個人？」

我說：「車裡還能坐四個人。」

盧俊義走到走廊上，喊了一聲：「在的人都有誰？」

一時間，好漢們站滿走廊，問道：「怎麼了？」

盧俊義揮揮手說：「來來，隨便來四個人，跟小強學比武去。」

扈三娘喊：「三個三個，我算一個……」

我一眼看見了林沖，急忙跑過去拉住他說：「林沖哥哥一定得跟我走，你當過教頭，領悟力強。」然後，我馬上又看見了和他一個屋的董平，他正端著一杯黑稠的液體不知道在幹什麼，我陪笑道：「董平哥哥喝咖啡呢？」

董平瞪我一眼：「喝什麼咖啡，我這裡面養著兩條黑龍。」

我納悶地說：「你不是有魚缸嗎？」

董平氣不打一處來，說：「魚缸自從給你小子拔完火罐子以後，養什麼死什麼。」

我接過他手上的杯子往裡看，除了一杯黑水還是一杯黑水，哪有什麼黑龍？我把杯子側開，這才見兩條一色黑的長東西在杯底翻騰，我詫異地說：「這是黑龍？」

董平一把搶過去，小心地往裡面撒了點魚食，說：「也有叫泥鰍的——」他餵完泥鰍，這才擦著手說：「你是什麼事？學什麼比武？」

我撓著頭說：「有個武林大會，不過不是什麼招都能用，所以咱得先去學習學習。」

「沒興趣。」董平說完見我還死賴著不走，又問：「你小子是不是想讓我們幫你參加比武招親去，有什麼好處嗎？」

我說：「可能有錢，得了單項第一的個人獎勵就是五萬塊。」

董平把毛巾往臉盆裡一扔說：「那我就跟你去一趟吧，我正想弄點錢再去梁山看看呢。」他說完這句話也覺得有點托大了，朝林沖笑了笑。

林沖不在意地擺擺手說：「自己兄弟，誰拿都是一樣，你得了錢再請我不就行了？」

切，比賽還八字沒一撇，這倆人已經在商量分贓問題了。

我跑到走廊上喊：「還能走一個，誰去？」

好漢們一來對我的事沒什麼熱情，二來見林沖和董平都去，覺得自己加入用處也不大，紛紛趿拉著拖鞋回去睡覺。

一個瘦小的漢子跑過來說：「那我跟著去玩玩吧。」

這人個子小，頭髮卻又濃又密還隱約泛點黃，又黃的不道地，像是在三流髮廊花十五塊錢染的。

這人我認識，是「金毛犬」段景住，梁山排名一零八，因為給宋江偷來一匹「照夜玉獅子」才得以被允許上山湊數，個人認為在梁山裡完全可以無視。

第二章

猛虎武館

我按著老虎電話裡說的，果然很快就找到了地方，
沒想到他的武館氣派如斯，面積足有兩千平方公尺，
二層高樓，用黃磚浮築出一隻直立的老虎來，
正門像賓館一樣用巨柱支出了一個寬闊的門廳，
廳頂上有四個如椽大字：猛虎武館。

我湊夠了人，作別盧俊義，上車走人。

麵包車本來能坐七個人，但我考慮到那樣太擠，所以只叫了六個人，林沖和我坐在前頭，其餘人都鑽到後面。

三百戰士和好漢們因為住在一棟樓裡，所以彼此都算熟悉。而且李靜水和魏鐵柱在戰場上也是殺人如麻的軍人，氣概上並不輸於董平他們，相互間聊得還算開心。

結果車剛開出學校，扈三娘嫌累，順勢就把胳膊支在了李靜水的肩膀上，李靜水一下變得十分拘謹，臉像番茄一樣，話也不說了。

我咳嗽一聲說：「三姐，坐好。」

扈三娘莫名其妙地左右看看，這才發現李靜水的小紅臉，哈哈笑道：「喲，還害羞了，我比你可大多了，來叫個姨娘聽聽。」

這時段景住忽然喊：「停車！」

我以為出了什麼事了，一踩緊急剎車，全車人均向前撲，然後又被慣性扔回座位，段景住急急忙忙拉開車門說：「我去撒泡尿。」

扈三娘在他屁股上踹了一腳，罵道：「真是懶驢上磨屎尿多，去打個架也這麼多事。」

我悚然道：「三姐，咱們可不是去打架，而是去拜師的。」

扈三娘立刻擰過身子說：「你說什麼？」

我忙說：「現在先學學按他們的方法怎麼玩，以後有的是機會給你打。」我心說這娘們手太狠，到時候也不能讓她上，反正眼前看來也沒有成規模的女子散打比賽。

段景住在離我們沒幾步遠的地方拉開褲子撒尿，沒留神草叢裡躥過來條野狗，不由分說吭哧一口咬在他腿上，然後撒腿就跑，段景住大怒，無奈提著褲子又追不得，等他穿好，狗早跑沒影了。

段景住只好回到車上，撩開褲腿查看傷口，罵道：「媽的，連狗也跟老子過不去。」再看小腿上赫然有幾個齒印，血珠慢慢沁出。

李靜水說：「我們顏老師說了，被狗咬了要打狂犬病疫苗的，要不會有生命危險。」

段景住緊張地問：「真的啊？」

我問李靜水：「那你們老師跟你們說沒說潛伏期這個東西？」

「二十年吧？」

段景住擺手道：「別費事了，王八蛋才能再活二十年呢。」

車裡的人都點頭，只有我瞪了他一眼。

老虎的武館在三環以外靠近鐵道的地方，離我的學校不是很遠，一路上我見扈三娘很有躍躍欲試的意思，董平和林沖雖然很平靜，但也絕沒有虛心求教的樣子。

李靜水和魏鐵柱自從知道這是要去和老虎的人學東西，臉上都顯出不平的神色，本來老虎上次領的十二個精英包圍我們，如果不是因為要保護我而且不敢下重手，十二太保根本不可能占到便宜，聽說要拜他們為師，倆人憋著氣呢。

眼看快到地方了，我小心翼翼地說：「各位兄弟，三姐，我再重申一遍啊，咱們這次去是跟人家學習的，不是踢館去的，大家最好放輕鬆——狗哥，把嘴裡牙籤吐了，看著那麼不友好。」

段景住吐掉牙籤問：「啥叫踢館？」

「踢館就是踢場子，找碴打架，惹麻煩……」我見他們半懂不懂的，索性說：「就是征討，你們征方臘，那就是踢方臘的館。」

「哦——」好漢們和扈三娘都恍然大悟的樣子，我急忙說：「記住了，不是踢館！」

我按著老虎電話裡說的，果然很快就找到了地方，老虎財大氣粗我知道，可是沒想到他的武館氣派如斯，光從外面看，占地面積就足有兩千平方公尺，二層高樓，牆壁上都貼著血紅的馬賽克，其中又用黃磚浮築出一隻直立的老虎來，正門像賓館一樣用巨柱支出了一個寬闊的門廳，廳頂上有四個如椽大字：猛虎武館。

不得不說這名字起得俗氣，但武館這種地方不像茶樓，起個「聽風小築」要麼「竹菊詩軒」，武館講的就是個霸氣，甚至還就得刻意來點俗氣，話說「精武門」也未必見得多麼高雅，只要名聲打出去，那些熱血青年才不管你叫什麼名字，照樣趨之若鶩。

可惜有點不靠譜的是門廳下面蹲滿了賣小金魚的，魚缸臉盆腳盆支得到處都是，簡直就是個熱鬧的小魚市，武館裡人影幢幢，卻沒人出來管管，由此可見老虎真是個十足的江湖人而非商人，在他的地盤上做點小生意維生他可以容納，不知道在他門口打把式賣藝他管不管？

董平一見賣小金魚的，興奮地「嘿」了一聲，跑過去扒著缸沿上看，賣魚老漢說：「要嗎？」

董平問：「有好養的嗎？」

老漢指著缸裡亂七八糟的魚說：「紅箭、溫嘴兒，小地圖，都好養。」

我插嘴說：「我們這位爺就喜歡皮實的，有比泥鰍好養的嗎？」

老頭鄙夷地說：「泥鰍那算魚嗎，你是準備炸著吃還是通廁所用？」

董平頓時不愛理他了。旁邊一個賊眉鼠眼的後生悄悄拉了拉董平說：「大哥，我這有好養的，要嗎？」

「哦？」董平挪過去，興致勃勃地看著他，後生把蓋在一個魚缸上的布拉開，裡面緩緩游著幾條灰不溜求的小魚，魚鰓厚實，看上去平平無奇。

後生說：「大哥，你要願意，給我五毛錢我給你看個好玩的。」

董平給了他一塊，後生把錢收起來，從腳邊的臉盆裡撈起兩條泥鰍扔進魚缸，這兩條泥鰍扭曲著身子還沒落到缸底上，立刻遭到了這些小魚的攻擊，魚吻張開，露出了裡面醜陋猙獰的三角齒，刷刷幾下，半條泥鰍就被啃沒了，兩條泥鰍瞬間消失殆盡，這些小灰魚搖頭擺尾地離去，魚缸裡只剩幾根若有若無的血絲，飄了一會兒也沒有了。

後生神秘地說：「這就是傳說中的食人魚，國家明令禁止買賣的，這個好養，只要有肉，就算全世界開核戰也死不了。」

扈三娘湊上來叫道：「這個魚有趣兒啊，多少錢？」

「一百塊一條，便宜吧？」

林沖笑道：「幸虧咱們梁山沒有這種東西，要不張順和小二小五他們不都得成了骨頭架子了？」

董平問那後生：「你跟我要一塊錢，就是那兩條泥鰍錢？」

旁邊賣魚老漢說：「那泥鰍平時才兩毛錢一條，他的食人魚沒賣出去幾條，光靠賣泥鰍倒是賺了不少錢。」

董平跟那後生說：「你都給我撈出來。」

後生滿臉興奮：「你都要啦？」他很俐落地把那些食人魚都撈在一個黑塑膠袋裡，說：「一共十二條，一千兩百塊，我再送您一袋泥鰍。」

董平接過袋子後，做了一件誰也意想不到的事，他「嘩啦」一下把袋子裡的魚全倒在地上，一腳一個踩得稀爛。

那賣魚的後生瞠目結舌地說：「哎，你……」

董平踩完魚，把兩百塊錢扔在魚攤上，說：「知道我為什麼這麼做嗎？」

後生愣怔著搖了搖頭。

「我就是不能讓你再禍害泥鰍！」

後生想翻臉，又見我們人多勢眾的，帶著哭音喊：「大哥，弱肉強食，物競天擇，這食人魚本來就是要吃肉的，難道我用飯粒餵牠們？」

董平說：「那我不管，讓我看見就不行。」

我忍著笑又塞給後生三百塊，不是可憐他，而是覺得一個賣魚的連物競天擇都搞出來了，挺不容易的。

我現在有點瞭解土匪的行事準則了，狼吃小羊，上去一口咬斷氣管，在他們看來，這頭狼絕對是頭善良的狼，可以嘉獎；但小羊要把一棵白菜啃得亂七八糟的，那這羊絕對是十惡不赦，毛也不扒，直接扔鍋子裡涮了！

扈三娘見能吃泥鰍的魚也全死了，無聊地說：「咱們快走吧。」

董平說：「要不你們先進去，我再看看魚。」

於是我帶著一群人先走進猛虎武館。

雄偉的演武大廳裡，西北角是一排排的沙袋和木人樁，東北角是一個標準拳擊臺，寬闊的中間帶是學員們健身的地方，各種帶電和傳統的器材隨處都是，抬頭就見穹頂，二樓並不存在，只是搭建出幾個小辦公間來，又窄又細的樓梯盤繞上去。

我們進來的時候，兩大幫人正對峙著，他們都站在廳當中，虎視眈眈地瞪著對方，以至於我們進來了還沒人招呼，等我們走得離他們很近了，左首才有一個壯漢問我們：「你們有什麼事？」

我說：「我們是虎……」

扈三娘忽然跳到他們兩撥人當中，大喊一聲：「踢館！」

我現在終於知道什麼叫「自作孽不可活」了，你看，「踢館」這兩個字動靜結合、意圖明確、表達清晰，扈三娘往中間這麼一跳，大喊一聲「踢館」，虎虎生威，可是她如果喊「打架」「我們是來找麻煩的」，甚至是「我們來征討你」，那效果就會差很多，別人未必會當真。你說我沒事教她「踢館」幹什麼呢?!

她這麼一喊，兩邊的人都有些發愣，右首那一票人看來是客場，他們都穿著開襟的道服，腰上繫著黑腰帶，還光著腳，看上去很酷。

有人喊：「你們預約了嗎？」

……預約？

那人又喊：「沒預約排隊去，我們先來的。」

我靠，看來老虎在行內人緣夠差的，踢場子的人都排隊了。

我把扈三娘拉回來，悄聲告訴她情況，她一聽不用自己動手還有好戲看，笑得跟朵花似的，退後幾步，跟兩幫人說：「那你們先打。」結果兩幫人都狠狠瞪了我們幾眼，局勢非常不利呀，看來他們都把我們當成了對方的援兵。

左邊的人都穿著運動服，是猛虎武館的東道，不過十二太保和參加過我校慶的人都不在，看來這是一群剛入學不久的徒弟，不過個個五大三粗，也絕非善類。

然後道服隊和運動服隊裡各走出一人，倆人都是將近兩百公分的大高個兒，肩寬背厚，要是晃著膀子走，普通的門都出不去，而且這兩人看來出身很相似，一個光頭戴耳環，一個滿脖頸子紋著金槍魚，董平肯定喜歡這人。

這倆流氓大個兒也確實很有惺惺相惜的意思，代表道服隊的光頭先衝金槍魚微微一躬，說：「我們是『紅龍道場』的，我們道館主要授課內容是柔道和跆拳道，聽說貴武館以傳統的大洪拳作為主要科目，所以特來印證觀摩。」

金槍魚走形式地一抱拳，說：「你們也知道咱們有傳統的武術啊，那還跑去學洋玩意兒？」

光頭笑道：「聽說貴館主杜老虎杜先生本人一直很排斥外來武術，想不到他的弟子是有過之而無不及啊，這位仁兄你想過沒有，任何東西要想長足發展就要取長補短，為什麼柔道和跆拳道都被列入了奧運會的比賽項目？這說明它肯定有博大精深的一面。退一步說，至少說明它們更有體育和競技精神……」

好耶，想不到光頭如此巧言令色，奧會主席都未必有他這樣的水準啊。

金槍魚擺擺手：「少廢話，存在未必就是合理的，我要是說了算，就把奧運會所有項目都取消了，就留乒乓球！」

這就有點胡攪蠻纏了，不過金槍魚絕非我想的那麼簡單，下面一段話真是振聾發聵啊！

「你們跆拳道都在幹什麼，不就是每天劈薄木板嗎，你拍著自己左心房說，你好意思管那叫武術嗎，再看看你們的柔道，穿上孝服練小擒拿就不是小擒拿了？內練一口氣，外練筋骨皮，你們的氣呢？」

光頭激動起來：「對方辯友未免對這兩種格鬥術理解的有失偏頗了吧，我們的確更偏重外家功夫，可也正因為這樣，它才容易速成，現在生活節奏這麼快，誰有工夫紮馬步一紮倆小時？所以你看看現在的年輕人都在我們這樣的道館裡，誰還去學太極拳？」

好一番劍宗與氣宗的大辯論，引發了我無限的思考，這番辯論更印證了那句話：流氓不可怕，就怕流氓有文化。只見一旁的林沖都被他們忽悠得連連點頭。扈三娘昏昏欲睡，段景住則四處張望。

光頭見與金槍魚言語不合，說：「我們雙方各派十人比試一下如何？」

金槍魚：「那敢情好。」

光頭：「我們只用柔道和跆拳道。」

金槍魚：「我們自然是只用大洪拳。」

兩人回到隊伍，各又推出一條大漢來，大洪拳對敵跆拳道，史無前例的一戰就要開始啦！我急忙推醒扈三娘，她揉揉眼睛道：「還沒打起來啊？」

我說：「快了快了。」她立刻來了精神。

兩邊的人各退出兩三米，道服男衝運動服男鞠躬，運動服男朝道服男一抱拳，然後兩人同時退後幾步，拉開了架子，道服男雙腳一前一後，不丁不八，運動服男則是雙腳平行，身體微蹲，還保持著馬步姿勢，兩個人盯著對方的眼睛，在場地裡慢慢繞了一圈。

扈三娘也跟著緊張起來，她把一隻胳膊壓在我肩膀上，目不轉睛地看著。

那兩個人繞了一圈，看得出兩個人都很謹慎，事關集體榮譽和自己的信仰，誰也沒有貿然出手。然後……又繞了一圈。

扈三娘眼神立刻黯淡了下去，喃喃道：「打呀，怎麼還不打？」

這時道服男突然發難，「嘿」一聲一個直拳打來，運動服男「哈」一下躲開。

扈三娘剛要叫好，場上兩人又保持開距離，繼續繞圈子……扈三娘目瞪口呆地說：「這叫他媽什麼東西呀？」

我站得腿有些乏，又怕走開誤了好戲，結果兩人只是繞圈子，我索性跑到場邊拉了一個練功墊來坐下，李靜水和魏鐵柱見了，也一人去拉了一個過來，還客氣地招呼林沖他們：「坐吧，坐下看。」

等我們都坐好，那兩人還在……繞圈子。倒像兩顆衛星似的繞啊繞。

就在我們要絕望的時候，道服男一個鞭腿踹向對方腰側，運動服男順勢抱住，給他下盤來了一腳想把他絆倒，道服男一跳閃開，可惜一條腿還在人家懷裡，只能跳著拐棒兒掄著拳頭打，可他固然是打不到運動服男，運動服男幾次想把他扔倒也都失敗了，於是兩個人就這樣一個抱著人家大腿不鬆手，一個像獨腳大仙似的跳啊跳。

這時林沖失笑道：「看這個還不如看剛才那倆人吵架呢。」我深表同意。

他這句話傳到光頭耳朵裡，羞慚難當的光頭忍不住呵斥場上的道服男：「甩飛腿！」

一句話驚醒夢中人，道服男聞言，獨腳點地騰空而起，照著對手面門就是一腳，運動服男當然不肯給他這個表演機會，順手把他一放，道服男「哎呀」一聲慘烈地掉在了地上，代表了大洪拳光榮傳統的運動服男因為保持不住平衡也跌倒在地……

丟人敗興啊，丟人敗興啊！話說我可沒有狹隘的民族主義情節，也不盲目崇洋媚外，事實上是這倆人真的太丟人了，我沒有絲毫誇張。

關於紅龍道館，我也是後來才知道這其實就是一家新開沒幾天的地方，三位館主都是韓國留學生，應付繁重的課業之餘學了點皮毛，還覺得自己特正宗，發下宏願要一統江湖，聽說猛虎武館風頭甚勁，而且館主老虎雖然有點勢力，但是在武學方面絕對是個講道理的人，行就是行，不行就是不行，所以這才被他們列為第一要挑倒的對象，以求業內聞名。

說白了，現在對戰的雙方就是一幫熱血流氓，只不過一個肩扛傳統武術大旗，一個自覺擔負著掃除狹隘民族主義的急先鋒，於是乎產生了這經典的猛虎堂一戰。

比賽的兩個人都摔入塵埃，這次金槍魚先臊眉搭眼地出來，說：「這一場我們就算平手怎麼樣？我們進入第二場。」

光頭忙道：「正是英雄所見略同。」

於是兩邊又各自選出一人，正要開打，一個掃地的大媽自人群中神秘出現，把手一擺大聲道：「等等！」

只見她雞皮鶴髮，一雙白眉微垂，眼睛裡淡然無爭，正是一派宗主風範，所有人都不禁一愣。

大媽自背後一伸手，拉出一件物什，見此物長約丈二，白刷刷一根桿兒，頭前頂著一個蓖麻瓜的小腦袋，在腦袋周圍拴著萬千條彩帶，迎風一抖，撲棱棱真有千般的威風，萬般的殺氣，正是拖巴一根。

大媽把拖巴在水桶裡掂了幾下說：「等我把這擦擦你們再打，省得衣服髒了回家還得老婆洗。」

然後我們就看著大媽拖地，三分鐘後，大媽直起腰道：「現在你們再滾去吧，保準起來衣服也不髒……」

比賽繼續開始，經過上一場的經驗積累和大媽這麼一打岔，比賽雙方都憋得情緒飽滿，二號道服男一上場就抓住了二號運動服男的肩膀上的衣服，手法極其凌厲，但暫時還看不出是想用分筋錯骨手還是想順勢胳肢對方，運動服男則抓住他的胸口，明顯想用「背麻袋」，兩人抱在一起扭了一會，誰也奈何不了誰。

道服男意識到要想使對手倒地必須以下盤為主，於是一個老樹盤根，整個人都趴在對手身上要把他勒倒，運動服男很明智地使了一個老漢推車，這一下就使趴在他身上的人蜷曲了起來，道服男搖搖欲墜大廈將頹，索性把運動服男一起扳倒，迅速使一個觀音坐蓮坐定在上面，運動服男使一個懶驢打滾甩他下來……

這兩人出招越來越匪夷所思，漸漸的我就叫不上名堂了，到最後，這倆人都氣喘吁吁的。道服隊和運動服隊看得熱血沸騰，紛紛喊好加油。

扈三娘打個哈欠說：「這日子沒法過了，什麼時候才是個頭啊？」

我說：「等他倆掰不動了還有八組呢。」

扈三娘大驚道：「那什麼時候才輪到我們踢館啊？」

扈三娘走上前去，一手一個提著二人起來，這兩個人本來都是身高樹大的漢子，但因為在地上撲騰了半天，身體都蜷著，現在被扈三娘提在手裡，一個像無尾熊，一個跟眼鏡猴似的，看上去十分詭異。

這樣一來，兩邊人一起大嘩：「果然有幫手！」

我心往下一沉，扈三娘不愧是惹麻煩的天才熟女，只見她毫不客氣地給手裡的兩人一人一腳，罵道：「就這兩下三腳貓的功夫也跑出來丟人現眼。」

於是乎道服隊和運動服隊一起把我們當成了對方的幫手，兩邊的人一起湧向扈三娘，她不慌不忙地把手裡的人當暗器一樣扔出去，出手如電，給衝在最前面的人每人一個大耳刮子，就聽一連串的「劈啪」聲，打退了第一撥人。

扈三娘甩著手對李靜水和魏鐵柱道：「看什麼看，還不幫忙？」

這倆人這次可沒得到一切聽我指示的命令，又早憋了一肚子氣，也不看我眼色，一左一右衝進人群，見人就打。

林沖站起身來，立刻有人上前挑戰，他把幾人彈開，見這架已經打定了，緊走幾步趕上掃地大媽，拿過她手中的拖把，刷一下抖個槍花，點飛兩個運動服隊員，一個回馬槍，又捅飛一個道服隊員。因為那拖把還是濕的，拖把頭點在白衣服上，那泥印子像朵黑牡丹似的分外顯眼。

林沖綽著拖把左撥右打上端下挑，遇者披靡，因為有那拖把頭緩解力道，林沖正好不用擔心傷人太重，一條拖把使得花團錦簇，不斷有人被他挑飛。

這兩撥人一開始本來都是衝對方撲過去的，結果被扈三娘他們一攪和，全都衝我們的人去了，等有十來個人躺下，這兩夥人彼此心照不宣地聯合到了一起。

段景住本來是背對著我們坐在墊子上的，正在專心致志地撩起褲腿看被狗咬的傷，後面響歸響，他也漠不關心，結果被人一腳踢了個跟頭，這才發現時局已經瞬息萬變，那人想再踢他，反被他一把抄住腳板拉倒在地。

段景住在他肚子上狠踩幾腳，罵道：「媽的，今天處處不順，到哪都被狗咬。」

他是盜馬賊出身，下手也狠，被他踩著的道服男哎呀呀叫喚，反倒是幾個運動服隊員上前來救護他，段景住看看覺得自已對付不了，拉著地上躺著那人的腳就跑，然後和追他的人拉開一段距離，偷空踩兩腳道服男，等人家追上來了就繼續跑。

至於我，有很長一段時間都在納悶：這架究竟是怎麼打起來的？當然我的手可不慢，林沖拿走大媽的拖把的第一時間，我就又接過了大媽的木杆掃帚，大媽一把拉住我說：「別打壞了啊！」

我本來是想把掃帚頭踩掉當短棍使的，聽她這麼說只好倒握著。

我迅速觀察了一下地形，一個箭步跨上又細又窄的鐵樓梯，守在中間，有兩個不知死活的運動服隊員上來挑戰，被我劈頭蓋臉抽了下去，這地方可真是個一夫當關萬夫莫開的要道啊，哈哈。

我站在樓梯上，倒提掃帚，手搭涼棚觀望戰局，現在已經完全是老虎的人和紅龍的人在圍攻我們了。

但局勢於我方還是有利的，扈三娘雖是女流之輩，那可是馬上的大將，以前是使雙刀的，臂力大概要比綠巨人還強那麼一點點，只見她掄開拳頭，開創出一條歪瓜裂棗的血路，快使用雙截棍，哼哼哈嘿，哦不對，是快使用雙刀，哼哼哈嘿——媽的，不押韻了。

有扈三娘和林沖的掩護和幫忙，李靜水和魏鐵柱自然打得得心應手，而且這些人也不能和十二太保比，這兩個小鮮肉發威很是拉風。

林沖，那自不必說，拖把在他手裡簡直就是頭召喚獸一樣，那拖把頭烏沉沉的像黑龍頭一樣，到哪裡，哪裡就倒下一片，尤其是那些穿道服的，被打中的變熊貓，被甩上的變大麥町，最奇的是，林沖身上居然一個水點也沒有，這林家槍看來，我有時間還是學學得好，以後打架，有清潔工的地方就不用找板磚了。

再看段景住，我巨汗了一個，他還拉著那人跑呢，繞著整個武館一圈又一圈，這人報復心太強了！被他拉的那人也無奈，索性抱著頭任由他拉著跑，看那勝似閒庭信步的樣子還真有點坐人力車的氣派。

段景住兩次跑過拖地大媽面前，第三次的時候，大媽說話了：「孩子，掃得夠乾淨了，給他身上灑點水吧——」

我見形勢一片大好，又沒我什麼事，就坐了下來，看看錶，到了吃飯的時間，我又開始操心項羽的事，剛想給他打電話，琢磨了一下，還是打給了李師師。

電話通了，我壓低聲音問她：「方便說話嗎？」

李師師笑道：「我們已經吃完飯了。」

「哦，怎麼樣？」

「我把項大哥和張冰扔下，自己先走了，我說我還有事。」

「那張冰怎麼說？」

「沒說什麼，看樣子挺高興的，項大哥表現不錯，雖然開始有點緊張，但後來也有說有笑的。」

我嘆道：「一泡妞就超水準發揮，男人的天性啊。」然後我又問李師師，「那你現在在哪兒呢？」

「我在等表嫂，下午我要陪她看婚紗……」

可能是我說話聲音有點大，終於被一個人發現了：光頭。首領就是這樣，永遠要比別人看得遠，想得多，要敢於挑戰最強悍的敵人，在混戰之中，我閒暇地打著電話，無聊地拿掃帚點著樓梯上的白鐵點兒，儼然一副高處不勝寒的樣子，就我這扮相就活該沒人敢上來受死。

光頭偏不信邪地衝上來，我一手拿電話，一面居高臨下嗖嗖的揮著掃帚，兩下就把他胳膊抽腫了，這小子可也不笨，去大媽處舉了個鐵簸箕再次殺過來。

這時李師師說：「表哥，你喜歡什麼樣的婚紗呀？」

我邊抽著光頭的簸箕邊說：「別太暴露……噹噹……但要顯出身材……」

李師師驚異說：「你在幹什麼呢？」

光頭有了簸箕做掩護，一階一階地逼了上來，我邊退著邊說：「表妹，你先等會，哥有點忙……」

光頭頂著簸箕，眼露勝利的微笑，他看出只要把我逼到平地上，我肯定不是他的個兒。在這千鈞一髮的時刻，我終於發現了他的破綻──他沒穿鞋。

我捏著電話，一邊慢慢放低身子，然後大喝一聲：「獨孤九劍──破腳式！」這一掃帚結結實實戳在他腳指頭上，光頭慘叫一聲，抱著腳滾下樓去。

我刷刷兩下，然後做了一個歸劍入鞘的姿勢，拿起電話繼續說：「還有你的伴娘禮服，一定也要買最漂亮的……」

我跟李師師正聊著，林沖一個烏龍擺尾把金槍魚掃飛，這條大漢啊啊叫著，腦袋衝強化玻璃門就砸了上去，這鬧不好可要出人命，林沖哎喲了一聲，後悔自己沒把握好力度。就這個當口，大門一開又進來一個人，這下更完了，金槍魚的腦袋正衝著這人的腦袋，這下非一撞二命不可。

進來這人一隻手裡還提一塑膠袋，裡面裝著兩條魚，他見一個不明巨大物體朝他飛來，也不著慌，伸出空著的一隻手按住金槍魚的頭頂，左腳一抬正踢在金槍魚的小肚子上，也正因為這樣，金槍魚才得以化解了去勢，吭哧一聲趴在地上起不來了。救了金槍魚的這人渾不在意，掃了一眼亂七八糟的武館，忽然發現金槍魚的紋身，這人馬上蹲下身子，感興趣地問：「喂，你這脖子上是什麼魚？」

來人當然是董平。

金槍魚如在雲霧，但是人家救了他性命他是知道的，忍著肚疼說：「金槍魚。」

董平翻開他脖領子看了幾眼，說：「幹嘛不紋清道夫？」再看他手提的塑膠袋裡果然是兩條「清道夫」。

這時場上最為勇悍的都已經嘗到了我們「踢館」組合的厲害，輕的鼻青臉腫，重的抱肚不起，其餘的人自覺地圍成一個大圈子，已經沒什麼人敢上去挑戰了，而這又不是戰場，好漢和李靜水他們又不好意思窮追猛打，於是成了僵持局面。

光頭被我一個「破腳式」一點下去，抱著腳哀號了一陣，終於明白和大媽搞好關係才是王道，他單腳跳到大媽近前，尋尋覓覓要找一件趁手的武器準備反攻。大媽在這次混戰中被無辜地捲了進去，顯得很無奈，見光頭過來，把水桶放在腳邊，從腰間掏出一塊抹布扔在桶裡，攤手道：「再沒別的了——」

光頭打量著這兩件裝備，陷入了思索。

董平一手提魚，撥開人群和林沖他們站在一起，問：「打架來著？」

扈三娘點頭。

「還打嗎？」董平說著伸胳膊抬腿，一副躍躍欲試的樣子。兩邊武館的人一看我們這邊又來了強援，都面面相覷起來。

金槍魚爬起來，和抱著腳站在水桶邊的光頭對望了一眼，異口同聲說：「不打了，打不過。」光頭也衝我喊：「你下來吧，不打了。」

我觀察了一下，覺得他們是發自真誠的，於是走下來，把掃帚和拖把都還給大媽，這時段景住拉著那個道服男已經跑到第四圈了，見風平浪靜，背著手沒事人一樣走了過來。

猛虎隊和紅龍隊各自把人集合起來分站兩邊，經過這一戰，已經成了朋友，一起挨揍生出的交情要比一起揍人來得深，猛虎的人主動拿出傷藥來幫他們擦，自己身上的傷擦不到的地方也不客氣地喊對方幫忙，傳統武術和外來搏擊就這樣融合了。

金槍魚揉著肚子問我們：「你們是哪間道館的？」

我忙說：「我們不是武館的，這次來是虛心求教的。」

金槍魚不滿地說：「我們已經認栽了，何苦再說風涼話？」

我這才想起我忘了提一個人，說：「我們是虎哥介紹來的……」

就在這時，武館的大門一開，闖進一票壯漢來，為首的正是杜老虎。

老虎大概是聽說有人前來挑戰，急匆匆趕來了。他沉著臉走進來，見場地裡亂七八糟的，衝金槍魚怒喝一聲：「你們幹什麼呢？」

金槍魚立刻羞愧地低下了頭，老虎又見一幫穿著奇裝異服的人，指著光頭問：「你們又是哪的？」

也難怪，光頭他們來的時候穿著柔軟雪白的道服，腰間紮著顯眼的腰帶，個個意氣風發，經過這陣打鬥，他們衣服上有的印著碩大的拖把印兒，有的被甩了一身黑泥點子，還有的胸口沾了鼻血，被段景住拖著跑的那人更是衣衫襤褸，這一個口子那一條破布，從裝飾上看，現在的他們倒像是一幫邪教分子。

光頭氣餒地說：「我們……我們是紅龍道館的，來切磋一下……」

老虎見他們這個狼狽樣，以為自己的徒弟替猛虎武館爭光露臉了，神色大緩，拍著金槍魚的肩膀說：「這都是你幹的？」

金槍魚委屈地一指我說：「師父，我們都栽在他手裡了。」

老虎這才看見我，然後看見了董平，他激動地噌一下躥到董平跟前，抓起他一隻手搖著說：「董大哥，你可算來了。」然後他又看見了李靜水和魏鐵柱，微笑致意，「這兩個兄弟也來了。」

他的徒弟一聽他叫得這麼親熱，知道自己這頓揍算徹底白挨了，紅龍那邊的人也看出來自己的館主來了多半也是如此，都心灰意冷，光頭衝林沖一抱拳：「這位大哥，能告訴我你用的是什麼功夫嗎？」

林沖微微一笑：「家傳的槍法。」

光頭沮喪地說：「看來還是咱們老祖宗留下的玩意兒管用，以後再不學這勞什子跆拳道了。」

我覺得我有義務讓年輕人樹立正確的價值觀，我往前站了一步，侃侃道：「天下武術本沒有強弱，只有學的人不同──像我剛才那招『破腳式』，那絕對是天外飛仙神來之筆，一般人能想得出來麼？那是需要很高的資質的。」

光頭鄙夷地看了我一眼，又對林沖說：「大哥能留個名號嗎，我想專門去拜訪。」

林沖只是呵呵笑著，不說話。

光頭知道人家瞧不上他這點把式，只好自己找場子，他再次抱拳，朗聲道：「各位，咱們青山不改綠水長流，日後江湖相見，自當……」

扈三娘像轟蒼蠅一樣揮手說：「去去去去，趕緊滾蛋。」

這娘們實在讓人無語，一點面子也不給人留，好在光頭他們不知道我們的來歷，這筆帳只好記在猛虎武館頭上了，呵呵。

光頭他們飲恨離去，老虎看著自己一幫垂頭喪氣的小徒弟，難得溫和地說：「行了，你們栽在這幾位手裡一點也不丟人。」說著，他又拉住董平的手親熱地說：「董大哥，今天有時間啊？」

董平說：「我以前還真沒發現你這個好地方，要不我早來了。」

老虎居然臉紅起來，謙遜地說：「哪裡哪裡。」

「……你門口那個魚市搞得很好嘛，我以後會常來的。」

老虎鬱悶半天，才又說：「董大哥家在哪住啊，我送你。」

我覺得該說正事了，把老虎拉在一邊說：「虎哥，我們這次來是想和你學學散打……的規則。」

老虎奇怪地問：「你們學這個幹什麼？」

「過段時間不是有個比賽麼……」

老虎一拍頭頂：「對了，我想起來了，我們武館和我個人都報名了。」他詫異地說：「董大哥他們都不會散打？」

我嘿嘿笑道：「他們都是些老古董，這些近幾年才搞的玩意兒都沒怎麼接觸過。」

老虎點點頭：「可以理解。」他隨便指著兩個小徒弟說：「你，還有你，上臺練散打。」

他說完，這兩人立刻穿護具，戴拳擊手套，眾徒弟七手八腳地幫忙。

老虎道：「你們給我拼命好好打，這位董大哥隨便指點你們兩句，以後你們想踢哪家道館都遊刃有餘了。」

這就是老虎教育徒弟的方法，孜孜以求的就是踢人館，跟扈三娘倒是挺配的。壞了，老虎不會是矮腳虎轉世吧？

老虎沒看過林沖顯身手，所以言語間只知道恭維董平，林沖心胸寬廣也不在意，段景住本來就廢柴，自然也沒話，可是扈三娘已經橫了他好幾眼了。三姐有點女權主義，生平第二恨瞧不起女人的男人，第一恨瞧不起女人的女人。

與此同時，跟著老虎一起來的那幫人也在冷眼看董平，有幾個跟著老虎在校慶那天就見過董平，他們聽老虎把這個貌不驚人的漢子誇到天上去了，心裡大概都有點不平。看樣子很有再掐一架的潛力啊，我用眼角偷偷搜索著大媽的位置，準備一打起來先取人和，再占地利。

很快兩個小徒弟就在臺上比劃了起來，其實單就觀賞性而言，散打並不好看，反正在我眼裡就是那麼簡簡單單的直來直去，但林沖他們看得十分認真，董平低聲說：「這個用來實戰比較好。」林沖點點頭。

再看臺上那兩個人，你打我一拳，我踹你一腳，扈三娘讚道：「早該這麼打嘛。」

董平問老虎：「每次打之前都得戴那些亂七八糟的東西嗎？」

「你是說護具吧，職業賽一般都不戴的，但這次來參加比賽的人什麼樣的都有，有的是胡亂報個名來湊熱鬧的，所以組委會規定參賽者必須護具齊全，可能是怕出人命。」

看了一會，林沖問道：「不能用肘，是嗎？」

老虎點頭：「嗯，還有腦袋也不能用。」

董平小聲跟林沖說：「我看除了這幾樣，跟平時打架也沒什麼區別，把人打躺下就行。」

林沖笑道：「我看也是，咱們山上的兄弟都是大開大闔的路數，歪招一般不用，也不用特意去告誡他們什麼。」

這時李靜水忽然問：「能踢襠嗎？」引得周圍一群人另眼相向。

老虎急忙告訴他：「那是嚴禁的，而且我還想不出哪種比賽是允許這麼做的。」

我拍了拍李靜水的肩膀說：「靜水啊，這次比賽你就不用參加了，幫著加油吧。」

又看了一會兒，董平說：「差不多可以了，我來試試吧。」

他沒戴護具，只拿了一隻拳擊手套戴上，揮了兩下，老虎身邊一條漢子立刻冷冷說：

「這位董大哥，我和你過幾招吧？」

老虎抱著肩膀也不阻止，朝臺上那倆喊：「下來吧——」

董平和那漢子一左一右躍上擂臺，那漢子把一對拳擊手套對撞得砰砰直響，眼睛裡幾乎冒出火來，董平就戴著一隻，帶子也不繫緊，就那麼鬆垮垮的，老虎叫聲開始，那漢子「呼」一下衝了上去揮拳就打，沒等他拳到，董平後發先至，一拳把漢子揍飛，他那巨大的身體砸向臺下，眾人都不禁驚呼一聲。

臺下扈三娘正和段景住說著什麼，見一條大漢平躺著朝自己蓋了下來，伸手一提他衣領子把他放好，繼續和段景住說話。

這一下扈三娘無意中搶盡了風頭，話說千年老妖扈三娘，除了眉梢眼角帶著一股銳氣，怎麼看也是個嬌滴滴的小美人，那猛虎一般的漢子經她這麼一提一放，輕描淡寫，連董平那漂亮霸道的一拳也被她蓋過了光彩。

扈三娘說著話，忽然覺得四周安靜下來，這才發現自己成了焦點，她還沒意識到發生了什麼事，看看她接住的那漢子，問：「這麼快就下來了？再上去打去。」那漢子滿臉癡呆，半天才說：「服了！」

老虎也傻了，他知道李靜水和魏鐵柱能打，又和董平交過手，所以他大概一直以為把他這幫徒弟揍趴下的主力就是這三個人，想不到我們這幾個選手個個身懷絕技。他一把拽住我胳膊，問：「這些人你都是怎麼認識的？」

我說：「路上撿的。」

「這根本使不上勁嘛。」董平脫下手套扔在地上，跳下擂臺，提著他的魚說：「散打是個什麼東西我差不多弄清楚了，咱們走吧，再等會兒我的魚該憋死了。」

老虎走到他近前，忽然說：「大哥，能收我這個不成器的徒弟不？」

老虎當著這麼多徒弟的面說出這句話來，可見確實發自真誠，董平要收了他，這幫人就得乖乖當灰徒孫，那麼我叫董平大哥的話，就是這幫人的師叔祖……我最近對輩分很敏感。

董平笑笑：「再說，再說吧。」

哎，這幫梁山賊寇，你收這麼一個徒弟不比小旋風柴進強？死腦筋。

要說老虎對比自己有本事的人那真是沒得說，栽了這麼大的面，只是尷尬地笑了一下，悵然若失。搞得我反而不好意思了，拉著他的手說：「虎哥，今天的事對不住了。」

老虎擺擺手。

我對一干被我們揍得亂七八糟的猛虎武館的學員一抱拳說：「咱們青山不改綠水長流，日後江湖相見，自當……」

扈三娘拉住我的領子往外就拽：「快走，廢什麼話呀。」

第三章

李逵吃豆芽

我們現在需要一個強壯的團隊和環境，
散兵游勇再強，也撐不起一個國家的體面。
所謂的「有機會」，那簡直已經是既定事實，
只要你夠強，辦學資格、硬體建設……那統統是李逵吃豆芽，
小菜一碟——讓不讓李逵上呢？

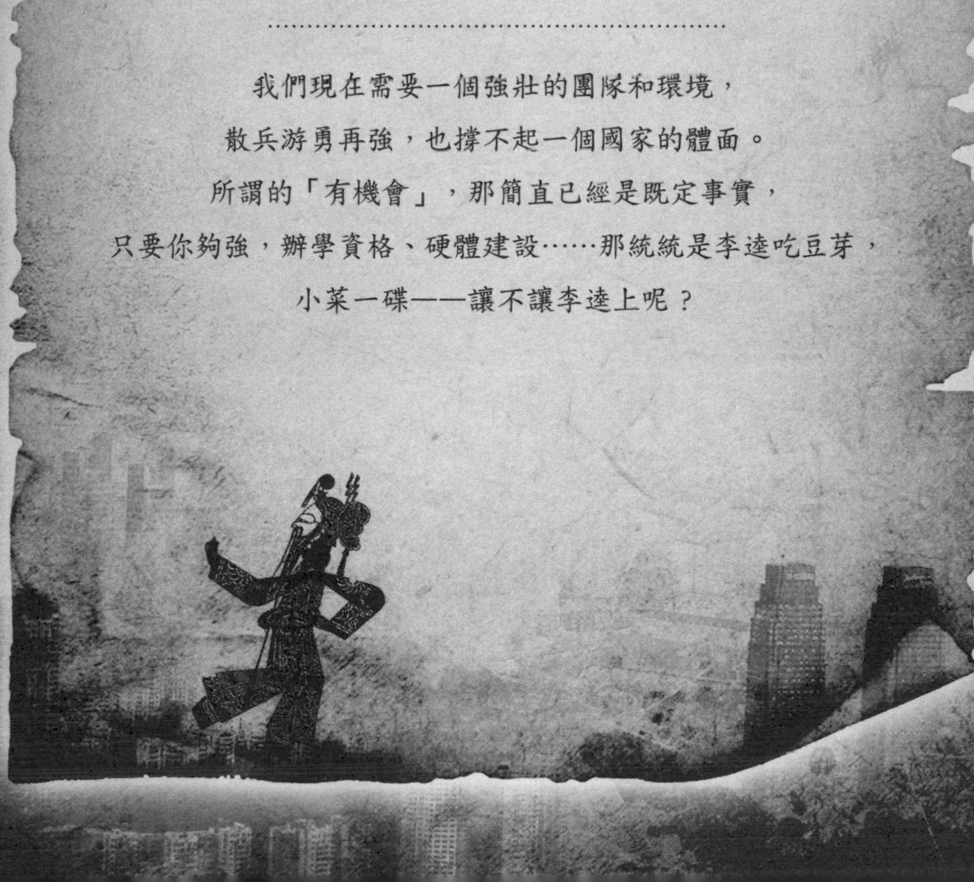

我從老虎那拿了兩份散打規則以及比賽得分標準，上車後分別交給李靜水和林沖，我說：「靜水、林教頭，還得勞煩你們個事，回去以後讓人把這個研究一下。我聽老虎說，散打比賽是分級別的，恐怕你們兩邊都得出人，別到時候上了場，兩眼一抹黑，什麼也不知道就丟人了。」

李靜水小心地疊好放在口袋裡，段景住跟林沖要著看，林沖一把拍在了他懷裡。

回到學校，林沖他們直接回宿舍，我跟李靜水和魏鐵柱來到階梯教室，我們坐在最後一排，聽徐得龍說他們剛剛課間休息完。

我無意中向黑板上看了一眼，見顏景生在投影儀上放了一張很奇怪的畫片，顏景生一手拿著教鞭，指著影幕上被放大的小人兒正在講課，他邊看著手裡的一本書，邊指指戳戳地說：「散打裡所謂的得分區，是指頭、軀幹、大腿和小腿……」

我看了一眼他手裡的書《散打基礎入門——附比賽規則》，奇怪地問徐得龍：「顏老師怎麼講起這個來了？」

徐得龍說：「剛才張校長叫人送來一份什麼全國散打比賽的章程細則，還帶著一本書，顏老師知道我們都沒學過散打以後很著急，就馬上給我們講解，還說一會兒要領著我們去操場上訓練。」

我驚嘆道：「全才呀！」

我快步走上講臺，從顏景生手裡接過教鞭，大聲說：「同學們，得不得分的不要緊，記住有幾個地方不能打——」

我指著畫片上的小人兒，用教鞭指著說：「這個地方不能打，還有就是脖子也不能打，你們別一上去圖省事『喀嚓』一下給人擰斷了——」我義正詞嚴地說：「那是不行滴！」

接下來就是襠部，我拿起桌上的自來水筆，在那小人大約兩腿間的地方畫了一條線，又畫一條，使它由線變成棍，然後在兩邊畫了兩個圈圈，指著問臺下：「你們說這是什麼？」

下面很多戰士嘿嘿笑，看來我畫得很成功啊。

「對了，這就是咱們男人那話兒，切記切記這個地方不能踢！」

我的講解看來滿成功的，給戰士們留下了深刻的印象，再有顏景生這樣的老師耳提面命，三百戰士這邊我可以放心了。

我來到宿舍樓，發現這裡該什麼樣還什麼樣，一點學習的痕跡或前兆都沒有，我找到林沖他們的房間，推門進去一看，林沖正斜靠在床上休息，董平興致勃勃地看他的魚。

我小心地問：「兩位哥哥，沒把比賽的細則給大家說說？」

林沖這時才想起來，說：「哎喲，那張紙還在段景住那呢。」

段景住這時剛從廁所出來，探進頭來說：「那張紙啊，讓我給擦了屁股了。」

董平不耐煩地揮揮手：「有什麼好說的，上臺之前一兩句話不就說明白了麼？」

我說：「趕遲不如趕早，那時再說怕會分心。」

「那你去把人都喊出來，我給你說幾句。」董平說。

我急忙跑到走廊上，喊道：「諸位哥哥都出來露個面，關於比賽的事，我讓董平哥哥把規矩和大家說說，咱梁山揚名的時候到啦——」

好漢們好奇心起，紛紛湧上走廊，董平又逗弄了一會兒那兩條懶洋洋的清道夫，這才信步走出，嚷道：「該怎麼打就怎麼打，記住不要踢襠！」然後就又進了屋。

我發愣道：「完了？」

董平攤手：「完了。」

老張下午送來的東西，除了介紹散打的，最重要的是一份大賽入選規則和賽程安排，厚厚的一摞，我閒來無事，就坐在林沖床上翻看著。

翻開第一頁，首先吸引我的是「有護具、無級別、不拘一格的比賽」。

散打我雖然是個門外漢，可也知道是分級別的，一看細則才知道這次大賽取消了級別制，這樣一來，不就成了大塊頭的天下了麼？

不過我想了想也未必，林沖董平身量都屬中人，但論打，金槍魚那樣兩米的大漢那是怎麼打怎麼有；其實就單挑而言，段景住遇上光頭這樣的都頗占勝場，可見有真本事的話，身高體重這些因素是可以忽略的。

本次大賽分為兩個部分，即表演比賽和武術散打比賽，表演賽只接納團體報名，括弧解釋此處的團體是指國家官方承認並頒與證書的武術以及與武術相關的單位。第二部分散打比賽，這次接受個人報名，但是需要有運動員資格證書，這對業餘的民間選手來說無疑是個壞消息。

然後是團體，每一個單位可派八人參加個人比賽，另派五人參加團體賽，個人比賽和團體比賽將分單雙日進行，所以一個選手可以同時參加個人和團體賽。

個人賽冠軍將被授予「散打王」稱號，獎勵五萬元。團體第一獎勵五十萬元，有機會得到更高的辦學資格和國家的其他性質獎勵……

只要稍加注意，你就會發現這份細則裡著重提到了一個詞：團體！凡是與團體沾邊的，規則放寬獎勵優渥；相對團體，對個人的限制未免有些嚴格，從這一點也可以看出上面的良苦用心。

我們現在確實需要一個先天強壯的團隊和環境，散兵游勇再強，也撐不起一個國家的體面。所謂的「有機會」，那簡直已經是既定事實，只要你夠強，辦學資格、經濟支援、硬體建設……那統統是李逵吃豆芽，小菜一碟——讓不讓李逵上呢？

現在一個為難的就是人選問題，單人賽八個名額，團體賽五個，實力弱一點的地方，精挑細選出五個人，就得擔負起全程的比賽，我的問題是太兵強馬壯了，奢侈一點，單賽和團體都叫專人負責，這才十三個名額，我左三百右五四，項羽在胸口，荊軻在腰間，你說讓誰去，不讓誰去呢？

就算項羽忙著泡虞姬，二傻心中沒有名利之爭都拿掉，那剩下的怎麼辦呢？還有那個團隊五人的比賽，如果其中三個是林沖、董平和李逵的話，那剩下的兩個人幹什麼？讓安道全和金大堅去都行，因為根本沒有他們露面的機會。

現在還有一個辦法就是這十三個人都從好漢裡出，然後辦三百個假證讓三百都以私人名義參加比賽，排除他們之間的對拼，加上對比賽規則不熟和遇上強勁對手的因素，六大四強裡最起碼還能有我們四十個人……嗯，搞不好得有五十。

然後敏感的記者們會突然發現這五十人都來自同一個學校……那風頭蓋武當、壓少林，簡直是易如反掌，然後全國乃至世界範圍內的學員趨之若鶩，顏景生就開始他的勸退生涯，就按五塊錢一個給他提成，一天一萬個就是五萬塊……

不寒而慄呀！所以說，這事最大的為難就是：我不能拿第一！

要真能為國家的武術事業做點貢獻還行，問題是那一年之期怎麼辦？你不能指望來的客戶一年更比一年強，明年好漢們都走了，再來幾百號被贏胖子坑殺的儒生怎麼辦？

要想讓這次比賽皆大歡喜，最理想的名次是第三，到時候再讓老張拉著老臉幫我遊說遊說，起碼用公款再起幾棟小樓是不成問題的。可是這操作起來有難度，梁山好漢雖強，但能不能隻手遮天可不好說，現代人能開碑裂石的大有人在，若一開始就抱著「不求第一只求第三」的心態，弄不好連前五也進不去，所以現在最保險的辦法就是前面盡全力，等決賽那天看情況放水。

拿個第二，那已經不是我想要的了。所以我們的口號就是：保住第二，爭取第三！

我在那胡思亂想，林沖和董平拿著那細則，你指一個字我指一個字居然認了八成，大概意思也明白了，然後倆人就開始算錢：「個人第一是五萬，第二是一萬，第三五千——總共六萬五，團體第一是五十萬，第二是十萬，第三兩萬，這是六十二萬，加上個六萬五，是六十七萬五，夠咱們所有兄弟去梁山玩一趟的了。」

林沖：「夠了，就是住不起星級賓館了。」

我聽了暴汗，「董平哥哥，個人比賽包攬前三是有這個可能，可是我想問一下，包攬團體前三這個想法你是怎麼產生的？」

董平笑道：「對呀，我忘了咱們只能代表一個團體。」但他馬上又說：「老虎不是也報名了嗎？讓他們不用去了，讓我們的人幫他打，完了名次是他的，錢是我們的，再加上那個紅龍道館，正好包攬前三。」

我痛心疾首地說：「你這是作弊呀！」

董平白了我一眼道：「作弊？要不作弊，就該你和那個姓顏的小白臉倆人打去。」

我想想也是，急忙陪笑道：「哥哥，咱不拿第一行不，不就是想回梁山看看嗎？兄弟我拿錢，先給一百萬，不夠再說。」

董平朝我一伸手說：「那你給錢吧，我們現在就直奔梁山。我們不去，你自然也就拿不了第一了。」

這就是流氓和土匪的區別啊！流氓做壞事，喊得再囂張，他的心是虛的，因為他知道自己是流氓。可土匪不同，他對自己的身分根本沒有定義，怎麼痛快怎麼來，你看董平那理直氣壯的樣子，我現在要是把錢給他，我敢打賭他抬屁股走人之後絕對不會有半點愧疚，可能還得讓我領他個情。

我乾笑數聲說：「嘿嘿，不是那樣的，眾位哥哥起碼得幫我拿個第三再走，第二也行，不過那個就沒什麼意思了。」

董平在弄明白我的意思以後，啜著牙說：「你這個不好弄啊。」看來他也是個明白人，知道收放自如不如一往無前來得容易，他說，「這就像軍師那次讓我詐敗一樣，打得太過了，敵人就散了，裝得太過，人家又不上當，我們盡力吧反正。」

林沖說：「這次比賽別讓李逵去了，他那人直脾氣，肯定不會幫著你作戲。」

董平也說：「對了小強，為什麼不拿第一？」沒等我回答，他馬上笑道：「是怕我們走了人家來踢你館對吧？幸虧我們現在是只求財不求名，要是以前，這種倒楣活肯定不幹。」

董平又拿腳踢踢我說：「其實你只要跟林沖哥哥把他的林家槍學了兩三成，現在全國能動了你的人絕對不超過十個。」

他一句話說得我又心動了，林家槍的威力我今天見識到了，練到林沖這個程度，啥都不用怕了。我滿眼都是小星星地看著林沖，林沖笑道：「小強我問你，學槍的最高境界是什麼？」

我想都不想說：「人槍合一！」唬我啊？這種簡單的道理我當然懂。

林沖搖搖頭還沒說話，我立刻又說出一大堆：「無槍勝有槍？手中無槍心中有槍？手中有槍心中無槍？手中心中都無槍——哦，那是學刀的。」

林沖有點發愣說：「想不到你境界這麼高。」

我問：「你呢，林沖哥哥？」

林沖臉微微一紅說：「我也不知道什麼是最高境界，反正能打贏就行。」

我腸子都悔青了，早知道林沖格調這麼低，犯得著那麼裝嗎？

林沖說：「這樣吧，你什麼時候做到人槍合一了，我再把林家槍傳你。」

靠，又來這套，上次是讓我點石成粉，這回讓我人槍合一，林沖真不厚道！

人選問題不是一時半會能落實的，我還得跟三百那邊協商一下，大賽組委會規定所有單位在賽前一周要把參賽人員名單交上去。

我經過操場，見三百在那圍了一個大圈，哦，現在的三百只有兩百五才對，因為有五十個放假了。

顏景生站在兩百五當中——還是叫三百吧，太彆扭了。手拿著那本散打的入門介紹，正在指導兩個戰士動作，其他人都圍著看。

場上的一個戰士把兩根手指蜷起來作尖突狀，刺向另一個作為假想敵的戰士，這是訓練，就算打到也不可能受傷，可顏景生立刻大喊：「住手住手，你這樣不行，上去比賽是要戴拳擊手套的，再說——你這也太狠了吧？」

兩個戰士停了下來，這回那邊那個先進行攻擊，他一下跳到這邊戰士的面前，一把把他摟倒，作勢在他脖子上一扭，顏景生大喊：「停！脖子是禁止擊打部位。」

兩個戰士看來已經被叫停了不止兩次，當顏景生讓他們再開始的時候，這兩個人手足無措地望著對方，都不知道該怎麼打了。

他們都是從戰場上下來的鐵血，講究的是一招致命，就算殺不死你，也得使你失去戰鬥力，摳眼珠、踢襠、打後腦、擰脖子，讓他們光用拳腳，還限定打擊範圍，不習慣不說，他們可能首先就想不通。

我找到徐得龍，把比賽的大致情況說了一下，徐得龍說：「表演的事不難，至於比賽，你怎麼方便怎麼來就行，我們的人參加不參加都可以。」

徐得龍想說什麼，可是猶豫了一下。

場上那兩個戰士愣了半天也沒動手，有一個終於忍不住了，面向顏景生大聲說：「老師，我不明白為什麼強調擊倒對手的同時還要加這麼多限制？」

徐得龍呵斥他：「注意禮貌！」然後轉過臉等顏景生回答。

咦，這個問題問得好呀，我都沒想過，雖然無法想像一個比賽允許挖眼珠、踢褲襠、揪著頭髮洗面門、抓臉皮，甚至是咬耳朵會是什麼場面，但要真有這樣的比賽，收視率一定低不了吧。

我幸災樂禍地看著顏景生，看他怎麼說。

顏景生呵呵一笑，胸有成竹地說：「那麼下面——」

我豎起耳朵聽著。

顏景生一指貓在人群裡的我：「……就有請我們的蕭主任來為大家解答這個問題。」說完這個還帶頭鼓掌。

我豈是易相與的？我滿臉笑容地揮手向周圍致意，等掌聲平息後，我高深莫測地說：「這個問題嘛，是仁者見仁智者見智的，我們不如先來聽聽顏老師是怎麼看的？」

帶頭鼓掌……

小顏立馬傻了，嘿嘿，跟我鬥？

他結結巴巴地說：「我認為是……這個又是戰場，有人受傷就不好了……」

這個答案看來連他自己也不滿意，說完連連懊惱地搖頭，不過他大概是想到還可以用這個問題為難我，所以立刻打起了精神，不用等他發難，我笑咪咪地說：「你們想知道答案嗎？」

所有人都眼巴巴地看著我，我把手一揮，斬釘截鐵地說：「少廢話！繼續訓練。」

三百「啪」一下集體立正，答道：「是！」

我到家的時候，只有秦始皇一個人在玩遊戲，因為中午沒吃飯，我從冰箱裡翻出來個冷雞腿啃著，然後指導嬴胖子：「按住方向和小跳，是助跑。」

「早社（說）麼。」難怪他老過不了超級瑪麗最後一關，連這也不知道。

「嬴哥，相機還有電嗎？明天跟我辦件事去。」

「撒四（什麼事）？」

「明天你只管拍照就行了。」

我得給三百每人辦個身分證，這事就落在蕭讓和金大堅身上了，上次時遷身分證丟了，就是這倆人聯手給又做了一個，不過那是特例，可以慢工出細活，這次是批量，大概需要臺專業的機器。

現在相機有了，金少炎送的，當然是高級貨，可做假證的機子我去哪搞呢？這時劉邦回來了……

「租一天五百，這可是看在鳳鳳面子上，要知道人家停一天工耽誤的可不止這個數……」於是機器的問題也解決了。

郭天鳳是什麼人？是我們這的造假皇后，雖然目前只局限於成衣業，但她認識的人裡面可謂品種齊全。

我把電腦和印表機連起來，把數位相機裡項羽的「情敵」們一一印出來，說：「邦子，不得不說流氓成性就是你的天性，可是你當皇帝那時怎麼辦，說話也這個調調？」

劉邦立刻黯然，說：「你又不是沒見過我繃成著什麼樣兒，所以說當皇帝都得變態。」劉邦指了指臥室裡的秦始皇，壓低聲音說，「裡邊那位不就是一個例子麼？」

我笑道：「嬴哥挺好的吧？」

「挺好能把江山丟了嗎？他殺的人比你見的都多！」

說著話，包子和李師師也回來了，包子把靴子甩在鞋架上，跌進沙發裡捏著腳，叫道：「劉季，倒杯水。」

如果在平時包子肯定會叫我，但見我在忙著印照片，劉邦又離水壺近，所以才指派這個皇帝幫她端茶倒水，劉邦屁顛屁顛地捧過水來，包子接過喝一大口，說：「可惡的婚紗店搶錢。」

我和劉邦都一愣，我見李師師只是笑，知道還有下文。

「最便宜的租一天要兩百，還不給打折。」

劉邦說：「那也不貴呀，還不如租臺辦假證的機器錢多。」

包子捶著腿說：「可是你要知道，現在婚紗都是一租兩套，娶那天穿一天，回門還得一天呢，這一裡一外就得快一千塊呢。」

我問：「那你倒是租沒租啊？」

包子說：「本來沒辦法也得租啊，可是小楠說她有個同學就是做婚紗的，可以借來。」

我們都看李師師，她只是笑。她的同學？杜十娘來了？

包子起身去做飯，李師師輕聲跟我說：「精品婚紗店有套婚紗很適合表嫂，價錢也不貴。」

「多少錢？」

「三萬。」李師師看了我一眼說：「而且是不租的，我建議你把它買下來送給表嫂，每個女人一生都應該有套婚紗。」

每個女人都該有套婚紗？這種觀念她是從哪學的？是打算離了再用，還是穿著去菜市場？不過她有資格這麼說，她送給我們的那顆珠子如果換成婚紗，起碼能把兩個集團軍銀妝素裹起來。

那顆珠子，包子已經戴過了新鮮，隨便地扔在抽屜裡，不過那倒不失為一個安全的地方，就算來賊，沒有副教授以上水準，值錢東西一件也拿不走。誰能想到當初荊軻用來刺秦的匕首已經被拿來削馬鈴薯皮，穿了條紅繩扔在抽屜裡的是宋徽宗的備用帽珠？

吃飯時間到了，我趴在窗戶上喊：「軻子，吃飯！」

二傻正在和趙大爺兒子趙白臉「練劍」，倆人人手一把掃帚，把個地方撩得雞飛狗跳塵土四起，我喊完趕緊把窗戶關上了。

結果不一會倆人都上來了，荊軻親熱地拉著趙白臉的手，跟我說：「讓他也在咱們家吃飯吧。」

我和包子頓時面面相覷起來。

如果是智力正常的人，你招呼他「歡迎歡迎」，他必然得說「不了不了，我還有事」；就算想吃，也還跟你客氣幾句，可這傻子不一樣，在這吃順嘴了以後，萬一天天來怎麼辦？我們這婚紗還沒置辦先多一個兒子——趙白臉比我還大一歲呢。

可是我們能怎麼辦？香噴噴的飯菜擺了一大桌，傻子看得口水都流出來了，你把他趕出去？這事我幹不出來。事實證明我幹不出來的事，包子……更幹不出來了，她衝倆傻子說：「洗手去。」

趙白臉洗了手，端起碗來就吃，除了偶爾衝二傻笑笑，跟別人一句話也沒有。壞了，兩人別是搞斷背山吧？

我笑著問二傻：「軻子，最近劍法大成沒？」

荊軻愣了一下，他可沒傻實心，隱約覺著我沒什麼好意，與趙白臉相視一笑，居然有點心有靈犀的意思。

我拿出手機，把手伸在桌下悄悄對著趙白臉使用了一個讀心術，等拿出來一看大吃一驚——當機了！這兩個傻子是我這手機的地獄啊！

晚上九點多，項羽還沒有回來，最先坐不住的居然是劉邦，他邊看表邊說：「項大個兒不會真的開房去了吧？」他之所以這麼說，是因為他知道項羽不會這麼做，這應了那句話：最瞭解你的，往往是你的敵人。

正說著，樓下傳來汽車的聲音，過了一會項羽緩緩走上樓來，他換了鞋，掛好衣服，走過來端起桌上的水一口喝光，我忙問：「剛和張冰分開？」

項羽點點頭：「剛把她送回宿舍。」

「怎麼樣啊？」劉邦問道。

項羽衝他淡淡笑了笑，忽然掃見桌上那些照片，隨意地拿起來看著，然後把其中兩張倒扣起來，說：「這倆人有女朋友了。」他慢慢解著襯衫上的扣子，站起身往臥室走：「我先睡了，明天說好接她一起去看爺爺的。」

劉邦看著他的背影，直到他進了屋，關上門。劉邦猛地回頭，小聲跟我說：「情緒不怎麼高啊，難道是徹底沒戲了？」

我托著下巴說：「不可能，一個女孩子，第一次約會就能和你待到這麼晚，不可能沒好感的。」

劉邦說：「難道是張冰跟他說『我只把你當哥哥』，還是直接說了『你是個好人』？」

我冷笑數聲道：「也不可能！」

我把那兩張被項羽扣過去的照片扔在劉邦面前說：「你說大個兒是怎麼知道這倆人有女朋友的？他不可能追著人家問吧，所以一定是張冰告訴他的，張冰為什麼這麼做？就是因為怕和她打招呼的男生太多，引起大個兒的不快，所以才會說些看似沒用的廢話。」

劉邦驚訝地看著我，說：「張冰上輩子是不是虞姬我不知道，你上輩子肯定是張良！」

我覺得當張良在劉邦面前挺吃虧的，於是馬上說：「老子上輩子是諸葛亮。」結果發現更吃虧，當張良還只是給他打工，當諸葛亮成了給他三孫子打工了。

可是項羽為什麼不高興呢？更準確地說，是沒激情。

可以理解，當年他是縱橫天下的梟雄，虞姬是像罌粟一樣劇毒和美麗的女人，在那動亂的年代，一覺醒來，敵人已經殺到眼前，於是兩個人披著蚊帳殺將出去，是何等的豪情！可現在，一個身分是包子鋪老闆，一個用秦始皇的話說是小吏的孫女兒，怎麼可能再找到那種烽火連三月的感覺嘛！現在和平和發展建設才是主旋律──伊拉克那邊都撤兵了。

第二天我是被老張的電話吼起來的。我這個電話現在好像都有了靈性，事分輕重緩急，它會用不同的詠嘆吟唱，比如李師師打過來的，聲音就會嬌且清脆；項羽打來的，就雄厚低沉；這次是老張，它也跟著趾高氣揚，光棍氣十足。

老張在那邊嚷：「有多快跑多快，學校見！」

我一看錶八點半，項羽很不尋常地在睡懶覺，張冰在給了他點好臉色之後，看來他的泡妞激情已經嚴重退化──這就是男人啊！

我讓秦始皇抱著相機，拉著他上了車，一路飛奔。

我知道老張這種人一輩子清正廉明，育才無數，到老來天不怕地不怕，這次居然這麼急，說不定是出什麼大事了。

到了學校，彷彿一切安好的樣子，但不用趙白臉說我也感覺到了：有殺氣！

當我看到一輛市政府牌照的車停在教學樓前的時候，頓時產生了一種不祥的預感。我四下一望，就見老張正陪著一個有些禿頂的中年眼鏡男站在校園裡指指劃劃地說什麼，旁邊還有一個比眼鏡男小了一圈的眼鏡男在拿ＤＶ拍著。

這時三百正好排著隊從我面前跑過，我截住他們，找到顏景生，把準備好的紅布塞到他手裡，指著嬴胖子跟他說：「你先帶五十個人跟他照相去，要紅底的，辦證用的那種。」

顏景生狐疑地看了我一眼，但沒有多說什麼，帶著嬴胖子和五十個戰士走了。

我一把拉住徐得龍說：「現在就看你們的了，你們馬上去操場上訓練，一定要按緊急備戰的標準，動點真格的！」

政府的車，鬼鬼祟祟的ＤＶ偷拍，面色嚴峻的小官僚，沒吃過豬肉也見過豬跑，奶奶的！我的學校八成是要被取締了！現在就要看我最後一擊能不能奏效了。

等徐得龍他們準備好了，我悄悄湊近正在說話的老張和眼鏡男。

眼鏡男正揚著一隻手說：「教學樓才三層，太低了吧？」

「三層的教學樓已經能容納一千多人上課，一般學校就夠用了。」

我突然冒出來嚇了眼鏡男一跳，老張瞪了我一眼說：「你怎麼才來？」

眼鏡男看看我，疑惑地問老張：「這是……」

「哦，這是咱們育才的蕭主任，也是這所學校的法人代表。」

眼鏡點點頭說：「這麼說，蕭主任打算招滿一千人就不再收學生了？」

烏鴉嘴！這三百我都不想要，還一千，那得亂成什麼樣啊，孔門七十二賢、五虎上將、戊戌六君子、四大天王，呃，最後這個不算。

我說：「咱們是一所文武學校，招生範圍比較狹窄，所以一千人也就夠了……」老張忽然使勁擰了我一把，我疼得一皺眉。

眼鏡笑笑，指著宿舍樓說：「那宿舍是肯定不夠住嘍？」

我打著哈哈說：「現在每間宿舍只住四個人，但我們當時建的時候是按八人標準建的，所以……」

老張懊惱地直拍腦袋，這是怎麼了這是？

眼鏡被我頂回去兩次，也不生氣，笑咪咪地說：「聽說食堂只能容納三百人？」

「哦，我們可以分流兩次，這樣就差不多了。」

老張跺腳。

這時眼鏡終於發現在操場上開練的三百了，兩個戰士奮力相搏，虎虎生威，幾招過後，其中一個「嘿呀」一聲暴叫亮個飛腳，把另一個蹬出足五米遠，眼鏡看得哆嗦了一下，這下我可得意了。

但馬上毛病就來了：「這同學們平時練習也沒個護具啥的？」

我心裡直罵娘，還得陪著笑臉說：「沒事，他們都皮糙肉厚的。」

老張已經無語了……

眼鏡背著手冷笑道：「這麼大的地方只有這麼幾座建築，浪費啊！」

看看，露出猙獰的嘴臉了吧。司馬昭之心，路人皆知！我也豁出去了，對著操場緩緩平揮一下手臂，動情地說：「廣闊天地，大有作為。」

張校長實在看不下去了，截住話頭說：「小……蕭主任，給你正式介紹一下，」他一指眼鏡男，「這位是咱們梁市長的秘書，姓劉。」然後再介紹那拿著DV的小號眼鏡男，「這位是市辦公室的小王同志。」

我愕然道：「男秘書？」

老張這麼一說，我也看這人眼熟起來，新聞裡，跟在市長後面經常詭異地一閃而過，好像就是此人。他來做什麼？

老張一拍我肩膀，說：「劉秘書這次是來投資的！」說著直拿眼神刮我，我立刻就知道剛才可能是說錯話了……

劉秘書呵呵笑道：「投什麼資呀，不過是來做做後勤工作，很多人都看好你們育才呀，你是咱們市的種子，進前五就看你了，有什麼困難嗎？」

老張使個後勾腿一蹬我，我立馬苦下臉來：「劉秘書，你也看見了，我們的教學樓太低了……」

「哦，文武學校嘛，招生管道畢竟窄了一些，夠用了吧？」

「……我們的宿舍也小。」

「哎呀，現在的八人間只住四個人，是不是太奢侈了呀？」

「……我們的食堂才能容納三百人就餐。」

劉秘書呵呵一笑：「可以分流嘛。」

我一把拉住他的手，可憐巴巴地說：「劉秘書，你就玩我吧，我剛才說的話你就當放屁成不？」

這回連小王幹事也撲哧一聲笑了出來。

劉秘書笑道：「剛才一個勁讓你借坡下驢，你倒好，牽著不走打著倒退，你既然這麼有決心，我們反倒不好插手了。再說，蕭主任，你的豪言壯語可是已經記錄下來了哦。」

我一溜小跑回到車上拿出一條大中華來，往小王胳肢窩一塞，陪笑道：「王幹事辛苦了，這段影掐了別播。」

小王急道：「別別，我不抽菸。」但見劉秘書笑咪咪地沒有阻止，推了兩下也就裝進了包裡。

話說回來，這種小東西他們自然看不在眼裡，只不過是表明我認錯的態度。

劉秘書看看正在訓練的三百說：「先把學生們的護具解決了吧，其他的等你進了前五再說。」

這句話暗示性很強啊。

劉秘書拍著我的肩膀，意味深長地說：「這次武林大會雖然看上去就是普通的武術比賽，可國家傾注了不少精力，你也知道，武術已經成為奧運會的表演項目，很有希望在以後進入常規比賽，國家正在尋找武術訓練基地，這次你如果能進前三，我代表市裡給你放個話：讓你這高樓遍地起；進前五，你能溜邊喝點湯，再往後，那就不好說嘍。」

他從包裡掏出張紙給我，說，「這個拿著，看置辦點什麼，把你學生借給我兩百個吧。」

我低頭一看，十萬塊的支票，政府給我錢借三百想幹什麼？我心情複雜地想：借歸借——這錢也少了點吧？

劉秘書說：「這是組委會撥到咱們市上的，具體的這十萬塊是用來安排開幕式那天的禮儀小組的，這錢給誰不是給，你拿著把護具買齊了吧——我可是要看發票的。」

我奇怪道：「為什麼是兩百個，你讓他們做什麼？」

「這次來比賽的隊伍目前是一百七十多支，要他們就是舉舉牌子，你讓他們開幕式前一周去體育場報到就行了。」

……一百七……呃，下雨了，呃不是，是冷汗。這樣看來，這次武林大會規模比奧運會小不了多少啊！我終於知道為什麼某人敢答應我進了前三「遍地高樓」了，這根本就是死馬當活馬醫呀，在不知道我有多少實力前提下就慫恿著我看向前三前五，這簡直就是其心可誅，忽悠傻子上去丟醜賣命。

我原以為撐死三十多支隊伍不得了了，不行！原計劃要調整，雖然說大樹底下好乘涼，但這次樹外有樹，盤根錯節，別到時候在樹蔭下出不去了，曬不上太陽骨質疏鬆而死！

拿第六！一定要拿第六，前五都太張揚了，拿第六也算對市長有個交代，再說，我現在吃人家的嘴短，十萬塊買點護具外，夠給每間宿舍裝電視的了。

這時，一輛卡車停在我們面前，車上跳下幾個壯漢，粗聲粗氣地問：「誰叫小強？」

「我就是，有事嗎？」

「機子給你拉來了，放哪？」

我反應了一下才明白過來：我的辦證機到了，想不到這東西這麼龐大，一天五百塊錢還真不貴。

劉秘書開始還以為是學校買的什麼東西，但見那東西又笨又舊，忍不住問：「蕭主任，你這是……」

我汗下，怎麼跟一位市長的秘書說呢？啊，沒事劉秘書，這是一臺辦假證的機器？

那個小王幹事扶了扶眼鏡，仔細打量了那臺機器一眼，判斷說：「這好像是——」我的心提了起來。

「壓麵機？」

我感激涕零地一把抱住小王：「對對對，是壓麵機。」然後跟那幾個搬運工說：「快快，搬食堂去。」

劉秘書最後跟我握握手說：「有什麼困難儘管開口，只要是合理的，我們儘量滿足；咱們這回是東道，肩上有擔子的同時，手裡也有不少便利的因素嘛，呵呵。」

這句話簡直就是赤裸裸的提醒，想要什麼儘管要，有便宜不占王八蛋。看劉秘書那幾乎憋紅的眼睛，大概要他往別的運動員飯裡下瀉藥，他也樂於幫忙。

最後劉秘書把我送的那條菸拿出來拍在我手裡，笑道：「不是駁你面子，我這個人不講這一套的。」我見他表情堅決，只好作罷。

等他上車，張校長看著他們車子遠去的背影，說：「這回政府班子是用上心思啦。」

我問：「這次武林大會再怎麼盛況空前，也不是什麼政治活動，他們這麼幹值得嗎？」

老張嘿嘿一笑：「所以說你不懂政治，梁市長在那個位子上已經待了四年，論政績論資歷都該動動了，就缺那麼一絲契機，這機會不就來了麼。劉秘書這個人你也不要小看，梁市長一提，他應該馬上會弄個區長幹幹，借著梁市長這股東風，以後也扶搖直上九萬里了。」

我說：「你也喜歡李白的詩呀？」

老張不理我這個梗，說：「所以你有什麼需要儘管找劉秘書，你可是政府最近一手扶起來的，你露臉，他們跟著沾光。」

我說：「扶我還不是因為你？」

老張淡然一笑：「我再有幾年就變骨灰了，我現在就想讓孩子們能好好的，這件事我這麼上心也是有私心的，我是想，你真要能拿個好名次，政府給咱校園裡起幾棟高樓，我把附近上不起學或者上學遠的孩子都召集起來開個班，只要一棟小樓就夠了……」

老張一番話說得我眼淚差點下來，於是我決定把這次的目標名次再往前提一點，那就保住第六，爭取第五吧。

老張看我若有所思，以為我在犯難，嘆了口氣說：「原來我也沒想到能來這麼多人比賽，總之你盡力吧。」

老頭走了，腳步有點蹣跚，這個看似意氣風發了一輩子的知識分子其實碰了一輩子的壁，理想和現實總是矛盾的，他想做的和他能做的有天壤之別；能幫他的人很多，可都不願意真的幫他，誰願意把資源浪費在那麼虛無飄渺的理想上呢？

知識分子自古以來就改變不了世界，李白和杜甫不行，范仲淹和王安石也不行，改變現實，土匪和軍隊才是硬道理，幸好土匪和軍隊我都有點——我得看看我那臺辦證機去了。

我來到食堂，幾個工人剛把電源接好，我拆了包菸，道著辛苦。領頭的那個上下橫我一眼，問：「這東西你會用不會用啊？」

我把一包菸塞在他上衣口袋裡，他這才把機器開了，說：「這很簡單，資料填好以後，這是掃描照片的，這是出證口，出來的證件就已經是壓製好的了。」

我忙問：「那要做身分證是不是還得買護貝紙？」

「用不著——」

我愣了一下，詫異道：「哇，直接出第二代的身分證啊？」

他得意地說：「那是，別看這機子舊，可是進口的，在國內來說算先進的。」

工人們走了，我找了幾個戰士扛著機器直接到了階梯教室，然後派人去請盧俊義以及各位好漢前來開會。秦始皇的照相工作做得有條不紊，估計一上午就能完工。

在好漢們陸續到來之前，我先把顏景生支了出去，我把那張支票給他，讓他去採購護具，他樂得屁顛屁顛的，帶著倆小戰士走了。

好漢們到齊以後，我請盧俊義和吳用在講臺上居中而坐，下面是除了在酒吧守業的朱貴杜興以及剛剛出去逛街的幾位將領之外的好漢們，三百也集合起來，沒照相的繼續排隊照相，照過的都落了座。

我表情嚴肅地咳嗽一聲，說：「各位哥哥，岳家軍的壯士們，現在我們育才文武學校已經到了生死存亡的關鍵時刻……」

李逵大喊一聲：「怎麼，皇帝老兒要征討你了？」然後底下頓時嗡的一聲。

李雲道：「幸虧我已為甕城打好了地基……」

神機軍師朱武道：「速速挖掘護城河，召回張順和阮家兄弟……」

湯隆道：「需要多少軍器，可是我一時人手不夠啊……」

與他們截然相反的是三百岳家軍巍然不動，但個個神情複雜，看來他們並不想為除岳飛之外的任何人戰鬥，但又礙不過情面。徐得龍沒有說話，靜待我的下文。

我邊擦著冷汗邊想解釋一下，可下面已經是人聲鼎沸，盧俊義使勁拍了幾下桌子，好漢們才漸漸安靜下來，我尷尬地說：「呃……也沒那麼嚴重，就還是比武的事……」

「切！」好漢們一起鄙夷道。

我急忙說：「這次比賽事關重大，人選問題急需解決，因為咱們這次的目標是第五，所以有很大的難度，這就要求我們的人需要贏的時候打得過，需要輸的時候輸得起……」

臺下頓時有人怒道：「比個勞什子的擂臺，得不了頭名，豈不是丟了我們梁山的顏面？」引來一片附和之聲，紛紛說：「這忙我們可幫不上。」

奶奶的，宋黑胖當年讓你們投降你們都答應，我讓你們輸個比賽也不成？

很多好漢都有要退場的意思，這時董平忽然站起，道：「眾位兄弟且慢，小強說這次比賽完了，出錢讓咱們重上梁山；再說咱們比武之時，誰知道咱是梁山的？就當陪小強玩玩，得了錢，咱們逍遙快活去！」

一群人想想，這才又坐下。

我緊張得連連揮手說：「我說的是比完出錢讓你們重遊梁山，可不是重上啊！」

於是臺下有人喊道：「那我算一個。」

旁邊立刻有人打他一拳，罵：「你算個鳥，只怕你要輸很容易，想贏贏不了。」

先前那人大怒：「怎麼，你想和我伸伸手？」

李逵大嚷：「別吵別吵，都別和俺搶……」又是一陣大亂。

吳用站起身用手往下壓了壓，立刻安靜了不少，看來他的威望比盧俊義還高。

吳用問我：「小強，這次比賽需要多少人？」

我說：「八個單人，還要五人一組，一共十三個人。」

吳用用眼睛瞄了一下底下的三百，徐得龍立刻會意，站起說：「名額有限，如果需要我們上場，自然義不容辭，如果梁山的各位壯士願意一力承擔，我們也沒意見。」

好漢們都讚：「這個人夠痛快。」

吳用衝他們點頭示意，然後跟我說：「這倒還是個為難事，現在兄弟們不全，楊志張清阮家兄弟的功夫都是靠前的，他們不在，人選就不好定。」

這時秦始皇大功告成，拿著數位相機走上來給我，盧俊義指著嬴胖子問我：「這位是……」我在耳邊輕聲說：「秦始皇。」

盧俊義吃了一驚，連忙拉把凳子給嬴胖子，梁山上的人對帝王將相都缺乏起碼的敬意，盧俊義和宋江是兩個例外。

我為了試試機器好不好用，先顧不上和吳用討論人選問題，把相機和機器上帶的那臺破舊的電腦連起來。這不愧是臺專業的辦證機，裡面身分證模式都是現成的，隨便填點資料，掃描器也不用，直接把徐得龍的照片貼上去，一按確定，那臺主機一陣悶響，不一會一張還燙手的身分證就吐了出來。

我忙把金大堅和蕭讓叫上來，想了想又叫上宋清，給他們又示範了幾張，果然還是宋清先學會了操作，但他不會打字，只能黏貼電腦裡的存檔資料，不一會就有十幾個貼著三百照片的身分證產生了。

這種傻瓜式操作，金大堅也很快掌握了，你讓他拿電腦程式設計去肯定是不行，但讓他幹些歪門邪道那是比誰都在行。

蕭讓看了一會兒怪無聊，說：「沒我什麼事我走了。」

吳用忽然一把拉住了他，說：「你的事情可多了！」

吳用掏出一張片片給我看，說：「這是我的身分證。」

我一看這還是張第一代的，當初好漢們的證可能是經一人之手一條龍辦的，所以照相照得很匆忙，眼鏡也沒摘，這連我這個外行都能看出假來，而且姓名還是吳用。

吳用問我：「比賽是不是要用這個東西？」

我說：「肯定啊，先把名單報上去，到時候選手拿著身分證經過核對才能上臺。」

吳用道：「所以我們現在手上的證都不能用了。」

我奇道：「為什麼？」

「因為上面都是真名，這樣一來，豈不是真的墮了我梁山的威風？」

第四章

武林大會

現在我們的選手就像五十四個號碼中選十三個的大樂透似的，

頭像挨個滾動，交更迭變，讓我傷透了腦筋。

那些名字看著眼熟，但我發誓一個也不認識。

人選必須儘快定下來，因為明天——武林大會就要開幕了。

我使勁一拍腦袋，險些忘了這回事。

如果說上臺比賽的人裡有個叫林沖的，人們可能還不會在意，但一個團隊參賽的十三個人，你叫林沖，他叫楊志，那個叫董平，這個叫李逵，不引人懷疑才怪了！

吳用轉向蕭讓：「所以你的任務就是儘快想十三個名字報上去。」

「什麼名字？」

「隨便起。」吳用說著又面向我說：「你把這十三個名字先報上去，把資料填在這個東西裡面，」說著，他指指辦證機，「照片的地方空下，到了那天，誰方便誰上，只要交張照片就行了。」

我寒了一個，不愧是賊窩裡的狗頭軍師，要沒有一顆故意跟政府作對的心，打死也想不出這麼絕妙的主意，我估計諸葛亮就想不出來。

我想了想說：「還是不行，照片得和名單一起交上去，辦選手參賽證呢。」

吳用呵呵一笑道：「這就要看你的本事了，據我所知，人們更信任身分證，你先隨便拿十三張照片交上去，拍得模糊一點，到時候拿著新做出來的身分證和選手證上臺，只要他一看身分證上的照片，應該不會出問題。」

我問秦始皇：「嬴哥，行嗎？」

嬴胖子不屑地說：「歪（那）不成，餓拍地都清楚滴很。」

還跩起來了，不過秦始皇現在用相機那確實沒得說，除了像殺人現場，清晰度一流！

我走到相機支架前，衝兩個小戰士招手，我讓其中一個坐在凳子上，對另一個說：「你來拍，只要按這個……」

那小戰士立刻擺手說：「我不會。」

「就因為不會才找你。」我把他拉在相機前，教他怎麼用。

拍出來一看，還是清晰度不夠——太清楚了！我把相機的支架踢開，跟他說：「再拍！」

小戰士知道我不滿意，戰戰兢兢地又拍了一張，手還抖了幾下，可是拍出來還是能看清臉。我又招手叫過一個來，跟新來這個說：「你給他捶背。」

就這樣，有人給「攝影師」捶著背照相。再照出來那相片，就跟打擺子似的，那臉是一片虛影，我滿意地說：「對，就這樣照——捶背的別停，照好了還得重來。」

然後我又從三百裡找了十三個臉型各異、很有大眾化特點的戰士來拍。

蕭讓皺著眉頭跟吳用說：「名字能隨便起嗎？」

吳用說：「就是讓你隨便起的。」

蕭讓說：「按趙錢孫李排，趙一趙二趙三，錢一錢二錢三，排到周一就完了，這樣行嗎？」

吳用瞟他一眼說：「咱們光一起來的兄弟就有五十四個，你用這個的姓，用那個的名，十三個名字隨手不就拼出來了？」

這時戴宗過來拉住我說：「小強，咱們要這麼幹的話，是不是需要一間屋子來放這個機器，而且還得離體育場近點的。」

我想想很對，馬上給劉秘書打電話，說我需要一間辦公室。

劉秘書說：「這種小事情早就幫你們安排好了，一間帶擋雨棚的貴賓席，一間一百二十平米的辦公室就在體育場裡面——別人都是最少四五家合用一間。」

現在我終於體會到了「東道主」的甜頭，我索性說：「劉秘書，到比賽那天，是不是安排個大巴什麼的接我們的隊員一下？」

劉秘書說：「坐什麼大巴，多影響隊員體力呀，我在體育場旁邊的三星級賓館給你們預定了房間了，你們大約有多少人吧？」

我說：「你就先照著六十個人安排吧。」

劉秘書有些意外地說：「那麼多？幸虧你說得早，要不然還真沒辦法弄了，你要知道現在那附近的賓館已經開始爆滿，房間訂都訂不到了。」

「那我學校裡還有三百個學生……」

「那賓館你就別想了，如果需要，我安排車接他們。」

我支吾著說：「劉秘書，還有個事……」

這位市長秘書居然很有耐心：「說。」

「為了節省開支，我們的隊員照片都是我照的，效果不太好，遞上去的時候要出了枝節，你多包攬。」

劉秘書警覺地說：「蕭主任，你不是要弄什麼歪門邪道吧？」

不愧是搞政治的，嗅覺很敏感呀。

我很嚴肅地說：「我能搞什麼歪門邪道嘛，要搞也是給對手下迷藥，給自己打興奮劑，沒聽說過照片上能做什麼鬼的。」我見他還在沉吟，索性說：「劉秘書，你不會懷疑我這個在窮山惡水的學校花錢雇人吧？」

劉秘書想想也失笑了，就算真的雇人，把雇的人照片遞上去不就行了？他放了心，說：「行了，我知道了。」

沒想到一個電話撈到這麼多好處，我讚賞地對戴宗說：「沒想到戴宗哥哥心這麼細。」

戴宗撇嘴道：「不是細，我怕到時候你們讓我從這到體育館一趟一趟跑，那誰受得了呀?!」

好漢們都大笑。

我找到李雲，跟他說我再過倆月結婚，房子需要他幫著裝修一下，他聽說我買了棟小別墅，從兜裡抽出一卷紙在我面前攤開，指點著說：「你喜歡哪種風格，哥德、巴洛克……」

我很氣憤，說：「這才多長時間你就學會崇洋媚外了，有中國風點的沒？」

李雲把圖紙一收：「那照我以前在梁山上的房子佈局給你收拾。」

……

大的準備工作差不多就是這樣了，半個月的時間就平靜地過下來，變化最大的當然是項羽——不是想像中的那麼幸福，他安靜了很多，每天專心致志地陪著張冰，就像秦始皇每天沉迷於遊戲和荊二傻和趙白臉做的無聊事情一樣，他好像也只是找到了一件事情去做，至少我沒看出他的激情。

我非常納悶為什麼會變成這樣，難道婚姻真的是愛情的墳墓？——呃，不相干，那就是前生五百次的回眸——又不相干，我都不知道該怎麼形容這兩個人了，在我們看來，張冰這樣的冰美人願意把業餘時間花費在某人身上，那不是一種暗示是什麼？但項羽就是遲遲不肯把兩人的關係再進一步。

他們的事情就這麼吊著，沒人能幫上忙。

至於李師師，這個小妞學壞了，除了和包子偶爾上趟街或者陪著張冰吃個飯，整天就是待在網路上，盤著腿，手邊放著大筒的薯片，可是我知道，她不是在玩，她在搜尋各種選秀和出名的機會，在看似無心的外表下，包藏著一顆渴望成功的心。

我從來不懷疑她能成功，她不但聰明而且聰慧，外表實力都具備，雖然只有一年時間，但也正因為這樣，使得她更具有爆發力，我相信她會像一條久候在水底的射水魚一樣，一旦露頭就勢在必得。

一周前，三百中的兩百就被借去充當苦力，報名隊伍總共有一百七十九支，於是兩百中的一百七十九個就是每天舉著「某某武館」「某某武校」的牌子在體育場繞大圈，進行所謂的彩排。

代表我們育才文武學校的參賽選手暫時就局限在梁山好漢裡，他們個人素質更強，適應性好，但具體派誰去還沒定論。這些傢伙，今天嚷嚷著非去不可的，睡起一覺來可能就變了主意，曾經定下來的兩張名單都因為這樣作廢了。

現在我們的選手就像五十四個號碼中選十三個的大樂透似的，頭像挨個滾動，交更迭變，讓我傷透了腦筋。雖然名單早就遞上去了，那些名字看著眼熟，但我發誓一個也不認識。

人選必須儘快定下來，因為明天——武林大會就要開幕了。

我知道，今天肯定是睡不安穩的，老張、劉秘書絕沒有那麼好心。

結果第一個吵醒我的電話居然是賓館打來的，對方是一個聲音甜甜的女招待，她說：「您好蕭先生，我們是『鴻運賓館』的客服，您已經在我們賓館預定了三十五間客房，按照排程，我們會派兩輛大巴去迎接育才文武學校的各位選手入住，請問我們可以現在出發嗎？」

我睡眼朦朧地支吾：「現在幾點了？」

對方一字一頓跟報時臺似的說：「現在時間是六點整。」

我說：「這麼早？」

女招待小心地提醒我：「開幕式是八點……」

從市中心的體育場到學校單程是四十多分。我說：「那出發吧。」

「好的，抱歉打擾您的休息，並再次感謝您的蒞臨惠顧。」

既然開幕式馬上開始了，我也不能睡了，我彎著腰去洗臉，冷水一激，我才有點反應過來，為什麼是三十五間房呢？我讓劉秘書按六十人安排，應該是三十間才對吧，其實說實話，我並沒指望他能給安排標準間，三星級賓館標準間，按團體入住加上打折每間兩百算吧，一天七千，加上三餐，可就萬元開外了，雖然這點錢對一個地級市來說九牛一毛，但也說明政府上了心了，鴻運賓館雖然只有三星，市裡有個什麼擴大會議都在那裡開，屬於長期合作單位。

我開著車先到了賓館，一路上車明顯比平時多了不少，有電視臺的，有市政府的，還有巡警交警防暴警，其中最龐大的當然還得是各個地方的參賽隊，離得近的省市自己帶車，車身上打著學校或武館的名字；有些燒包還打著「必勝」的字樣。

他們大部分是前幾天就到了，為節省開支壓著時間來的隊伍並不多，自古窮文富武，沒錢的一般不會開道館，但他們再有錢也不可能住上鴻運這麼方便的賓館，這就叫強龍不壓地頭蛇，虎落平陽被……呃，只能說我占著地利吧。

進賓館一看，這裡果然已經成了比賽工作人員的臨時聚集場所，胸口上掛著工作證，穿著筆挺西服的小年輕隨處可見，他們已經開始忙碌了。

我到前臺一報名，服務員立刻另眼相看，馬上打內線電話叫出等在會議室的劉秘書，劉秘書已經忙得焦頭爛額，我們的政府缺乏辦這種規模大賽的經驗。他隨手叫過一個工作人員，吩咐他：「你領著蕭主任去看看會場和他們的觀眾席，把辦公室鑰匙給他。」說完他拍拍我肩膀，再沒工夫理我了。

我跟那個工作人員步行到體育場，把車放在賓館門口真是個明智的選擇，體育場路兩旁已經禁止計程車駛入，要想進停車場，更得出示相關證件，被套在最裡面那一圈車實際上等於坐牢，我看不到半夜三更休想出來。

進了主會場，觀眾席居然已經疏疏落落坐了近四分之一的人，穿著運動衣，高大壯健的漢子們四處走動，有不少目光閃爍的老頭穿著練功服，把太極打得風生水起，身手俐落的年輕人兩兩進招進行練習，有的亮起旋風腳，把高高舉起的護板踢得「啪啪」作響。用徐得龍的話說，這裡沒一個百姓，我估計誰也打不過。

這些人既是同行也是競爭對手，不過學武之人都很豪爽，相互間把名片當傳單一樣發。本次大賽的團隊攜帶人數上限建議是五十人，可以想像，將近兩百支隊伍、每一支都是五十人左右的話，那就得一萬人，而體育場座無虛席才能容納三萬人，不過也沒有硬性規定，因為有的隊固然浩浩蕩蕩的來了一百多，也有寒酸點只來幾個人的，可以頂平。

兩百岳家軍已經排好隊準備入場了，他們是組委會方面安排，好漢們屬於地方政府贊助，是兩碼事，我讓賓館的車順便把剩下的一百戰士和顏景生也捎上，而他們回的時候可以和兩百坐組委會安排的車回，我是省老心了。

那個工作人員先把為我準備的鑰匙給了我，我進去一看，相當寬敞，還是裡外間，放臺機器運作，外面根本察覺不到。然後他又領我到貴賓席，體育場我來過不少次，進這個地方還是頭一回。

貴賓席其實就是一間敞口向著場地的大廳，高高在上建在普通觀眾席的頭頂，有一百個固定座位，像電影院那樣從高到低排下來，最前面是一排沙發和茶几，每個茶几下面備有望遠鏡。整個席位可以坐一百五十人。

我坐在第一排，拿著望遠鏡在場地裡隨機看著，七點過一刻，大喇叭開始播放音樂，兩百戰士拉開一定距離站好，各個參賽隊伍找自己的名牌集合，準備入場儀式。我看了下錶，猜測好漢們可能已經快到了。

七點半，喇叭正式通告各個隊伍選手代表集合，一個工作人員有點喘的敲門，問：「蕭主任，你們學校的代表隊呢？」

我開始還沒在意，只讓他稍等。

八點差一刻的時候，觀眾入場也差不多完了，別的隊伍都集合完畢，那個工作人員又來找了我兩趟，急得直跺腳，市長已經來了，就坐在休息室裡。我給賓館打電話，他們的服務員說早晨六點兩輛大巴準時出發的，他們說給我再問問。

結果不一會回電話，答覆讓我無地自容，原來好漢們起得太早，感到腹中饑腸轆轆，正坐在油條攤上吃早點呢。

八點一到，大會準時開始，主席臺上坐的不是這武術協會的會長，就是哪一派的武術宗師，邊上果然還坐著幾個出家人，有僧有道。

首先是組委會主席講話，老頭是練家子，中氣十足，乾脆俐落，簡單幾句就說完了，接下來就該代表東道主的梁市長了，只要他一講完，就該各代表隊入場了。我一邊暗暗祈禱他多說點，一邊像熱鍋上的螞蟻一樣，跑到體育場門口跳腳望著。

沒出五分鐘，梁市長已經說完了表示歡迎的客套話，開始感謝這個感謝那個了，就在這時，兩輛大巴終於怒吼著衝進來，好漢們個個談笑風生的下車，有的手裡還提著豆漿，那一百戰士一下車就迅速排成隊列，徐得龍和顏景生站在最前面。宋清把兩根油條一袋豆漿塞到我手裡，說：「眾位哥哥都說你肯定也沒吃，特意給你帶的。」

好漢們都樂呵呵地說：「是啊是啊，趁熱吃吧。」

我拿著熱乎乎的油條，一腔怒火頓時化為烏有，嘆口氣道：「哥哥們準備入場吧。」

董平探頭往體育場裡看了一眼，咋舌道：「乖乖，這麼多人。」他見那些隊伍個個紀律整肅，摟著徐得龍的肩膀說：「徐老哥，既然來了，就露他一臉，入場就由你帶著岳家軍的兄弟們去吧，你看我們兄弟個個走路歪七扭八，沒的給咱學校丟人。」

徐得龍笑道：「這樣的話，各位好漢且去休息吧。」

我把徐得龍和一百岳家軍領到場地，跟他們說：「一會兒跟著大家走就行了，咱們作為東道，是最後出場的，有什麼不明白，問舉牌的兄弟，那反正是咱們的人。」

我又問顏景生：「你是跟著出場呢，還是先去休息室？」

顏景生說：「我跟著入場吧。」

我帶著眾家好漢來到貴賓席，剛落了座，入場儀式就開始了。

伴隨著運動員進行曲，解說也同步進行：「首先入場的，是安徽省阿龍精武協會的隊員們，阿龍精武協會成立於一九七八年……」

我納悶地撓了撓頭，據我所知，這次比賽很多單位都得了政府部門的大力贊助，無論經濟還是政治實力都很強，可為什麼第一個入場的是這麼一支名不見經傳的隊伍，倒是很蹊蹺的事情。

我咬著油條繼續看著，第二個出場的還是安徽省的，白歧溝文武學校。這個就更離譜了，稀稀落落的幾個人，衣服土氣，長相憨厚，其中還有好幾個半大孩子，一看就是什麼實力也沒有，咬著牙來湊熱鬧的，這樣的隊伍居然排第二？

這時劉秘書偷空進來了，陪我坐了一會，我給他介紹了盧俊義和吳用，說這倆人是我的副領隊，劉秘書自覺自己的官運是否亨通，有萬一的希望在這倆人身上，所以很是客氣，然後問我有沒有什麼困難。

我說：「困難暫時沒有，就是有點不明白。」

這時安徽省的各個單位終於介紹完了，接下來的是北京市的選手，我納悶地說：「劉秘書啊，這運動員入場排名是怎麼排的，我怎麼看不懂啊？」

劉秘書呵呵一笑，湊近我，低聲道：「按字母——」

我一拍腦袋道：「啊，早該想到了，弄得挺正規呀。」

劉秘書想起什麼來似的說：「對了，你那些照片怎麼拍的，那麼模糊，要不是和名單一起遞上來，都看不出那照的是人。」

我嘿嘿笑。

劉秘書走後，我就和盧俊義旲用他們人手一個望遠鏡，開始對入場的隊伍指指點點。一百七十九支隊伍，當然是良莠不齊，而且性質也不一樣，有專門的武術學校，有像我們這樣的文武學校，有武館，有武術研究會。其中最得意洋洋的是散打研究會的，氣派聲勢也不一樣。

我一直惦記著我們得拿第五名，所以不住權衡眼前這些隊伍的實力，想著該給哪支代表團適當放水。

諷刺的是，這次來的隊伍，加上我們，一共有五家名字都叫「育才文武學校」，包括山東育才文武學校，黑龍江育才文武學校，北京育才文武專修學院……開始觀眾們還沒在意，等念到山西大同文武學校時，人群裡開始發出笑聲，我頓感顏面無光，覺得這名字也太菜市場一點了，毫無特色可言。

我喃喃地跟盧俊義說：「但願這些叫育才的第一輪都淘汰掉，咱們要是遇上，說什麼也不能放水！」於是因為我這一句話，這些「育才」們可倒了楣了。

我和盧俊義他們抓著望遠鏡東張西望，林沖和董平背著手站在前面，董平道：「這次高手來的不少。」

林沖點頭，我舉著望遠鏡忙問：「哪呢哪呢？」

這時走過主席臺的是滄州紅日武術學校，他們的代表團正好是十三個人，看面相都是樸實的農家漢子，但個個腳步沉穩，表情自信，向觀眾和評委揮手之間，氣勢儼然。

我說：「嗯，滄州那地方出武術人才，咱們把第一就讓給他們吧。」

滄州紅日後面，是一隊穿著排釦服的隊伍，前面十幾條漢子，把衣袖挽起，露出肌肉虯結的胳膊，後面四人，扯著一面旗幟，每人揪著旗子的一角，旗子上一匹靛藍色的毛狼犬齒猙獰，這應該就是他們的館旗，這些人個個目光如電，走在隊伍之中，威風八面，睥睨天下。他們的天狼武館代表隊，聽介紹館主段天狼有一身家傳的武藝，號稱打遍華北無對手。

我一邊望著一邊說：「哎呀呀，第二名說不定就是他們了……」

再往後幾支隊伍乏善可陳，看著看著，忽然眼前一支隊伍把我眼珠子差點驚出來，一個舉牌小戰士身後，跟著一群唧唧喳喳的女孩子，個個長髮飄逸，玉顏紅唇，因為是搞運動的，體態都婀娜得很，一亮相，整個體育場頓時沸騰了。

我等不上聽她們轉到主席臺前的介紹，直接看牌子，上面寫的是「新月女子保鏢學校」，嘖嘖，怪不得，我好像看報紙說過，一般這樣的學校都招收有根基的學員，除了武術指導，還有儀表等等訓練，一經畢業，大多是服務於身分特殊的女客戶。

我擰著望遠鏡，叼在嘴上的油條也顧不得咽，一個一個仔細打量，哎喲，那小腰，那神態，柔媚中透著英姿颯爽，單論外貌，簡直就是一支空姐預備役啊。

我嘿嘿淫笑數聲道：「有意思，遇見她們咱必須手下留情，不行我親自上……」

那女領隊有一頭黑得發亮的秀髮，紮一個馬尾巴，眼睛是一條細長縫，一瞇起來特別勾人，我興奮得手舞足蹈，大叫：「眾位哥哥，若是抽得這小妞的籤，誰也別和我搶！」

再看好漢們，有的躺在椅子裡睡回籠覺，有的湊在一起打牌，有的早就跑出去四處溜達了，根本就無視我的存在。不過看他們的樣子對這次比賽是十拿九穩，好現象。

美女隊一過，我也有點睏意上身，就趴在桌子上瞇了一會，等睡起來一看，那源源不斷的代表團還從眼前走馬燈一樣過著，我又看一會，從裡面挑出幾個我看好的黑馬。

宋清終於忍不住了，笑道：「蕭大哥，你說讓這個讓那個，已經不下十支隊伍了，我們要都讓了，那就前十也進不去了。」

我失笑道：「是嗎，那吃油條時候說的讓，喝豆漿時候說的就不讓了——李白呢？」

宋清說：「昨天他又喝多了，今天早上怎麼也起不來，一會兒我回去看看他吧。」

我說：「嗯，最好把他叫來，讓他寫首詩，紀念一下這宏大的場面。」

這時入場儀式已經到了尾聲，東道主城市的代表團走過主席臺，於是猛虎、紅龍還有老虎他那些年過半百的師兄們的武館紛至遝來。

老虎當然沒有親自出場，他已經在我們斜對面包下了一個貴賓席，現在的貴賓席可不是有錢就能包下來的，不過以老虎的勢力，這當然並不難辦，今天他本人也沒來。

在這些隊伍之後，是一支由一百多人拼成的個人參賽隊，這次大賽對個人選手限制多多，所以有不少有點實力的，寧願花錢掛靠在一個小團體裡，真正以個人身分參加比賽的，多數都是職業運動員，實力強勁。

最後，到了我們育才文武學校，一百岳家軍在徐得龍和顏景生的帶領下，威武地進入人們的眼簾，就連舉牌的小戰士胸脯都挺得特高，他們那種鐵血的特質在氣勢上就壓人一頭，我往主席臺上一看，梁市長滿意地微笑。

可惜就在這時，我發現一個極不和諧的畫面：整齊的隊列中，一個杏核眼的漂亮姑娘懶散地走著，頻頻衝觀眾招手，簡直就像是來走紅毯的女明星一樣。

我詫異道：「三姐什麼時候跑上去的？」

好漢們聽說都擠到前面，哈哈笑道：「三妹可真行。」

扈三娘一出現，那些男人們又開始吹口哨，大叫著，女土匪當然不在乎這些，同樣報以微笑，但這種其樂融融的氣氛在經過主席臺的時候終於變質了，當解說員一報出「育才文武學校」這幾個字的時候，觀眾們一愣，然後開始大笑，噓聲四起，扈三娘怒目橫眉，趁背對主席臺的一瞬間，衝發聲最響的地方豎起了中指。

她這一下，立刻震住了全場，也給觀眾們留下了難以磨滅的深刻印象……

我一頭杵在桌上，無力地拍著桌面，我說怎麼這麼長時間沒人擰我頭皮了。

大會下一項，選手代表退場，文藝表演開始。

不一會，徐得龍把三百聚齊，上來找我，跟我說他們難得出來一趟，想在城裡逛逛，晚上直接回學校，讓我不用操心。

我說：「那也好，有什麼事給我打電話——你會用電話嗎？」

徐得龍嘿嘿笑道：「他們年輕的都會了，我還差點。」

「嗯，去吧，別忘了明天還有場表演賽。」

徐得龍剛要走，我又叫住他，把一遝錢塞在他手裡，說：「你們人多，這錢就只能請戰士們吃根冰棒的。買護具那十萬塊錢還在你們顏老師那，大家想吃什麼都跟他要，花光也沒關係，那是你們賺的。」

看得出徐得龍很感動，想說什麼卻又說不出口，最後朝我正了個軍姿轉身走了。

其實要說這些客戶裡，我最慢待的就是這些戰士們了，他們來的時間也不短了，開始窩在野地裡，後來是學校，還要負責保安和食堂，除了管吃管住，我沒給過人家零花錢。

扈三娘慢悠悠晃蕩上來，往身後一指說：「看看誰來了？」

她身後跟著杜興、楊志和張清，這三個人一直住在酒吧，和好漢們時長未見，這一聚之下格外親熱。

董平問：「朱貴呢？」

扈三娘哈哈笑道：「在門口站著呢，他們沒票進不來，老楊張清他們是跳進來的，朱貴那個死胖子，跳了半天也不行。」

我忙給門衛打電話，告訴他們，以後凡是報我名的，一律不要阻攔，劉秘書早跟各個關哨打過招呼，盡一切方便支持我，門衛一聽，急忙把朱貴請了進來。

朱貴一進來，好漢們「哄」一聲都樂了，朱貴作個羅圈揖，大聲說：「哥哥們，想死你們了，晚上都到我那喝酒去。」一片轟然答應聲。

正在熱鬧時，一個脆生生的聲音叫道：「小強！」然後一個小美女跑進來拉住我的手，接著張順和阮家兄弟笑吟吟地進來了，這一來又紅火了幾分，扈三娘摟住倪思雨的肩膀，詫異道：「這個妹妹是哪來的，好漂亮呀。」

張順笑道：「是我們不成器的徒弟，剛才我們就在她家看開幕式來著，三妹風采依舊啊。」

倪思雨家看體育場，視野更加開闊，扈三娘那個不雅的手勢，他們想必也盡入眼底了。

扈三娘雖然大大咧咧，但在這麼單純的小姑娘面前也覺得有些不好意思，打岔道：「有工夫姐姐教你幾手對付臭男人的招數。」

段景住嘿然：「三姐是教地上的功夫呢還是……」

後半句雖沒說出來，但大家都心領神會，嘿嘿地笑。倪思雨本來不笨，但思想單純，二來癡迷游泳，仰臉問道：「姐姐也會水下的功夫嗎？」

就在這時，令人振奮的音樂起，一位著名的二流歌唱家在臨時搭建的舞臺上大吼：「大河向東流哇，天上的星星參北斗哇……」

張順道：「咦，這歌有勁，叫什麼名字？」

二流繼續唱：「說走咱就走哇，你有我有全都有哇……」

林沖點頭道：「有氣勢。」

當二流唱到「路見不平一聲吼哇，該出手時就出手哇，風風火火闖九州」時，李逵跳腳道：「好耶！真痛快，說的像是咱好漢行徑。」

倪思雨道：「這首歌就叫《好漢歌》啊，你們沒聽過嗎？」

蕭讓忽然嘆道：「可惜咱一百零八個兄弟要能在此齊聚該有多好啊，哎……只怕再也無望了。」他這一句話說得好漢們黯然無語，《好漢歌》越唱得激蕩，他們也越傷心難過，李逵一屁股坐在地上，嚎道：「我想宋江哥哥了，嘿嘿嘿——」

倪思雨見扈三娘眼睛濕濕的，奇道：「姐姐，你怎麼了？」

我說：「想姐夫了唄。」

扈三娘抹淚道：「想他做什麼，我是想起我騎的那匹棗紅馬來，戰場上救過我好幾回。」

我嘆道：「人啊，對自己騎過的東西總是難以忘懷。」

幾乎所有人都死死盯著我，意圖從我眼睛裡看出這句話的深意來，我眨巴著無辜的眼睛，天真地說：「不是嗎？我就很懷念我那輛自行車。」

好漢們一起轉過頭，都是一副不屑的神色。

倪思雨忽然問我：「小強，大哥哥沒來麼？」

我說：「大哥哥在陪大嫂嫂啊，沒工大來。」

小丫頭撇撇嘴說：「過幾天我就要比賽了，你說他能來麼？」

我也撇撇嘴說：「怎麼到處都在比賽呀，現代人壓力真大。」

我見好漢們今天難得聚這麼齊，於是說：「哥哥們，趁這個機會，咱們把後天上場的人定一下吧？」

但他們都沉湎在悲傷的氣氛裡，沒人理我，現場又有倪思雨在，說話不太方便，我只好先不提。

這時只聽場上又鼎沸起來，熟悉的口哨聲和挑逗聲四起，我轉過身一看，只見新月的美女隊員們排成兩隊上了舞臺。她們面對面站好，報幕員的聲音：「下面這個節目屬於即興演出，由新月女子保鏢學校毛遂自薦傾情奉獻。」

臺下一片猥褻之聲：「把自己奉獻出來吧」，「脫一件吧」，「給哥跳個鋼管舞」……

那個頭髮烏黑的女領隊絲毫不為所動，一聲令下，兩方隊員開始表演格鬥，左邊一排女隊員統一動作攻向右邊，只不過步調一個比一個慢半拍，再看右邊第一人，抓住攻擊自己的隊友，一個背麻袋把她摔在地板上，然後是第二組第三組第四組做出一模一樣的動作，再看臺上像有一面大風車似的，只不過是由人組成的，一隊美女就被另一隊那麼「啪啪」的摔，地板都被震得一顫一顫的！

看著看著，一條細微的汗水順著我鬢角流了下來，因為我曾發下豪語，遇到她們我要「親自動手」，我見盧俊義在笑咪咪地看我，我尷尬地說：「表演性質，表演性質……」

接下來的動作看上去就更像表演性質了，只見這些美女們倆倆一組開始格鬥，往往三招兩式之間就有一人被制服，只不過摳眼鎖脖反拿下關節招招狠辣，動作乾淨俐落，力道好像也不輕，看著怪疼的。

幾輪攻擊表演後，又有幾個女隊員搬上一張桌子，這桌子比一般的要高很多，幾乎到人胸口，觀眾包括我和好漢們都看不懂她要幹什麼，難道要躺上去胸口碎大石？我用望遠鏡鎖定她的胸部，嘖嘖道：「漂亮，真漂亮，完美的半碗狀，D罩杯……」

有人往桌上放了一個普通的啤酒瓶，女領隊一抬腳將瓶口踢碎，我納悶道：「這算什麼？」

楊志林沖他們卻異口同聲讚：「好功夫！」

見我還在迷惘，張清捏著我的脖頸子說：「看見那瓶子高度沒，姑且不說你能不能把腿抬那麼高，你能光把瓶口踢碎嗎？」

我的寒毛一下豎起來了，用腳尖把一人多高的空啤酒的瓶口點碎，難道她有傳說中的內功？

兩個女隊員一邊擺瓶子，女領隊一邊踢，最後就那樣旋風似的繞桌子踢了一圈。觀眾裡和我一樣莫名其妙到嘆為觀止的大有人在，所以掌聲漸漸才響亮起來，當最終還有一部分人如墜雲霧的時候，一個隊員把五塊磚頭堆在領隊面前，女領隊爆喝一聲，手起掌落，五塊磚頭戛然齊斷，斷口參差，犬牙交錯，更加重了視覺衝擊。

盧俊義笑呵呵地跟我說：「抽到她，你還親自上嗎？」

我目瞪口呆地呆坐良久，扈三娘抱著膀子看著那女領隊理理順滑的黑髮從容下臺，饒有興趣地說：「我倒是想和這妞兒比試比試。」

新月美女隊表演結束，沒人再敢出言調戲，那女領隊頭前帶路，走到哪裡，人們都不自覺地讓出一條通道，我用望遠鏡眼看她們進了對面的貴賓席，那女領隊坐在第一排，甩一下秀髮，端起水杯喝一口，看著下面的演出。

哇，太好了，這幾天有事幹了，可以看美女囉。

這個即興的節目一完，我注意到去廁所的人多了起來。剩下的節目簡直味同嚼臘，一上午就這樣過去了。

中午我們回到賓館休息，我抱著一堆房間鑰匙發給好漢們，現在我終於知道為什麼是三十五間了——正好是整整一層樓。我們在三樓，四樓的大半房間被江蘇一家叫「精武自由搏擊」的武館包下。另外一半的房客，居然是老虎的猛虎隊員，由金槍魚帶隊，看來他們打比賽的主力陣容今天都沒出場。

人家精武館的人，穿著統一的服裝，左肩上描著一個續勢待發的武林高手，看上去就聲威極壯，而猛虎武館的人也有自己的服裝和會旗，跟我們這些三五成群雜七雜八的人一比，高下立判。

針對這樣的情況，我立刻找到吳用，跟他商量能不能設計出一面校旗來，我還把我的想法跟他說了：要有圓，代表世界；有水，代表博大；有最少一件兵器，代表威武。

吳用想了想，說：「那畫哪吒綽槍大戰東海龍王怎麼樣，兩個圓呢。」

我鬱悶地說：「你還是該幹嘛幹嘛去吧，你那樣還不如畫賓拉登開著奧迪大戰端著M4的海軍陸戰隊呢——四個圓。」

下午繼續是文藝雜匯表演，我沒心思去，吃飯前，宋清去照顧李白，我讓他想辦法把我們那臺辦證機也弄來。

睡了一大覺後，我給顏景生打了個電話，他說他們已經分成若干個小組分開活動，戰士們在逛完動物園，看了一場電影之後忽然想去看火車，現在三百已經又在火車站聚齊了。

我心裡咯登一下，看火車？站在學校裡往遠處望就能看見火車，可他們為什麼要跑去車站看？我一直知道他們有一個秘密，雖然謎底最終不知道能不能揭開，但看來他們是要走了，去車站很可能是在分配人手和路線。逛動物園、看電影根本就是他們派出的一小組人在迷惑顏景生而已，但我實在想不出他們到底想要幹什麼，如果想找秦檜報仇，那也應該死守住我才對啊。

算了，想不通不想了，每天看著這三百死心眼還不夠鬧心的呢，要走就走吧，武林大會一完，好漢們不是也要走嗎，天下沒有不散的宴席。

就算五人組對我不離不棄，一年後——不，沒有一年了，十個多月後他們也不得不走，我突然挺羨慕金少炎那小子的，玩過、鬧過，然後睡一覺起來，什麼也不記得了。

我正傷感呢，時遷扒著窗戶跳進來了，我氣得罵：「你能不能走門？」

時遷納悶地看了看我，說：「你怎麼在我房間？」然後他趴在玻璃上往旁邊看了一眼，忙向我揮手致歉，「不好意思，走錯了。」

等他過去了我才反應過來，這可是三樓！這小子也不知道把送給教育局長那把刀給我「拿」回來沒，還有上次在電影院房頂上的人到底是不是他，也沒來得及問。

我一看錶，下午四點了，於是起床，準備去看看有什麼事沒。

我來到體育場，下午的人少了很多，明天有比賽的隊伍幾乎都去養精蓄銳了，來的人不是觀眾就是啦啦隊，我上了貴賓席，進去一看，一個我們的人也沒有，只有一個中年人帶著個小孩子坐在第一排，那小孩大概小學二三年級模樣，正趴在桌子上認真地做作業。

那中年人一看我手裡提著鑰匙，窘迫地說：「對不起啊，我看這裡門開著，天又太熱，就領著孩子進來了。」

我說：「沒事，這本來就是給人坐的嘛。」

我跟他聊了一會，才知道他是附近一所小學的體育老師，癡迷武術，學校給發了張入場券，於是就帶著孩子來了。

我摸了摸那小男孩的頭，發現他在畫畫：一個怒目橫眉的小人叉著腰，正在和一個三角眼，比自己高出三倍有餘的妖怪對峙。雖然筆法拙劣，但那小人憤怒和毫不畏懼的神態很活靈活現，我問他：「你這畫的是誰呀？」

小男孩頭也不抬說：「是爸爸。」中年人笑了，很欣慰。

我又指著那個三角眼的妖怪說：「這個又是誰呀？」

小男孩：「是媽媽。」

中年人尷尬地看看我，我理解地發出男人之間那種默契的笑，我和顏悅色地跟小孩說：「能把這張畫送給叔叔嗎？」

小男孩為難地說：「可是這是我的圖畫作業。」

「叔叔幫你做作業，你就送給叔叔怎麼樣？」

小男孩把筆和本都遞給了我，我噌噌兩下畫了兩隻惟妙惟肖的王八還給他，小男孩讚嘆道：「叔叔你畫得真好，你是畫家嗎？」

小男孩得了王八，把那張反映家庭暴力的畫撕下來給我，我如獲至寶，拿著就往外走，走到門口跟那個中年人說：「你們走的時候把門摔上就行了——」我又跟那孩子說：「往王八背上再畫幾條線，跟老師就說烏龜。」

校旗終於有了！雖然沒有我預想中的任何一樣因素，但它更符合我們學校的宗旨，那個憤怒而又堅定的小人，代表我們學校是一個新生力量，又鬥志滿滿；那個「妖怪」當然是代表惡勢力——在惡勢力面前永不妥協。沒有比它更適合一家剛開張的文武學校的了。

我回到賓館，還沒進大廳，就看見三三倆倆的漂亮女孩攜手攬腕，說說笑笑地走過來，經過我面前進了賓館，我露出一副癡呆相，跟著她們進了賓館。

我眼睛正東張西望，包子來電話了，我急忙正正神色，接起電話，包子說：「早上那麼早就走了，上哪野去了？」她一邊說我一邊嘿嘿傻樂，包子忽然警覺地說：「你在哪？為什麼周圍全是女人的聲音？」

我知道，要跟包子解釋問題不能太認真，只要一認真她就會加重疑心，我故意邪狎地說：「嘿嘿，老子在女澡堂呢，你來不來？」

這句話一說完，我就感覺到周圍怪怪的，那一雙雙美麗的眼睛都目不轉睛地盯在我身上，有的憤怒，有的嬌羞，有的愕然，有的輕蔑……

這時櫃臺辦理手續的那個女孩猛地一轉身，她的一頭長髮黑得扎眼，攏得一絲不亂，使她看上去堅毅冷靜，甚至還有幾分邪魅，她轉過頭來看著我，新月女子保鏢學校的！想不到她們也住在這裡。

就在這時候，扈三娘從門外施施然走進來，一眼就看見了我，她順手揑著我的脖頸子就往電梯間走，等我們上了電梯，電梯門要閉合的那一瞬間，她才看見那個漂亮的女隊長，扈三娘伸手指道：「哎，那不是那個小妞兒……」說著話，電梯門已經合上了。

晚上包子領著秦始皇、荊軻和李師師到賓館找我，反正房間有的是，賓館又管飯，我就讓他們也住下來，李師師暫不欲與各位好漢見面，躲進了房裡。

而我，就舉著那張小人圖四處徵求意見，吳用看了看說：「別的倒沒什麼，總得寫幾個字吧？」

蕭讓道：「想用誰的字體，我給你寫。」

我一眼就看見了醉醺醺的李白，我想：文武學校讓這位文豪題幾個字最好不過，李白也很痛快，借著酒勁大聲道：「研墨！」

毛筆他倒是自備著，可哪給他弄墨去？

這時嬴胖子隨手拿過一瓶墨水，往一個杯子裡倒了半杯，晃蕩了幾下端過來，李白運運氣，手卻抖個不停，可惜高力士不在，沒人給他脫靴，我走過去在他耳邊輕輕說：「給你研墨者，秦始皇！」

李白聞言精神大爽，揮毫寫下「育才文武學校」幾個大字，我連夜送去趕做，從此這面旗幟就伴隨著我們飄揚了很久，很久……

思諸此畫原意，乃是某人太太一怒而繪，於是名曰：太急旗！

校旗交到劉秘書手上我有點後悔了，他抓著那張紙抖摟了半天，看樣子是以為那裡面裹著什麼好東西，我只好告訴他手裡拿的就是我的校旗，劉秘書把紙鋪在桌上看了一眼說：「嗯，字還不錯——亡月才文武學校，這旁邊畫的什麼亂七八糟的，你就不能找張乾淨紙寫嗎？」

好吧，我們現代社會是講究平等的，許項羽把安妮寶貝念成「女尼玉貝」，就許劉秘書把育才念成「亡月才」，事實上，喝醉了酒的李白確實把那個「育」字寫得身首異處，尤其是「月」字上面的那個東西，乾脆離群索居。

但是，我對他「不能找張乾淨紙寫嗎」的論調很感遺憾，這說明劉秘書是一個文人，不能體會到我的良苦用心，看不到那個怒目橫眉的小人所代表的意境。我告訴他，「亡月才文武學校」旁邊的髒東西才是這面旗幟的主體，而且那上面畫的是代表了正義與邪惡對抗的圖騰，並非他認為的一朵向日葵和兩個三角板……

劉秘書的眼珠子像貼餅子一樣貼在鏡框上，我看得出他是強忍著才沒把手裡的東西撕了，他扒著門框把隔壁的小王叫來，把那張紙塞在小王的手裡，虛弱地說：「找家廣告公司連夜做出來——快走。」

結果小王走到半路又翻回來，指著我的校旗說：「向日葵和三角板也要麼？」

我見劉秘書神色不善，急忙把他推走：「都要都要。」

劉秘書往嘴裡倒了兩片止痛藥，用茶水送下去，瞪著我說：「明天的表演賽準備得怎麼樣了？」

我說：「你要認識評委，咱就有信心拿第一。」

可能是我說的有點太委婉了，劉秘書反應了一會才捂著胸口說：「行了，你快走吧……」

第五章

隔代槍王

我問項羽：「羽哥，你說用槍的最高境界是什麼？」

項羽不經意地說：「殺人多，能打贏就是最高境界。」

我掃了一眼林沖，想起他說過類似的話，不禁駭然。

林沖和項羽相視一笑，隔代的兩位槍王就此默契一心。

來吃晚飯的沒有多少人，好漢們都跟著朱貴杜興喝酒去了，剩下寥落的我們開了兩桌，盧俊義和吳用林沖幾個老成持重的坐了一桌，我帶著包子和秦始皇他們坐在一起。

李師師終於肯露面了，梁山這次來的人裡，認識她的只有戴宗和李逵，現在這倆人不在，不過看樣子李師師也不打算再回避了，招安的事她起了關鍵的作用，雖然招安後，好漢們死的死傷的傷，僥倖活下來沒被高俅禍害的，也是鬱鬱不得志，可這當然不能怪李師師。

和我們坐一桌的還有扈三娘和李雲，李雲把一本室內裝潢手冊給我，讓我看裡面那些復古風格的樣圖，包子一把搶過去，皺眉說：「難看死了，冷冷清清的。」她邊說邊翻，指著一幅黃澄澄的畫面說，「這多好看。」然後她把書支給扈三娘，「三兒你說呢？」

三兒？

三兒指著粉紅那幅臥室說：「我喜歡這種的。」

包子哈哈笑道：「你喜歡這個調調啊？」

沒想到天不怕地不怕的扈三娘居然臉一紅。嘿嘿，確實沒想到啊，女暴龍也中意於曖昧的粉紅色。

包子說：「要是我，就把客廳弄成黃的，臥室弄成粉紅色的。」

秦始皇從包子胳肢窩下面看見一幅用黑色大理石裝出來的門廳，他用手點著說：「歪還四（那還是）黑滴大方些兒。」

包子看了一眼說：「嗯，廚房弄成黑的，耐髒。」

我瞅瞅李雲說：「那就麻煩你了，李哥。」

李雲在紙上噌噌記著包子的話，喃喃說：「客廳要富麗堂皇，臥室暖色系，廚房以實用為主——還有嗎？」

包子失笑道：「你記這些做什麼，我們又買不起房。」

我悄悄跟李雲說：「客廳你給我留五平米大小的地方，我弄個嬰兒樂園。」那是包子喜歡的。

我們坐在賓館的餐廳裡說笑著，一群女孩子川流而入，帶頭的——不用說你也猜到了，正是腳踢空酒瓶，掌劈五塊磚，頭髮可以給洗髮精做廣告的瞇瞇眼小美人。

這小妞本來還有說有笑的，乍一見我，立刻瞇起了眼睛，她的眼睛本來不小，一瞇起來就變成長長的一條細線，一雙漂亮的眸子在眼眶裡骨碌骨碌轉，只要自制力稍微差一點的男人都會忙不迭地跑上去搭訕。

女領隊見我在場，冷冷的哼了一聲，帶著她的人憤然離開，難道我真的像小強一樣令人生厭嗎？餐廳大得很，其實她們完全可以坐到另一邊去，再說，我不就是說了一句俏皮話嗎？有必要這樣嗎？

扈三娘一眼看見了女領隊的背影，失神道：「咦，怎麼剛來就走？」

這時包子打了個呵欠，說：「我去睡了。」她伸了個懶腰，一隻手若不經意地在我大腿上掐了一下，我頓時春心蕩漾，現在才八點半不到，鬼才相信她這麼早就睏了——一桌人除了二傻，都露出了會心的微笑。

包子走後，我尷尬地坐了一會，剛想假裝也伸個懶腰什麼的，扈三娘輕踹我一腳，笑罵：「快滾吧，別讓女人等。」我順勢起身，笑道：「難道王矮虎哥哥經常讓你等？」

李師師呵呵笑：「常聽小乙說，三姐姐豪爽不讓鬚眉，今天才有幸得睹風采。」

扈三娘舉著菸灰缸還沒扔出去，發愣道：「你是……」

我拍拍李師師的香肩說：「正式介紹一下，這就是你們宋江哥哥要招安，千方百計想接近的李師師姑娘。」

扈三娘驚得站了起來，抓著菸灰缸的手指都泛白了，看樣子似乎是竭力才忍住沒把它砸過來，扈三娘猛地把菸灰缸拍在桌子上，苦笑道：「招安……那次若不是你，宋頭領也會別想他法，這事原本怪不得你。」

李雲嘆了一聲：「三妹終究是明白人，招安是梁山和朝廷的事，怪不了別人。」看來這倆人對招安心懷非議已久。

那邊的盧俊義一聽，急忙過來施禮說：「招安一事，梁山上下深感李姑娘大德。」

扈三娘忽然一把拉住李師師的手問：「我那燕青兄弟最後怎樣了，可是和你一起浪跡天涯了？」

到現在就看出感情來了，按理說，問這句話的應該是盧俊義才對。

李師師慘然一笑：「那時兵荒馬亂的，我們不久就失散了……」

李師師這一講，連同盧俊義他們知道不知道的事情也說了不少，包括徽欽二帝被俘等等。

秦始皇聽了一會兒，大致弄清楚了當時的格局，他蘸著茶水在桌上畫了三個圈，一個代表大宋，另外兩個分別代表金和遼，他站在大宋的立場看來，深合他當年的遠交近攻謀略，所以他想不通大宋怎麼能狼狽到兩個皇帝都被人家抓走，最後他點著「地圖」嘆息道：「大好滴江山，讓這些兒掛皮丟咧。」

胖子還有臉說別人，人家宋朝至少傳了三百年的天下，最大的掛皮就是他兒子秦二世胡亥，雖然胖子臨死是要把皇位傳給扶蘇的，但扶蘇連自己的東西都保不住，也不見得多高明。

我見他們聊得很高興，沒人理我，就偷偷摸摸來到我和包子的房間，一推，門果然沒鎖，這下我們終於可以獨處了。我們這對豺郎貓女硬是分居了一個多月，思之令人髮指，這是一件多麼不人道的事啊！

我轉身鎖好門，見浴室玻璃水氣騰騰，一個妙曼的胴體似隱似現，我躡手躡腳來到門前，使勁一拉——鎖上了，包子聽門鎖一響，立刻發現了我，在裡面嬌膩地罵了聲：「狗東西。」

我筋酥骨軟，火急火燎地喊：「你快點！」

包子在裡面擺了一個撩人的姿勢，膩聲道：「有本事你進來呀。」

我邪惡地笑：「老子馬上『進去』！」

包子當然聽得懂這句極隱晦的暗示，忍不住哼哼了一聲，嘿嘿，我就不信她不難受，果然，一個還冒著熱氣的嫩白身體破門而出，一下栽進我懷裡，一邊嬌聲罵著「狗東西」……。

我們的戰況激烈，我看著軟綿綿不能動彈的包子，打開電視，包子忽然感慨說：「我們的臥室要有這麼大就好了。」

我隨口說：「比這個大多了。」

這時的我其實在想別的事情，明天的表演賽一結束就要開始比武了，而現在名單還沒定下來，這事要讓劉秘書知道，他非吐血而亡不可。

我給朱貴打電話，問好漢們什麼時候能回來，那邊歡聲笑語一片，朱貴說：「那可說不定，要是太晚，我們就睡酒吧了。對了，項羽項大哥跟我們在一塊，可能也不回去了。」

原來杜興那幾個徒弟今天晚上在酒吧表演，張冰索性拉著項羽前去捧場。

我無奈地說：「你們邊喝邊商量商量比武的事看誰去。」

朱貴大喊：「明天比武誰去？」

我糾正他：「是後天。」

好漢們紛紛嚷：「我去我去。」

我聽出來了，喊得最大聲的是蕭讓和安道全，看來是都喝多了。

我掛了電話，包子說：「你說政府花這麼多錢就是讓你們這麼胡鬧的？哎對了，這幫朋友你是什麼時候認識的？這一個多月以來，你的朋友一直往上長呀。」

我呵呵笑道：「看來剛才那一戰後，你終於打通了任督二脈，不是以前那個缺心眼了。」

包子智商不高，但絕不是缺心眼，比如她從來不問我是愛她的身體還是愛她的人這樣的問題，她也從來不逼著我盯著她的眼睛說「我愛你」，我們都是頂怕肉麻的人，雖然我會在想吃包子的時候，把她攬過來在她臉上咬一口，說聲「我愛死你了」，但那其實是偷梁換柱的，此包子非彼包子也。

至於要不要把整件事都告訴她，我腦子裡正在急速地盤算著。如果是以前，我們都擠在當鋪那間小樓裡，那就一定得告訴她事實真相，因為劉老六三天兩頭往我那帶人，包子就算再腦殘肯定也受不了，那時我就只能告訴她：包子啊，你看，和趙大爺那個傻兒子玩得不亦樂乎的二傻子名叫荊軻，是個殺手，那個坐在我位子上上網的漂亮姑娘叫李師師，是歷史上最著名的二奶，胖子？以後可不敢叫胖子啦，那是秦始皇，對，你全家旅遊爬的長城就是他叫人修的。沒蔥了，給劉季發簡訊，讓他回來的時候順便帶回來兩根，他其實就是劉邦——不認識？漢高祖啊，你可別跟胖子說他搶了他兒子的天下啊！

哦，你歷史就沒及格過……汗！

如果不是三百岳家軍的到來，我想以上的類似對話很有可能出現，結果三百來了，梁山好漢來了，逼得我開辦了學校，可以說現在學校和當鋪是平行的兩條線，不會互相干擾，那我還要不要告訴她真相呢？

最後我決定先試探一下她的反應，看她能不能接受這樣的事實。我醞釀了半天感情，點了根菸，說：「包子，你猜今天和我們一桌吃飯的人是誰？」

包子閉著眼睛，低聲說：「……不是三兒嗎，還有那個姓李的，你說是搞裝修的。」

「那你再猜三兒的真名叫什麼？」

「嗯……叫什麼？」

我故意惡狠狠地說：「扈三娘！」

包子毫不為所動，哼哼說：「這名字……熟。」

我說：「梁山好漢裡就有個叫扈三娘的，三兒就是那個女土匪！」

包子轉個身，夢囈道：「嗯，睡吧。」然後就發出了輕微的鼾聲。我嘆了口氣，把菸掐滅，鑽被窩睡覺。

第二天我和包子同時醒來，她看了看錶，說：「我上班去了。」她起身穿衣，見我在打量她，忽然問：「你昨天晚上跟我說三兒怎麼了？」

我神色一緊，忙說：「沒怎麼。」

等包子走了一會我才想起：她十點上班，那麼現在是……

我火燒屁股一樣蹦起來，抓起錶一看，九點四十。拉開窗簾一看，不遠處的體育場已是旌旗招展，人頭聳動，間或有尖銳的鳴笛聲，看來表演賽早就開始了。

我慌張地穿好衣服，嘴裡嚼了個口香糖就衝了出去，也顧不上誰還在房間，直奔體育場就跑。

剛到門口，就見昨天去喝酒的好漢們從另一個方向迤儷而來，帶著宿醉未醒的疲乏，有的還踉踉蹌蹌的，項羽和張順走在最前面，這倆人倒是神采奕奕。

我們剛步入體育場，迎面貴賓席上方的一面大旗就吸引了我們的目光，那是我們的坐席。那面旗上，一個被擴大了無數倍的單線條小人正怒目橫眉地和對面一個臉上戳著倆三角板的妖怪對峙……

項羽看見那面旗愣了一下，然後拍著我的肩膀說：「……亡月才文武學校，嗯，不錯不錯。」

我進了貴賓席，見盧俊義他們早就坐在那裡，我埋怨道：「你們走也不叫我一聲。」

吳用笑道：「你把那些牌子像驅鬼符一樣貼得到處都是，我們怎麼好意思打擾你……們？」

我尷尬地笑了幾聲，彈著旁邊倪思雨的頭說：「有時間多看看書，別跟這些人瞎混，昨天是不是又喝酒了？」

倪思雨無辜地說：「你幹嘛呀，我剛來！」

我這才發現她確實不是和張順他們一撥來的，在她旁邊端坐一人，臉色煞白，身體羸弱，兩眼間或一輪，居然是趙白臉，在他邊上，荊二傻手持收音機，兩人的腦袋一左一右貼在上面，露出白癡的笑容……

我奇道：「小趙，你怎麼來了？」

荊軻嘿嘿笑道：「我讓他來的。」

「你怎麼通知他的？」

李師師插嘴：「我幫他給趙大爺打的電話。」

我問趙白臉：「你走過來的？」

趙白臉緩緩搖頭，然後作了一個甩膀子的動作說：「我用跑的！」荊軻歡暢地笑了，摟住了趙白臉的肩膀。兩個傻子感情可真好啊！

這次報名團體武術表演的有六十多支隊伍，組委會安排要在一天內舉行完畢，時間緊迫，所以一支隊伍在表演的同時，後面要安排四個隊在指定場地做準備，岳家軍三百戰士排在準備表演隊伍的最後一名，快上場了。

我遠遠的向他們招了招手，戰士們目力強勁，都朝這邊看著，徐得龍衝我笑了笑，顏景生陪在他身邊，整齊的隊伍裡，李靜水調皮地向我敬了一個美國軍禮，也不知跟哪學的。

我暗嘆：還是三百讓我省心呀，紀律真是一支部隊的生命。現在他們身著從黑寡婦處購得的冒牌彪馬運動服，衣履光鮮，十分亮眼。

我一屁股把坐在前排的倪思雨擠開，搶過她的望遠鏡看現在的表演隊伍，倪思雨剛要露出兇猛的本色回敬我，一眼看見了項羽，立即作可憐淚奔狀挽起他的胳膊，撒嬌道：「大哥哥，小強欺負我……」

正在表演節目的團體，剛好是我們樓上的精武自由搏擊會館，也不知道和霍元甲開創的精武門怎麼論，有可能是八桿子勉強搭得上的再傳再傳再再傳弟子開的。

只見他們二十多人快步跑上舞臺，亮了幾下拳頭之後，其中一人騎馬蹲襠式站好，另一人助跑幾步飛上此人肩頭，另另一人助跑數十步飛上第二人的肩頭，另另另一人助跑幾十步飛上第三人肩頭……長話短說，當梁山好漢逐一都見過李師師之後，場上的疊羅漢已經進行到第八人，晃晃悠悠直指天際，蔚為壯觀。

這個節目有兩大看點，第一就是那最下面那人的負重能力，此人大約四十歲上下的年紀，肩膀極其牢靠；第二大看點就是高度，當第九個人猿猴一樣攀上去的時候，觀眾開始歡呼尖叫。

他們沒有任何保險設施，九個人堆在一條線上，最上面的那個一伸手幾乎就能把大會會場上的氣球摘下來，這條將近十米的人梯技壓全場，把喝彩賺了個夠。

張清捏著個杯蓋跟我說：「你說他們會不會對咱們拿獎構成威脅，要不要我把最上面那個打下來？」

吳用通過望遠鏡審時度勢道：「要打，打最下面那個……」

張清：「打最上面那個死一個人，打下面那個最少要死三四個，小強拿主意。」

我把望遠鏡放到最大倍數，說：「不用打，評委喜歡和觀眾對著幹，喝彩聲越高的越不行。」

事實上我們的擔心是多餘的，五個評委對這個節目都很不感興趣，評委會主席，中華武術協會會長用指頭點著桌子在看接下來的目錄單，另外兩個老頭有說有笑不知道在談什麼，反正正眼也不往臺上掃，那個老道在整理自己的道服，至於那個老和尚，打從我看見他時就垂目打坐，可能是昨晚沒睡好。

雜技團下去以後，後面一個節目根本沒法看，兩條漢子在那單刀遞槍，慢騰騰的，我下了觀眾席來到三百跟前，拍拍徐得龍肩膀，問他：「準備的怎麼樣？」

徐得龍點點頭：「沒什麼問題。」

「對了，你們要表演什麼？」

徐得龍說：「一套集體棍法。」

我看看他們，發現一個問題：「你們的棍子呢？」

徐得龍老神在在地說：「忘買了，我想過了，一會兒上去只要做個樣子就行，凡是有見識的，肯定知道我們在練什麼。」

我從腳到頭一股涼氣升起，一把抓住他的胳膊，急道：「這是武術表演，不是新概念競賽，你跟評委玩意識流不是找死嗎？」

徐得龍卻毫不在意說：「我們以前也這樣表演過，岳元帥看了都說好！」

我跳腳道：「你爺爺的爺爺說好也沒用，棍子沒有，掃帚你總得拿一根吧？」

說到掃帚，我眼前一亮，想起猛虎館一戰，林沖以拖把為槍，三百自然也能以掃帚為棍，只是要想在這麼短時間內弄來三百根武術用棍屬實困難，但體育場外就有好幾家土產門市，弄三百把大笤帚應該不難。

我忙拉過幾個小戰士，塞給他們錢，讓他們出去採購掃帚，特意聲明要那種長桿的麥秸掃帚，後來我索性說：「就是掃大街用的那種——」

就這麼個工夫，又有兩支表演隊完成了節目，排在我們前面的就剩最後一家了。

我急得走來走去，現在臺上表演的也不知道是哪個學校請的京劇演員，演了一齣《十字坡》，也叫《武松打店》，扮演孫二娘那個女演員，一身貼身黑皮衣，手持鞭子，儼然是女王扮相。

女王下臺後，我們就成了離舞臺最近的表演隊伍，派出去買棍的戰士卻遲遲不歸，舞臺上十二條雙截棍表演也過半了。

最後，一個抱著十來把掃帚的戰士終於姍姍來遲，接著是第二個第三個，還是李靜水最機靈，雇了兩輛三輪車一次拉來兩百多把，我剛把掃帚分發完畢，雙截棍退場，主持人示意三百上臺。

這下可好，連掃帚頭也來不及處理的戰士們只能匆匆步入場中央，因為舞臺容不下那麼多人，於是臺上只有徐得龍和四個戰士領舞，其餘圍著舞臺站好，三百把黃澄澄的大掃帚豎起，整齊如一，看上去別有一番詭異的壯觀。

我見事情已經這樣了，只好往觀眾席裡走，觀眾們指指點點地笑，有人說：「怎麼環保局也派代表隊來了？」

旁邊一個小男孩鄙夷道：「爸爸你別瞎說，這是霍格華茲魔法學校的隊伍，」他指著場子裡一個額頭上有道傷疤的小戰士說：「我看見哈利波特了……」

我鎮定地走回貴賓席，只聽徐得龍悠悠揚揚地喊了一聲：「起——」「嘩啦」一聲，三百亮出了起手式，整齊得像三百小紙片被吸鐵吸著一樣，接著刷刷由上到下幾個虛點，那些黃豔豔的新買的掃把裡抖出不少麥秸桿來，飄飄蕩蕩的在整齊的隊伍中搖曳，竟也平添幾分肅殺之氣。

徐得龍將掃把在腰上轉了一圈，雙臂一探扎向前方，那掃把頭被他抖得突突亂顫，戰士們始終比他慢上半拍，下一刻幾百條掃帚圍腰、橫掃、向前一刺，戰士們齊聲喝道：

「殺！」

整個體育場幾萬名觀眾竟然被這一聲殺震得半晌無語，那個主席臺上的閉目老僧忽然長眉一挑，睜開眼來。其他幾個評委本來被掃把弄得哭笑不得，此刻也正襟而坐。

徐得龍加快速度，把那掃把舞動得風雨不透，間或斜斜扎出來一下，項羽道：「咦，有幾招好像霸王槍的招式。」

林沖接口道：「嗯，橫掃為棍，豎點為槍，這套功夫極適合在戰場上大規模殺傷敵人。」

林沖這時才仔細看看項羽，抱拳道：「還未請教？」

林沖昨天沒有去喝酒，而好漢們都圍著李師師在追問燕青的事，所以這兩個人還互不知道身分。

項羽正關注著場上的表演，隨便一擺手道：「好說，項羽。」

我忽然想到這倆人都是使槍的，就問項羽：「羽哥，你說用槍的最高境界是什麼？」

項羽不經意地說：「殺人多，能打贏就是最高境界。」

我掃了一眼林沖，想起他說過類似的話，不禁駭然：「你們兩個還真是臭氣相……呃，是英雄所見略同。」

林沖和項羽相視一笑，隔代的兩位槍王就此默契一心。

這時三百的動作已然不太整齊，那是因為招式越來越快的原故，到場的人多數在傳統武術上並沒有什麼修為，更不懂戰場廝殺，見動作一亂便沒什麼興趣了，但也有少數行家聚在一起指劃著，五位評委果然不是蓋的，目光灼灼地往場上看著。

徐得龍忽然高高躍起，落地前將掃把狠狠戳中地上，然後提手一撩，看去十分刁鑽狠辣，其他戰士依葫蘆畫瓢，幾百把掃帚落在地上，一撩……

我就知道要壞，操場全是土地，他們手裡拿的又是掃地的大笤帚，能不揚土嗎？幾百人這麼一戳一揚，頓時塵土瀰漫。沒想到的是後面類似的動作越來越多，只見徐得龍拼命在地上畫圈子，也不知道他想幹什麼。

林沖卻拍手讚道：「好一套鉤鐮槍！只是不知道為什麼他們也使這套槍法？」其實很簡單，梁山破連環馬使鉤鐮槍只是一時，岳家軍與金軍交戰，對方拐子馬更加難對付，所以三百的鉤鐮槍使得也更是出神入化，沒槍的時候，以棍掃馬腿也是熟極而流。

……只是，再出神入化的槍法也看不見了，幾百條大掃把拚命杵地攪出來的煙塵把三百整個遮住了，毫不誇張地說，就算他們現在在裡面表演口吐蓮花，人們也看不見了，就見操場上黃土滾滾，就像有一隻實體怪獸漸漸壯大一般。

不巧的是，這時剛好飄來一陣輕微的東風，那風不快也不慢，正好引著這股黃塵緩緩移向主席臺，主席臺那面的觀眾趕緊逃離座位，五位評委剎那間傻了，不知是該跑還是不跑？要跑，那底下的觀眾就看了笑話了，本次大賽的嚴肅性何在？要不跑，整個操場一半的土都吹過來了，等塵埃落定，不死也沙化了。

這時，有信仰者和無信仰者的區別就很明顯了，那老和尚又把雙眼閉起，低誦佛號，臉上端莊而堅定，一副「我不入地獄誰入地獄」的慈悲情懷；那老道莫測高深地笑著，正所謂「道可道，非常道，一生三，三生萬，莊周化蝶……」總之神情飄渺得很。

評委會主席左首那位，看來頗有潔癖，面對迎面而來的沙浪，只是下意識地捂住茶杯口；主席右首那位，很奇怪地流露出溫柔眷戀的情緒來，我後來才知道他家鄉在內蒙古，眼前的景象可能是使他想起了家鄉，以及——家鄉的沙塵暴……

主席左右看看，長嘆一聲，內氣暗運，坐以待斃。黃魔，毫不留情地吞噬了五位評委……

我不知道三百是什麼時候停下的，反正過了好半天才隱隱綽綽能看見他們的影子不動了，又過了一陣子，微風才把他們身邊的沙塵蕩滌乾淨，戰士們頭上肩上都落著厚厚的土，但沒命令誰也不曾去拍一下，一動不動地站著，連眼睛也很少眨，每人頭上再紮個小辮兒，跟兵馬俑一樣。

我回頭找秦始皇，果然見他盯著三百喃喃自語：「嗖嗖兒滴（熟熟的）——」

又過了好半天，等主席臺上也平靜了，這樂子才大了，五位評委簡直就像出土的文物一樣，他們閉著眼，也不動，很顯然他們不知道沙塵已經過去了，幾個工作人員忍著笑跑上去把評委們從土裡拔出來，把桌布換了，拿過濕毛巾幫他們恢復本來面目。

評委會主席和工作人員問詢了幾句話，忽然眼神不善地往我們這邊掃了一眼，我心一緊。

等其他隊伍恢復表演以後，徐得龍帶著三百說要回學校了，顯然他們對自己的表演很滿意，個個面有得色。

李靜水和魏鐵柱跑過來拉住我的手，興奮地說：「蕭大哥，我們表演得怎麼樣？」

我勉強笑道：「不錯。」

魏鐵柱說：「前面那都是過渡，最精彩的是後面那套伏魔棍法。」

我說：「你們後面的不是鉤鐮槍嗎？」

魏鐵柱道：「那也是過渡。」

我捂著心口說：「……你們早點回去休息吧。」我一會得找劉秘書要幾片止痛藥，順便把掃帚錢報了。

等把他們送走，想想魏鐵柱的話，簡直恨不得一頭撞死算了。

我滿面陰沉地回到座位，正在表演的也不知是哪家武館的，看樣子還是武術世家，舞臺上早就放好一面釘板，一老一少父子倆上臺比劃，最後老子一腳把兒子踢躺下，正好倒在那面釘板上，兒子就此不再起來。

兒子的兒子——兩個十三四歲的小孫子抬著一塊石板上來，把石板扣在他們老子身上，然後一個細腰蜂似的女人躥上舞臺，擎出面小鑼來，撩撩撥撥地敲了一陣，然後作了一個四方揖，眉眼帶俏地說：「一家三代來獻藝，齊到武林大會聚。借問酒家何處有，強的嚨咚起嗆七。」

觀眾們目瞪口呆，評委集體石化，我的抑鬱一掃而光，調著望遠鏡焦距說：「嘿，有點意思。」

這時開始有人起鬨，那細腰少婦見慣不驚，媚眼如絲地隨便招上幾個男人，讓他們檢查地上那面釘板的鋒利度以及石板的真假，幾個男人摸摸這敲敲那，然後一致向四面舉手示意是真刀實槍，臺下開始吹口哨，喝彩。

某東北武館的禿子們甚至還拉起了人浪，由東往西站起坐下、站起坐下往復幾次，形成一個巨大的震盪波，由此感染了旁邊的廣東代表隊，然後是山西山東湖北河南，觀眾也跟著起鬨，整個體育場人浪翻騰，最後到了甘肅代表隊，這股邪波才算止住。

值此高潮之際，那少婦的公公從孫子手中接過榔頭，手起錘落，那漢子身上的石板戛然而斷，漢子也隨之躍起，端起一碗水來大口喝下，然後轉身讓觀眾查其後背有沒有變成噴壺。

少婦將丈夫拉到自己身邊，由懷裡拉出一條麥克風，大聲喊：「你們說他為什麼這麼棒？」

觀眾高呼：「為什麼──」

少婦煽情地說：「真想知道嗎？」

觀眾：「想──」

少婦自懷中一摸，手裡便多了幾包丸藥……

張清愕然道：「果真是賣大力丸的。」

少婦出手如電，給臺上臨時拉來那些人每人嘴裡塞了一顆丸藥，馬上把麥克風支上去問：「好不好吃？」

被問話那人咂吧著嘴說：「好吃是好吃，就是有點像……」

少婦立刻撤開麥克風，鑽進丈夫懷裡，幸福地說：「你們想不想像他一樣強？」

這回觀眾們都笑，不回答。

少婦見人們反應稀鬆，推開男人，跳腳喊道：「你們總得讓我把石板錢賺回來吧？」

臺下眾人大笑，女人說著把兩個孩子一推，這倆孩子一人提一口袋大力丸撲向觀眾席，吆喝道：「虎鞭鹿茸蟒蛇尿精心煉製的大力丸，他好你也好來——一塊錢一顆。」

觀眾們覺得好玩，不少人紛紛解囊，再說，一塊錢現在也幹不成什麼，買了的往嘴裡一送，都點頭說：「好吃，酸酸的甜甜的。」

其實剛才臺上那人沒說完的後半句話是：「……就是有點像山楂皮。」

這時評委們已經被氣得鼻歪臉斜，他們湊在一起交頭接耳了半天，又把工作人員叫上去研究了半天，臉上都呈現出一種茫然之色。

緊接著，滿頭大汗的主持人跳上舞臺，窘迫地說：「經過大會研究發現，剛才這支表演隊根本就不是我們這次的參賽隊伍，請大家謹防上當受騙——保安，保安在哪兒？」

會場上一片哄堂大笑。

四五個保安狼狽地跑到場中，準備抓正在收拾道具的老頭和夫妻，那老頭一晃掌中鄉頭，微微冷笑，保安們一起嚷道：「我們尊老愛幼！」轉向去抓男人。男人舉著釘板反迎上去，一個保安自恃穿著軍用皮鞋，衝著釘板亮了一個飛腳，結果扎在上頭拔不下來了，其餘的保安撒腿就跑，那漢子在後就攆，鞋釘上去那個保安只能跳著拐棒兒跟著，好在此人甚有急智，一邊跳一邊解鞋帶，最終得脫。

場內外的人們早就樂瘋了，其實這裡頭練家子無數，想拿住這幾人易如反掌，但這麼有趣的場面難得一見，誰也不願意打破，再說，他們看著賣大力丸的總比看見保安親，直到武林大會結束很久以後，人們說起武術表演比賽，還有很多人認為第一名實在應該頒給這家賣大力丸的。

那老頭手持榔頭無人能敵，第一個翻出牆外，漢子推著釘板，像鎮壓暴動的警察一樣前進，少婦就不慌不忙跟在丈夫身後。

到了牆邊，漢子把釘板往外面一拋，自己先上了牆，然後回身來拉老婆，那女人卻也不簡單，對丈夫伸出的手置之不理，纖腰一擰就蹬上牆頭，不想這一蹦從懷裡蹦出許多物什落下，有麥克風、大力丸、手絹、小刀子小剪子什麼的，她盈盈坐在牆上，對下面那個有些發呆的男觀眾輕聲細語道：「這位大哥，麻煩你。」

那觀眾忙不迭地把地上的東西都撿起來遞給她，她只挑走些有用的，剩一堆大力丸在那觀眾手裡，笑道：「那些送給你吃。」說罷再一擰腰跳了出去。過了良久，一隻軍用皮鞋從牆那邊突兀地扔了進來……

我邊看邊樂，盧俊義和吳用也忍俊不禁，倪思雨笑得連腰也直不起來，好漢們都圍上來觀看，一陣大笑，扈三娘忽然道：「哎，你們看那對夫妻，倒像是張青和二姐！」

林沖仔細端瞧，點頭說：「長得有三分像，功夫也有三分像。」

蕭讓嘆道：「長得再像，此人終究非彼人，空惆悵。」

蕭讓無意中一句話，卻使項羽臉色大變，他踉蹌了幾步，坐倒在第一排座椅裡，只是大家都顧著看熱鬧，誰也沒有發現。

老頭和那對夫妻走了，那倆孩子還在拖著口袋賣「大力丸」，兩個保安衝他們跑過去，倆孩子也不急，邊賣邊往臺階上面走。

所謂大力丸，主料乃是果丹皮，塗以黑莓粉，大夏天在外面坐著，實有解暑消渴之功效，雖然價錢是貴了點，但人們為了好玩，又知道吃不壞肚子，所以還是一把一把的買，等保安撥開人群來到近前，兩個孩子口袋都已經賣空了。

其中稍大一些的那個把手合攏，讓弟弟踩著自己的手掌爬上牆，這時最前面一個保安已經和他要呼吸相聞了，扈三娘看到這裡急忙往外跑，說道：「我去助他們一臂之力……」

李逵喊：「我也去。」

董平伸手拉住二人，笑道：「看他們怎麼辦？」

這時牆上的弟弟伸手要拉哥哥上來，但已經來不及了，如果哥哥現在往上爬，勢必會被保安拉下來，只見那哥哥不慌不忙，氣定神閒，那保安也犯嘀咕，想上前又不敢上前，猝不及防中，那哥哥照著他臉大喝一聲：「呸！」

那保安被嚇了一跳，身子一歪向後便倒，骨碌下去了，趁這個工夫，哥哥拉著弟弟的手兩步爬上了牆，哈哈笑了兩聲，再不見蹤影了。

此刻整個體育場被笑聲掀翻了天，組委會的人把保安召集在一起，氣急敗壞地問這幾個人是怎麼進來的。

我正幸災樂禍地往那邊看著，組委會的一個工作人員找到我，說據門口保安回憶，那幾個賣大力丸的聲稱是認識小強——即我，他們才放那幾個人進來的。所以組委會派他來問問我到底認識不認識那幾個江湖騙子。

這次輪到我鬱悶了，我拍拍他肩膀說：「這就是你們不對了，很明顯我就不可能認識他們嘛——再說，找我的人扛著錘子和釘板，保安也不問問？」我又說：「賣大力丸那算好的，剛才那三百個掃地的，你們不也讓他們上了嗎？可見這是你們的工作疏失。」

工作人員驚得張大了嘴：「剛才那些人你也不認識？」

我笑道：「跟你玩呢，以後凡是說認識我的，都對暗號再讓進：上句是『借問酒家何處有』，下句是『強的嚨咚起嗆七』。」

等他走以後，我摸著下巴說：「奇怪，賣大力丸的怎麼會認識我的？」

李白忽然以極其詭異的身法出現，吟道：「莫愁前路無知己，天下誰人不識君？」

我說：「太白兄難得今天沒喝酒。」

李白理著他疏散的白髮，呵呵笑道：「是呀，剛睡起來，見這邊熱鬧就過來看看。」

我說：「你怎麼進來的？」

李白說：「我跟那個看門的說我是李白。」

我鬆了口氣：「幸虧你沒說你認識小強，要不該挨揍了。」馬上我又納悶了，「你說你是李白，他就讓你進來了？」

李白點頭說：「他還跟我說，揀破爛別去場地中間，也不知道什麼意思。」

原來是個好心人把他當成揀破爛的神經病了。這倒也是個辦法，以後再看電影就說自己是阿湯哥，把門的說不定一害怕就讓你進去了呢。

我正在想不通，朱貴湊過來說：「昨天我不是進不來，最後報的是你的名號嗎，當時挺多沒票的人也想進來，我一想，既然都是武林同道，就一起都帶進來了……」

我說：「所以小強比門票還好使了？」

倪思雨插嘴說：「是呀，昨天我們要進，門衛只讓帶運動員證的進，後來還是門口曬太陽的老頭告訴我們這個秘密的，後來我說我們認識小強，他就放我們進來了。」

……我說今天人怎麼這麼多呢！看來這場子裡認識我的人不少呀。

李白拉住我說：「很強賢弟……」

我乾笑道：「叫我小強就好。」

「小強，我問一下啊，你們聚這麼多人這是要幹什麼，說打馬球，可又不像；還有，我見臺上那個人手裡拿著個東西，聞一聞底氣便足了，那是何物？」

我四下看了半天，不知他在說什麼，宋清小聲說：「他是不是在說麥克風啊？」

我一拍腦袋，固然明白了李白的意思，也想起一個問題，今天是李白唯一沒醉的一天，也就是說，今天才是他正式接觸這個世界的第一天，還有很多東西要跟他解釋，這倒是個頭疼事，我左右環顧問：「誰去幫我買幾瓶酒去？」心說把老頭灌醉算了！

宋清笑道：「別急，我慢慢跟他說。」

這時，李白忽然看見桌上放的印出來的校旗，忽然拊掌大笑，道：「那上面的字誰寫的呀，噫吁唏，真醜！」

他和宋清坐了下來，宋清告訴他，這世界上有種東西叫麥克風，只要支在嘴上，說出去的話就能聲震千里，李白摸著下巴尋思說：「當年金殿之上要有這麼個東西……」

如果當年他要有這麼個東西獻給李隆基的話，要比他寫幾千首詩對仕途有利得多。

大家都知道封建帝王有文武百官一說，那時候是文東武西，位列兩班站著，也就是說只有兩排，站在隊伍最後面的人離著皇上可就十萬八千里了。而皇上說話向來是慢條斯理的，造成了很多人聽不清楚他在說什麼，你又不能對皇帝說「一可死摳死蜜」，更不能掰著前邊人的膀子問：「聖上說什麼呢？」比如皇帝說「開發西部」，最後那人很有可能聽成「別穿內褲」，久而久之，這樣的人不是被流放就是被殺頭，以至於很多耳朵不好的大臣嘆生出「伴君如伴虎」的感慨來——這扯哪去了這是。

李白瞭解了麥克風的作用以後，又用一句話把宋清問愣了：「為什麼會這樣呢？」

這種人最可惡了，得寸進尺，告訴他個事，非要問個所以然，可憐的宋清怎麼知道為什麼呀，我都不知道了，他能知道麼？

荊二傻聞言湊了過來，神秘地說：「因為裡面有小人……」

李白馬上就明白了：「是他們幫著一起喊的！」

我索性不理他們，繼續看比賽。

經過武林世家那麼一鬧，曾經滄海難為水的觀眾們對別的節目根本看不在心上，而那些表演隊也著實乏善可陳，我們看得意興索然，好消息是林沖說，照這樣下去，光憑三百那前半段表演也穩拿第一了。

這時，主持人走上舞臺報幕：「下面一個節目，由新月女子保鏢學校表演。」

離舞臺最近那支隊伍的領隊不滿道：「她們怎麼不排隊呢？」

緊接著從對面的貴賓席跑出一長隊美少女來，都穿著小短裙，半袖衫，一陣陣香風掠過，不消片刻便來到舞臺下。

領頭的不是瞇瞇眼，不過也是一個漂亮的女孩，她衝抱怨的那人嫣然一笑，柔聲說：「對不起呀，通知我們的時候我們就已經做準備了，但是換衣服耽誤了太多時間……要不你們先上？」

那人幾乎被美少女們的小白胳膊小白腿晃花了眼，他撓撓頭，不好意思地嘿嘿道：「哪能讓你們在外面曬著呢，我們等會兒沒關係。」說著還回頭問同伴，「你們說是不是？」

他的同伴們早已專注地挑選自己喜歡的類型，嘴角掛上了高深莫測的笑，見領隊問話，紛紛點頭。

那女孩衝他們溫柔地笑笑，這才帶隊伍慢慢走上舞臺。今天她們雖然穿得很活潑俏麗，但臺下的人連一個起鬨的也沒有，人們都知道這些女孩子們不簡單，想看看她們還能拿出什麼本事來。

我一邊好奇一邊納悶，她們穿成這個樣子，豈不是連跟頭也翻不了，而且瞇瞇眼不上，誰來劈磚頭呢？

十幾個女孩站好以後，音樂一起，就那麼慢騰騰打起拳來，我看了半天，慢騰騰還是慢騰騰，絲毫沒有奇處，我拉了拉林沖的袖子問：「這套拳法裡也暗含殺著了？」

林沖搖頭道：「我也看不懂她們想幹什麼，這是一套普通的太祖長拳而已。」

吳用忽然插口：「太祖長拳是少林拳法。」

我往老和尚那一看，果見這老頭眉開眼笑的，連眉毛裡的沙子也顧不上抖了。

女孩子們掄了會兒拳，又從臺下助手那裡接過劍畫圈圈，一見圈圈，我下意識望向那老道，老道把帽子拿在手裡拍著，樂呵呵的，那表情很是飄渺呀。

我脫口道：「太極劍！」

這次該林沖好奇了：「太極劍是什麼東西？」

我隨口說：「是一種無招勝有招的劍法，看過以後，誰忘得最快誰厲害。」

「那沒練過的人一招也不會，豈不是最厲害？」

我橫了他一眼，不屑道：「所以說你是槍法流我是意識流，不是一個檔次的。」

那些女孩終於捉對搏鬥起來，但也是點到即止，這大概又是拍了哪個評委的馬屁。

吳用微微笑道：「好一招田忌賽馬呀。」

我也隱約感到其中有陰謀，忙問：「什麼意思？」

吳用拿起一張報紙扇著風，說：「我一直想不通她們為什麼昨天額外表演一個節目，費力不討好，到今天才看出點意思來。昨天那場表演是讓人們不敢小看她們，不拿她們當花瓶，今天才是真正的表演。」

我說：「那她們把昨天那套搬到今天不是更好麼？」

吳用搖頭道：「踢瓶子劈磚畢竟太普通了，要想在今天這種場合一鳴驚人很難，聽林教頭說，應該還比不了岳家軍的棍法。」

林沖道：「遠遠比不上。」

「所以——」吳用繼續說：「這就叫以己下駟與彼上駟，兩次亮相，她們的風頭最終還是稍勝了一籌，你看她們的著裝了沒有？」

我如墜雲霧：「啊，怎麼？」

「她們穿成這樣，就是要提醒大家，她們畢竟是女流之輩，大家應該寬以待之，這本身就很討喜呀；然後單就表演而言，一群女孩子能如此淵博，卻又更高了一等，我看這次表演賽，她們是志在必得。」

我嘀咕道：「知道你是狗頭軍師，但可不可以別把人想那麼壞呀？」

吳用當然沒聽到這句，兀自搖頭晃腦地說：「能以柔克剛，懂得低姿態取勝，對方實是勁敵，實是勁敵呀。」

趙白臉忽然聳肩道：「有殺氣！」

我握著望遠鏡順他目光看去，正見對面一位美女也向這邊饒有興趣地看著，不用說，我幾乎能從鏡筒裡看見她那兩隻眼睛瞇成了一條細縫……

女孩子們就那樣雲淡風輕地結束了表演，再看主席臺上，幾個評委都露出了慈祥的微笑，好像連剛才被沙塵席捲的傷痛也被撫慰平了。

當天，經過評委一致評定，第一名：新月女子保鏢學校，第二名：育才文武學校……

事後我總結了一下經驗教訓，得出這樣一個結論：如果一開始按徐得龍的提議不拿棍子，我們不會輸；拿著掃帚表演，如果去掉鉤鐮槍一節，我們也不會輸；最最重要的一點，如果當時沒有刮那陣小東風，我們更加不會輸，由此可見，天時不如地利這句話，有時候也不是那麼準確的。

然後我鬱悶了很久，我甚至想，由於表演賽的失利，是不是應該把預想要拿的名次再往前提一名……

第六章

相逢何必曾相識

老虎摸著發青的頭皮說：

「考試不帶筆的事情，我以為就我能幹出來呢。」

我說：「我當年倒是帶得很全，

只是第二天考數學我頭天複習的是國語。」

我們相對大笑，有種「相逢何必曾相識，同是當年差學生」的豪邁。

晚上到了賓館，先接到劉秘書的電話，我原以為他要破口大罵呢，想不到他卻著實鼓勵了我幾句，對我們第二名的成績表示滿意，希望我們能再接再厲。

後來我才知道今天市政府因為開常委會議，所以他沒有到比賽現場，因此三百扛著掃把參賽的事他還懵然無知。想到他脆弱的心臟，我沒有告訴他實情，那三百把笤帚錢也只好自己掏腰包了。

我坐在賓館大廳的皮沙發裡，一邊接電話，一邊看明天的比賽日程，明天是個人單賽，每支隊伍派出四人參賽，採三局兩勝單輪淘汰制，也就是說，光明天就有四分之一的人將會被淘汰。

這時賓館門一開，老虎領著十二太保昂首而入，十二太保手裡提著大大小小的袋子，老虎一眼看見我，過來坐我旁邊，點上菸，老虎笑著說：「強哥，表演賽的事我聽說了，其實沒棍子練套拳也好呀，幹嘛拿笤帚呢？」

我搓著臉說：「哎，不說了，得個教訓吧。誒，你們這手裡提著什麼？」

老虎接過一隻袋子打開給我看：「護具，明天不是要比賽了麼？」

我詫異地問：「護具？」

老虎同樣詫異地說：「是啊！」

我一拍腦袋，老虎馬上就明白我的意思了，他滿頭黑線地說：「明天比賽，你打算讓你的人穿著電視機盒子上場？」

「我這就買去！」說著我站起就跑。

老虎一把拽住我：「這東西匆忙之間哪能買到好的，這事你別管了，等會我叫人把東西送你房間去。」

我訕訕地坐下，老虎摸著發青的頭皮說：「考試不帶筆的事情，我以為就我能幹出來呢。」

我說：「我當年倒是帶得很全，只是第二天考數學，我頭天複習的是國語。」

「反正考國語的時候用得著。」

「沒有，我後來才知道國語已經考完了——我把考試日子記錯了。」

我們相對大笑，有種「相逢何必曾相識，同是當年差學生」的豪邁，我拍著他的肩膀說：「虎哥，這次想拿個什麼名次？」

老虎笑笑說：「我也就是領著徒弟們看看熱鬧，這次規模比我上次參加的不知大了多少倍，上回我連前十也沒進去，這回更不想了，但我看董大哥有可能進前五。」

我急忙又站起來說：「對了，我得趕緊把明天的名單定了。」

老虎一愣：「名單不是早就……」不過他隨即想到我們這支隊伍不能以尋常度之，只好擺擺手說：「那你忙去吧。」

我跟賓館經理要上會議室鑰匙，一路叮噹作響開門進去。

我坐在主席的位置上，抄起電話挨個給他們撥過去，盧俊義，不在；吳用，不在；林沖，沒人接……我越打越鬱悶，終於有一個房間裡有人，這人幽幽地道：「喂——」

我滿肚子火，大聲喝問：「你是誰？」

「你猜——」

我咆哮道：「你……」

「你有殺氣！」這人搶先說。

我愕然：「小趙？你還沒回家？」

荊軻接過電話說：「他能跟我一起住嗎？」

撞倆傻子手裡，我只能憋著火說：「先待著吧，讓他離電門遠點啊，一會我給他爸打個電話。」

繼續打。

「喂，你早sei揑（找誰呢）？」秦始皇！

掛了，再打，鍥而不捨，終於有個正常人接電話了，我聽聲音問：「狗哥？」

段景住情緒相當低落，有些嗚咽地說：「啥事？」

「咱們的人呢？」

段景住心不在焉地說：「俊義哥哥和吳軍師他們說為了慶祝今天咱學校得了個第二名，去喝酒了。」

「那張清、董平他們都跟著去了？」

「沒有。他們認為得了第二是種恥辱，心裡鬱悶地緊。」

想不到這麼潑皮灑脫的人居然有這麼強的榮譽心，我不禁有些感動說：「那他們人呢？」

「因為鬱悶地緊，所以他們也去喝酒了——他們其實是先走的。」

我：「……那有沒有既沒覺得應該慶祝，也沒覺得鬱悶的兄弟呢？」

「有啊，有不少呢。」

「那他們呢？」

「他們一看大家都去喝酒了，就跟著去了……」

我抓狂道：「你跟我說他們都去喝酒不就完了？」

段景住不說話，那邊傳來抽鼻子聲。

我這才關切地問：「那你怎麼不去？」

「我在看《他們與惡的距離》，太感人了，嗚嗚嗚嗚。」段景住號啕大哭。

我放下電話，轉過身，寥落地背對著空闊的會議室，一個混混領著一幫酒鬼站在武林大會的風口浪尖上，想不出包都難吶，

此刻我情不自禁地想像自己就是當年垓下的羽哥，手握劍柄身披大氅，堅毅的臉上看不出任何表情，胸膛裡的豪邁和妥協激戰正猛，虞姬幽幽怨怨卻又死志早萌，她一邊舞劍一邊唱道：「漢兵已掠地，四面楚歌聲。大王意氣盡，賤妾何聊生。」楚霸王我羽哥心中思量：

活著還是死去，這是個問題……

老虎領著人往樓上走的時候，路過空蕩蕩的會議室，探著腦袋往裡面環視了一圈，對正在沉浸在悲壯中的我說：「會議室借我用用唄？」

然後我就看老虎給徒弟們講注意事項，作戰前動員……

那天晚上，我像個老爸爸催深夜未歸的女兒回家一樣催他們回來。我半個小時一個電話，把包子看得納悶地說：「這人到底欠你多少錢呀？」

結果等我睡著他們都遲遲未歸，也不知是夜裡還是凌晨，走廊裡一陣踢踏，好像是回來了一批，我這才心下稍安。

天一亮，我就踢開所有人的房間，結果讓我大失所望，原來昨天夜裡回來的是吳用、金大堅、蕭讓這些身體吃不消的老弱；送他們回來的，是金錢豹子湯隆，而且這小子也喝多了，一下計程車就把自己吐成了斑點狗。

我看了看眼前這幾個人，示意軍師和蕭讓他們繼續睡覺，然後領著紅著眼睛的段景住和走路還有點晃悠的湯隆往體育場走，當然還有金大堅是必不可少的，我還得要他給我辦證呢。

我沉著臉，把他們帶到劉秘書給我準備好的辦公室裡，看看錶是七點二十幾分，但已經跟平時八點的時候人一樣多了，會場的四面、觀眾席裡、主席臺邊上都架起了攝影機，各個地方臺的記者們東一撥西一撥地已經開始採訪，在體育場遼闊的場地上，除了中央空出一片地方，在一夜之間四周搭建起了幾十個大約半尺高的臨時比賽圍欄，底座上編著號碼，看來因為人多的緣故，要多場比賽同時進行。

工作人員找到我，要我把今天參賽的選手名單給他，再派一個代表去抽籤，八點整的時候，在場地中央所有選手集合，遲到十分鐘者按棄權處理。

我把蕭讓編的八個單人賽名字隨便抄了四個給他，然後讓段景住跟著他去抽籤。

當金大堅把段景住和湯隆的證做出來以後，湯隆才有點反應過來，一把拉住我說：「你不是想讓我上吧？」

我冷冷說：「你為什麼不能上？」

湯隆飄來蕩去地說：「我走直線還晃呢！」

我說：「那我不管，誰讓你的哥哥們不管你呢。」

湯隆一把搶走我的電話，快速撥著號，然後大喊：「俊義哥哥救命，你們再不回來就見不到我啦！」

不一會段景住抽籤回來，拿著對陣表，我把剛做出來的身分證給他，跟他說：「現在開始，你就叫張小二了。」

段景住想不到自己這個各項本事都稀鬆的小幺弟還能代表梁山參加比賽，倒是很樂意。

湯隆一看時間都快八點了，一溜煙跑出去買了幾個茶葉蛋吃，說肚裡空空的，一會怕打不過人家。看著怪可憐的。

不過梁山的人也太可氣了，不讓他們知道我的手段，這以後的比賽那就沒法弄了。

很快喇叭裡就廣播讓各參加過抽籤的選手到場地中央集合，湯隆吞下最後一個茶葉蛋，噎得一愣一愣對我說：「我能不去嗎？」

我倒了杯水給他，他以為有門，滿是希冀地看著我。我說：「我很想替你去，可我要死了，就沒人給你們錢讓你們再去梁山了。」

湯隆幽怨地看了我一眼，毅然地跟著段景住往外走，我在他身後喊：「記住，你現在的名字叫呼延大嬸——」

八點零五分的時候，工作人員找到我，問：「蕭主任，你們的武青和白遷兩位選手呢？」聽口氣顯得比我還著急，大概是劉秘書特別關照過他。

我說：「時間不是還沒到嗎，再過五分鐘不來按棄權處理。」

他啞口無言地看著我。

正在這時，戴宗由體育場門口幾個瞬間移動出現在我們面前，嘴裡喊道：「來了來了。」

我讓工作人員先出去，問戴宗：「怎麼光是你？」

戴宗說：「堵車，我就帶著鐵牛先來了。」

我往他身後看：「李逵人呢？」

戴宗一拍大腿：「壞了，忘了把他腿上的甲馬取下來了。」

我們出去一看，就見李逵正繞著體育場一圈一圈套呢，他邊跑邊手之舞之，足之蹈之，哇哇大叫道：「戴院長，緩緩吧，俺昨天不該拿酒潑你呀！」

戴宗不好意思地衝我笑笑說：「以前戲耍過這憨貨。」

「你趕緊把他弄回來吧，再跑兩圈，腿磨沒了。」戴宗正要去，我說：「還缺倆人比賽，你能上嗎？」

戴宗說：「場地太小我跑不開，鐵牛能上，董平也快到了。」說著他躥出去，從後邊攆上李逵，抽走他腿上的紙馬塞到他手裡。

由於慣性，李逵又跑了半圈才停下，整個體育場數萬觀眾目睹了這個黑大個捏著那兩張紙片暴走的全過程。

李逵氣喘吁吁地跑到我面前，嚷道：「打架沒俺鐵牛怎麼行？」

好漢裡我本來最不想用的就是李逵，這黑鬼人不壞，就是下手太黑，讓他上場，說不定會給我帶來什麼麻煩，我踮起腳尖看著，見董平已經跑到體育場門口，身後再沒人了。

我拿起一套護具來跟他說：「你先把這個穿上，要能行再說。」

李逵在別人的幫助下穿戴好，說：「別說這麼輕了，就算讓俺套上石磨，照樣能打。」

現在看來沒有其他選擇，如果讓戴宗上，他非繞得裁判脖子變成螺母不可，而且段景住和湯隆恐怕靠不住，有李逵在，至少還能保住一個名額。

我把雙手放在他肩膀上說：「記住，一會兒比武只要贏了就行，不許傷人！」我回頭對金大堅說：「把武青和白遷……」金大堅默默把兩張做好的證拍在我手裡，一看照片，正是李逵和董平，這就叫術業有專攻啊。

現在時間是八點十二分，按照規則，這倆人已經棄權，那個工作人員帶著李逵和董平，臨走前把手錶往前調了五分，大概是想找藉口跟組委會的人交涉。

事實上我們都多慮了，一百七十九家隊伍加上以個人名義參加的選手，操場上集合起來的人大約有一千多號，根本沒時間一一點名，而且場面相當混亂，今天要進行的比賽，說白了其實就是預選賽，組委會根本沒有精力做到滴水不漏。

這一千多個人被排進一個巨大的對陣表裡，也就是五百多組，再按尾號分成上午和下午進行，我們的四個人裡，李逵和湯隆都被排進上午，再按編號分了擂臺，各自等著裁判叫號上場。

一時間，整個體育場內外喧囂一片，操場上有教練，有選手，有看熱鬧的觀眾，擠得風雨不透，像是過年返鄉時的火車站一樣，工作人員只能貓著腰在人群裡鑽來鑽去，大會的喇叭一直在歇斯底里地喊：「請無關人員退出場外，請無關人員退出場外，保安保安……」

十幾個可憐的保安被人群裹在中心，自保都難，帽子擠在地上，被踩成了片，膠皮棍也不知何時被人抽走了，印著「保全」字樣的背心讓不計其數的手抓成了吊帶，一個年紀還小的保安，腦袋在人浪裡一衝一冒，絕望地叫著：「不要，不要……」這種狀況顯然是大會始料未及的。

我在人群裡眼見梁山好漢們大批到來，源源上了貴賓席，急忙給朱貴打電話，在一片嘈雜中大聲說：「你給我看看李逵和湯隆在哪呢？」然後我就見朱貴腆著肚子一手拿著電話，另一手端著望遠鏡，儼然某位開國元帥的氣派。

他看了一會兒說：「廿五號臺附近有個大個兒超黑，你去看看是不是，湯隆實在找不著了。」

我把襯衫脫下來捲成一包提在手裡，邊走邊叫：「豬油，小心豬油——」但成果甚微，人們都沒有喪失常識性邏輯思維，知道一個人要沒神經病，不可能提著那麼昂貴的東西出現在這裡。

於是我又大喊：「閃開，拉在褲子裡了——」這回人群立刻一分為二，捏著鼻子目送我從他們眼前走過。

我來到廿五號臺前，一眼就看見了李逵，我上去一拍他，他正因為戴不慣拳擊手套在那彆扭呢，回頭見是我，抱怨道：「戴這個拳頭是大了不少，可打人又不疼。」說著他砰砰用拳頭砸自己臉。「要是換成鐵的就好了。」

他身邊那些選手開始用很奇怪的目光看我們，我低聲呵斥他：「別瞎說，一會上去別太張揚了。」我又問他，「湯隆呢？」

「那小子好像在八號臺，拖拖拉拉地不想上。」

我心想湯隆畢竟是打鐵的出身，那點酒應該沒什麼大問題，倒是李逵下手沒輕沒重值得擔心，我問他：「你什麼時候上場？」

李逵攥著拳頭興奮地說：「下一個就輪到我。」

臺上，兩個年輕人攻防得當，戰術運用靈活，遠踢近打貼身摔，裁判經驗也很豐富，總是適時地拉開摟抱在一起的選手，準備比賽的選手和觀眾們喝彩不斷。

李逵卻看得甚是無聊，不停喊道：「踹他呀，擂他呀——喂，旁邊那個拉架的，你走開！」

我愣了一下，立刻明白了他的意思，我死死拽住李逵，指著那個「拉架的」跟他說：「你給我記住，那是裁判，上去以後一切聽人家的！」

李逵左右看看，見別的擂臺上也有，這才說：「俺還以為是多管閒事的，正琢磨上去先把他捶下去再說呢。」

冷汗順著我脖子流下來……

三局之後，裁判根據兩位選手的得分，判其中一人晉級，另一人直接淘汰，然後是問詢雙方教練意見，選手簽字。裁判拿出對陣表念道：「下一場，〇八七號選手白遷對一〇〇一號選手李大興。」

我急忙把證件遞上，對方選手也是一個大個兒，裁判檢查過身分證和選手證，示意雙方對陣隊員上場。

李逵邊邁腿進場，邊回頭衝我嘿嘿笑說：「看俺的！」

然後他回過頭，一拳就把等著向觀眾行禮的白臉大個兒捅倒了，觀眾一片噓聲，裁判愣了幾秒才把李逵推開，警告一次，然後對臺下的記分員說：「〇八七號扣兩分！」

李逵莫名其妙地看了看我，一臉茫然，我用微弱的聲音說：「等……裁判讓你動手你再打……」然後立刻蹲下，找個棍棍在地上畫圈圈。

李逵立刻臉紅了，他意識到他剛才的行為是很不光彩和卑鄙的，手忙腳亂地過去扶起白臉大個兒，抱歉地說：「對不起啊，俺不知道，一會兒俺讓你白打三拳。」

裁判也不知所措，本來正常程序是先介紹運動員，由運動員向觀眾行禮，然後互相行禮後才能開始，鑒於目前這種特殊情況，他只能把倆人分開，然後手往下一劈，表示比賽正式開始。

李逵這次看懂了，不過他還是小心翼翼地問了裁判一句：「能打了不？」

裁判鬱悶地說：「打吧——以後別跟我說話。」

李逵殭屍一樣跳到一〇〇一號選手面前，那位吃了他一拳，知道黑大漢力大無比，嚇得往後退了一步，李逵把臉伸過去說：「吶，打吧，說好了啊，只給打三下。」

一〇〇一看了自己教練一眼，那教練也有點懵，不過馬上就做了一個「不用客氣」的手勢，於是白臉漢子狠狠給李逵來了三下：一個左勾拳，一個右勾拳，最後一個下勾拳。裁判示意一〇〇一號連得三分。我見這樣下去非輸不可，喊道：「還手。」

李逵揉著臉說：「嘿呀，確實挺疼，那我打你了啊。」他把拳頭掄了兩掄，一個衝拳轟了過去。

白臉漢子把雙手都護在前面，結果頭臉沒事，身子卻像洪水裡的草標一樣被刮倒了，李逵去勢太猛，踩著這位的臉衝到了臺邊，裁判又把他推在旁邊，說：「不得攻擊倒地對手。」

白臉漢子晃晃悠悠站起來，李逵見他不倒地了，一拳把他打躺下，然後繼續跟裁判理論：「俺真的不是故意的……」

裁判終於忍不住爆發了，一把推開李逵，跺著腳喊：「你他……你到底會不會打？」他跟記分員喊：「〇八七號警告一次，扣兩分！」

我旁邊一個等著比賽的人笑嘻嘻地說：「你的人要再被警告一次，直接就罰出局了。」

我急忙衝臺上喊：「別再犯規了！」

這時第一局結束，雙方休息一分鐘。李逵來到臺邊，粗聲問：「俺打得如何？」

我旁邊那個選手說：「不怎麼樣，被警告兩次，被對方得了好幾分，你再這麼打，沒等終場就被罰出局了。」

我和李逵異口同聲問他：「那怎辦？」

這人嘆了口氣，說：「看樣子你們也是野路子來的，這樣吧，等他開始打你以後你再還手，這樣基本就不會犯規了。」

我和李逵又異口同聲道：「好主意。」

對面的白臉漢子已經鼻青臉腫，他的隊友不停地給他按摩著，他的教練往我們這邊看了一眼，跟他說：「打得不錯，就這樣保持下去，引他犯規。」

漢子吐了口血水，說：「教練，你這種戰術，我就怕我堅持不下去……」

裁判看看錶，衝兩邊招手，白臉漢子戰戰兢兢地上了臺，李逵也被我們說的一驚一乍，這回裁判開始比賽以後，兩個人都客客氣氣地面對面站著，漢子固然不敢輕易出手，李逵也是頗多顧忌，過了好一陣，倆人剛才什麼樣，現在還什麼樣，彼此凝目深望，一動不動，真懷疑他們下一秒會同時撅起大嘴，發出情不自禁「嘖」的一聲。

出於職業習慣，白臉漢子終於試探性出了一個小輕拳，點在李逵手套上，李逵卻還不敢貿然進攻，裁判看了看錶，忽然示意白臉漢子得一分，我忍不住道：「靠，這就得一分？」

那選手說：「這就叫八秒無作為，對方得一分。」

我正要喊，他一拍我說：「別喊！比賽中進行場外指導罰一分。」

我一屁股坐在地上：「還讓人活嗎？」

這哥們真夠意思，朝臺上就嚷：「黑大個兒，打吧，不還手也不行啊。」裁判冷眼看他時，他攤攤手：「反正我不是教練。」

這就是人多的好處了，比賽在市集一樣的環境中進行，根本不可能那麼較真對待，人群裡喊什麼的都有，教練藏匿其中也很難發現。

李逵終於怒氣勃發了，他的拳頭連環落在白臉漢子身上，一邊發洩地叫道：「打也不對，不打也不對，你們還講道理不講？」

他的對手在他狂風暴雨的進攻下只能用雙手護住頭臉，但我們大家都有這樣一個常識，那就是如果有人用拳頭打你，你可以架開，可以擋住，但要是一面大錘砸過來，你只有一個選擇就是躲開。漢子吃了李逵一頓猛捶，搖搖欲墜，一看就是受了很大的傷。

李逵又捶了他幾下，第二局也結束了，我得意地問旁邊我們的場外指導：「這一頓捶能得幾分？」

「一分也得不了。」

「啊？」我驚訝地張大了嘴：「把那小子揍成那樣了還不得分？」

場外指導說：「對手又沒倒地，又沒打著人家的得分區，憑什麼給你分啊？」

對面的漢子癱坐在小板凳上，虛弱地說：「教練啊，其實我學散打的初衷是為了你妹妹……」

教練幫他擦著汗說：「我早知道了，你先別想這些，第三局你只要扛得住他的打，咱們就贏了！」

漢子聞聽淒然道：「你終究是不肯原諒我——」

裁判也很糾結，他看出要論打，十個漢子也不是李逵的對手，但按規則來說，李逵是拍馬也追不上了，他從地上揀個菸頭抽了兩口，平息一下澎湃的心情，衝兩邊招手說：「來，你倆趕緊做個了斷。」

這回漢子抱著必死的決心，一上臺就對李逵發動了悍然的進攻，不斷地拳打腳踢，而且還好幾次想背著李逵使過肩摔，不過大家都看得出來，他的拳固然是輕飄飄的，腳踢出來也跟棉花一樣，所謂過肩摔，只是抓著李逵胳膊拿後背頂他前胸而已。

李逵傻人有傻心眼，按著「對方揍他五拳他還一拳」的標準進行反攻，漢子的拳腳像鞭炮一樣劈里啪啦落在李逵身上，李逵的反擊則像巨炮一樣，「轟隆」一下之後寂靜半晌，漢子越來越不濟，不但動作越來越慢，腳步也踉蹌起來，支撐他的，八成是教練他妹妹……

那漢子抓著李逵過肩摔的時候，李逵一個沒站穩朝他倒了下去，然後漢子吭哧一聲就被壓在了李逵身下，裁判判的是同時倒地，李逵還不得分。

於是算都不用算，反正李逵是零分，一〇〇一號選手獲勝！

一〇〇一號掙扎地坐在地上，奄奄一息地被裁判提著一隻手宣布為獲勝者。李逵茫然地站在他身邊，還衝底下問：「完啦？」

按比賽禮節，雙方教練應該互相行禮，一〇〇一號選手的教練帶著怨恨的眼神衝我一抱拳，我向他揮揮手，抱歉地說：「給您添麻煩了。」然後拉著李逵趕緊走。

李逵一邊回頭看一邊大聲問：「俺輸了贏了，怎麼也沒人告訴一聲呢？」

這時隨著很多選手被淘汰，操場上也不那麼擠了，我把李逵拉出人群，真想在他屁股上踢一腳，指著觀眾席跟他說：「你自己回去吧，我去看看湯隆。」

李逵終於反應過來點味了，氣鼓鼓地說：「怎麼會輸呢，俺找他們理論去！」

我終於忍不住在他屁股上踢了一腳，喝道：「回去！」然後不等李逵回過神來我就往八號臺走，回頭看這憨貨，悻悻地回去了。

我繞著八號擂臺轉了幾圈，卻沒找見湯隆，我拉住一個衣服上寫著「江西成才武校」的人問：「兄弟，這臺上比了幾組了，有個麻子你看沒看見？」

成才：「麻子？沒印象。」

我說：「姓呼延。」

成才馬上來了神：「你說呼延大嬸吧，哈哈，這名字太好笑了。」

「對，怎麼樣了？」

「這小子剛上臺幾分鐘，被人打得吐出一個雞蛋來，裁判怕出危險，終止了比賽。」

「雞蛋？」

「是啊，還是整顆的呢。」

我腦海裡浮現出某人提著一袋子雞蛋，一個一個吞掉的場景——活該，買那麼多雞蛋愣是一個也沒給我吃！

我們上午的比賽就這樣全部結束了，結果就是：全軍覆沒！這是打死我也沒想到的事情！

我陰著臉走回貴賓席，湯隆正在那手舞足蹈地講他的故事呢：

「……當時我是咽咽不下去，吐又吐不出來，正喘氣也困難呢，那廝一拳打在我前心，一下把那個蛋就震出來了，我那個爽呀。後來裁判說不讓我比了，判那人贏，我心說：那就算了，人家好歹也救我一命……」

我把門踢上，走到前面，把水杯抄起來往桌上用力一放，怒道：「你們太不像話了！還想不想拿第五了？」

好漢們這才發現我今天氣色不對，平常嬉皮笑臉一個人，現在拍桌子瞪眼睛，效果格外明顯，再說一上午兩陣全輸，他們自己也覺得無法交代，加上自打他們進了城就整晚的酗酒，結果一幹正事抓瞎，大概也覺得慚愧了，都不言語，有的尷尬地把頭轉向一邊。

我語重心長地說：「哥哥們，就算你們覺得拿個第五辱沒了自己的名聲，就算你們不是為了那一百萬旅費，你們幫兄弟一把成不成？三姐是一一〇七年的人，在座的大部分都比她大，按每人九百年算，咱們加起來可是好幾萬年的緣分吶——」

我說到激動處，背著手在他們面前快步走來走去。

裝夠了大尾巴狼，我又換上痛心疾首的口氣：「就說上午的比賽，咱們是輸在實力不如人上還是輸在技藝不如人上？都不是！是輸在驕傲自大上，是輸在沒把對手當人上——悲哀呀，哥哥們。」

盧俊義面紅耳赤地站起來道：「小強你別說了……」他轉過身，拍拍桌子拖長音調說：「在比武期間，我提幾個要求，第一，不許喝酒，有酒癮的兄弟克制一下，起起帶頭作用——特別提醒張順和阮家兄弟；第二，在此期間，每人每天要拿出至少十五分鐘的時間來熟悉比賽規則，必要時，把問題集中起來交給小強，讓他找專人解答；第三，要聽小強的話，別讓他受傷，大家也看出來了，這兄弟是個好兄弟，他要拿第幾，咱就幫他完個心願，以後讓誰輸讓誰贏的不要有意見，大家都同意嗎？」

既然自己的二頭領說話了，好漢們心裡又都有愧，於是都齊聲說：「好使！」

我心裡終於有點舒坦了，自己終於也虎軀一震，王霸之氣散發了一次。其實話說回來，單人賽結果如何我並不關心，能用兩場敗仗換來他們的重視這就是最大的收穫。

段景住忽然有點慌說：「下午我要輸了，你們不會罵我吧？」

一群人盯著他看，不說話。

段景住帶著哭音說：「又不是我自己要上的。」

董平道：「下午你別上，讓你的對手和我的對手倆人打我一個，一場定輸贏。」

盧俊義抬頭問我：「可以嗎？」

我：「悲哀呀……」

盧俊義：「……景住，你中午好好看看規則，下午要輸了——」盧俊義咬牙切齒地說：「我們也不怪你！」梁山連折兩場，最感顏面無光的就是他這個頭領了。

段景住二話不說拿起一份比賽規則掩面跑了出去。然後好漢裡，楊志、張清、張順這些感覺自己有很大可能去比賽的人，都悄不溜丟的拿走一份比賽規則看著，我見形勢一片大好，就又端起望遠鏡，躊躇滿志地往下看尋著。

看了一擂臺不是，再看一個，又不是，我耐心地找著，吳用把腦袋湊過來，善解人意地低聲說：「新月女子學校上午有三場，都比完了……」

我盯著吳用看了一會，剛想張嘴，吳用立刻說：「那個漂亮的女領隊沒親自出場。」

於是我得出這麼個結論：一個好的軍師，必須先是一個好的心理學家。

我說：「那……」

吳用嘆口氣道：「只有一個晉級了，裁判的判罰有問題。」

我眼睛裡閃出八卦的小星星：「難道有潛規則？」

吳用搖著頭說：「其實也不怪裁判，女孩子在臺上和人交手，免不了摟摟抱抱，讓她們走得越遠，尷尬的事情也就越多，所以一旦出現模稜兩可的情況，總是向著男選手多一些，這也算是一種特殊的照顧吧。」

關於這點，就不能全信了，吳用畢竟是老一派腦筋，九百多年的渣滓束縛了他的思維方式，女孩子跟男人打吃虧是肯定的，我倒是不替那兩個出局的擔心，而是關心誰被剩下那一個美女給撂倒了，你說這男人以後怎麼混呀？

我往對面望著，美女領隊不在觀眾席裡，其他人都有條不紊地各自忙著手裡的事情，看樣子上午的結果她們還都能接受。我突然想到：我們其實比她們還慘，人家畢竟有一個是實打實的晉級了，而我們這邊……

這時組委會的人找到我，說組委會有請，問他什麼事，他木著臉說不知道。關於組委會，劉秘書是說不上話的，說到底是人家權力最大，用你的地方、用你的人都是給了錢的，理直氣壯，劉秘書的那些手下只不過是幫著打打雜。

我心往上一提，尋思是不是我們辦證的事被人揭發了，有些惴惴不安。來找我的人就像是來押犯人一樣等著我，林沖站起身說：「我陪你去。」我這才心下稍安。

這次武林大會的評委會主席和組委會主席是同一個人，就是被三百連同其他四位評委一起活埋過的中華武術協會的會長。

老頭看似重權在握，但其實能力也有限，包括其他幾位評委，他們權力的顛峰也就是在表演賽，一旦進入比武階段，有一定的規則可循，隨之他們也就成了擺設，國家這回是要找武術基地，至於發掘出藏在民間的高手，還不是當務之急。

我和林沖隨著那工作人員來到主席辦公室，其他四位評委也在，還有幾個看上去非常臉熟的人，新月的美女領隊赫然也在其內，我這才多少放下心來，再細打量，明白了：這裡的幾個人都是領隊或負責人。

主席正端著杯吸溜滾燙的茶水，見我進來，微微笑道：「坐吧。」我注意到他手裡的玻璃杯熱氣直冒，他卻毫不在意地用一隻手穩穩握著，這老頭不簡單吶。看他那樣子大概只是習慣，絲毫沒有顯擺的意思，他問那工作人員：「還有人嗎？」

門一開，老虎也進來了，他環視了一下四周，看見我，只衝我笑了笑。他雖是江湖人，但也是個真正愛武之人，在五位大師面前，不敢有絲毫的莽撞。

那工作人員跟主席說了聲「人齊了」就走了出去。我們這些領隊或館主面面相覷，都不知道什麼事情，主席雖然還沒說什麼，但我們已經感覺到氣氛有些凝重，難道這次武林大會只是個幌子，國家把我們這些「高手」聚集起來有什麼特殊的任務去執行？

嘿，那就有意思了，一般這種隊伍裡會隨機加入不少美女，然後我們花著國家的錢，開著國外的車，去執行不可能完成的任務……

我坐下以後有一眼沒一眼地掃視著美女領隊，她這次見了我卻沒瞇眼睛，壞現象。然後我們就眼巴巴地看著主席，等他說出驚天的秘密。

主席放下水杯，搓了搓手，沉聲道：「這次大會比較有實力的，基本上都在這兒了。」

看看，多開門見山！

「現在有一個難題我想向各位求助。」

馬上要步入正題了！

說到這，主席開始沉吟，好像不知道該怎麼說下去了。

我忍不住說：「老爺子您放心說，我覺得在座的各位都是愛國志士，不管我們幫上幫不上，也不會到處亂說去。」

主席微微一笑說：「這事也沒什麼不可說的，可能你們早上也見了，咱們的會場秩序簡直是一場糊塗，以至於我們的工作人員想進進出出都得謊稱拉在褲子裡了，也不知跟誰學的——我們帶來的人手本來就缺，靠那幾個保安又是杯水車薪，所以我想跟各位借點人，主要負責維持秩序，也用不了幾天，最多一個星期，八九成的人也就該打道回府了，那時候我保證物歸原主，絕不貪污。」

他最後一句話說得人們都笑了起來，我一拍大腿說：「就這事啊，您跟我一人說不就結了？」

顯然這次的陣容不是主席親自排的，他看了我一眼，有些遲疑地問另外那四個評委：「這位是……」

那老僧長眉一挑說：「育才文武學校的。」

主席依舊糊塗：「育才不是有五個……」

老僧眼中精光暴射：「就是校旗上有朵太陽花的那個。」

主席恍然道：「哦，就是旗子上畫得亂七八糟的那個學校啊。」

邊上的老道下意識地把帽子扣在頭上說：「印象深刻呀。」

我站起身，在屋子裡溜達了兩圈說：「這種小事情交給我那些學生辦就好了，不用勞煩別人，再說，幾位遠來是客，還要忙著準備比賽，讓他們操心別的事，我這個做地主的怎麼好意思？」

我這番話的言外之意還有：強龍不壓地頭蛇，你們誰也別跟我搶風頭。

在座的有人原本就不想多管閒事，此刻沉默不語。

也有不服的，一個肩膀上印著李小龍的精壯中年口氣不善地說：「這麼大的場子靠你們一家看得住嗎？」

聽這人說話，早年肯定當過流氓，鬧不好現在還兼職著呢。我毫不客氣地回敬：「我們人多！」

中年漢子假意拍著肩膀上的灰塵，光棍氣十足地說：「我們精武會館全國各地人也不少。」

我說怎麼這麼眼熟呢，原來是住我們樓上的朋友，在表演賽上，他們的疊羅漢給我印象很深，我笑道：「貴會確實比我們有優勢，你們可以站得高高的，誰搗亂，一眼就看出來了。」

在場的人回想起那天的情景，都笑出聲來，美女領隊想笑，卻又覺得跟我不是一個陣營，所以就用看小丑的目光掃了我一眼。

「你他媽……」流氓會長急了，要衝上來跟我玩命，從這一點看，他就不算危險，胸無城府，事實上，他的髮型到氣質簡直就是翻版的老虎，但是我知道，一旦讓他抓住那就危險了。

他張牙舞爪地撲過來，我既想用個「橫掃千軍」，又想用個「開門揖盜」，其實來個鐵板橋的身法也行，問題是：都不會，板磚也沒帶著。

林沖一踢腳邊的凳子，他本來是在我後面坐著，那凳子像長了眼睛一樣繞過我，來到會長身後一頂他膝關節，這大塊頭不由自主一屁股坐了下來，林沖呵呵笑道：「別激動，有話坐下說。」

我快步站在林沖身後，說：「我再烏鴉嘴說個喪氣話，各位的隊伍說不定哪天就全部出局了，到時候你們走了秩序還得亂。」

主席深深看了林沖一眼，又端起杯吸溜著茶水說：「這個倒是我考慮不周的地方了。」

美女領隊冷冷道：「我可以保證我們能堅持到最後，而且我們是學保鏢專業的。」

我扶著林沖肩膀臉歪嘴斜地說：「你們就別跟著添亂了，本來不想湊熱鬧的，也得給你們的人引出來，剛才有個保安貼身穿的背心都讓抽走了，姐妹們誰想試試？」

女領隊氣憤地一拍桌子，鋼化玻璃被震出無數條耀眼的白色裂痕。

主席為難地說：「這個事情是我鹵莽了，現在看來最好的辦法是一事不煩二主，除了這位育才的負責人，幾位就去忙吧，我再次表示抱歉，祝你們取得好的成績。」

除了女領隊和那位精武會的會長氣鼓鼓的，其他人表示可以理解，但也頗有幾分惆悵地離開了。

老虎臨走前和我低聲聊了幾句，當他知道我們上午連輸兩場之後驚訝地說：「怎麼會這樣，我們的人都能贏。」

我嘿然道：「大意了……」

人們走後，主席笑咪咪地問我：「貴姓啊？」

我陪笑道：「不敢，姓蕭，您叫我小強就行。」

「哦——」主席上下打量了我幾眼，問：「哪派的呀？」

他們這些老人，講究個名門正派，你要光舉過兩天啞鈴，打過幾天麻袋，在他們眼裡根本算不上自己人。

我只好老實回答：「無派。」

主席奇道：「吳派？看你指繭都在前端，倒像是練過幾天鐵印子，不像吳派。」

我伸出來看了看，慚愧地說：「那是抓磚頭抓的，我這個『無』是無門無派那個無，我只負責行政工作，業務上的事，」我一指林沖，「您問他。」

主席看了林沖一眼，跟我說：「咱們先說正事，蕭領隊能出多少人？」

我說：「三百個吧，這些人您其實不陌生，咱們大會的舉牌禮儀就是他們負責的，還有表演賽上，他們拿著……」我說到這，不知道該不該提起這件讓評委們痛苦回憶的事了。

主席：「哦呵呵呵，我怎麼能忘呢！」

我用腳畫著地說：「那天得罪了。」

主席一副不記前嫌的樣子說：「沒事，要說功夫，貴校的學生讓我們幾個老朽眼前一亮啊，至於咱們今天說的這個事，本來地方上的公安機關也表示願意幫忙，但我想咱們武林同道相聚一堂，還得要外人幫著維持秩序，恐怕淪為笑柄，所以這才想了這麼個辦法。」

我忽然說：「給錢嗎？」

主席被茶水嗆得連連咳嗽，問道：「你說什麼？」

我反正也豁出去了，小聲說：「每人每天給兩百塊錢就行。」

某位可能是專修擒拿手的評委一下跳了起來，叫道：「你小子跑這訛錢來啦？」看他那樣子很想用擒拿手前來討教討教我的「鐵印子」。

問題是我費半天勁，得罪那麼多人不就是為了錢嗎？其實對一所真正的學校來講，這種機會就算倒貼錢都願意上，在規模如此龐大的武林大會上負責保安工作，那廣告效應基本上比團體第一名差不了多少，這也就是精武會和美女領隊為什麼孜孜以求的原因了。

但對我來說，要低調出名，高調發財，三百要走了，你不能讓他們身上不揣一毛錢就走吧？

主席攔住「擒拿手」，對我說：「錢的問題我還沒有想過，但是每人每天兩百是不是有點高啊？」

我爽快道：「那您開個價。」反正別家都走了，我就不信這老頭還有臉再把他們請回來。

主席為難得直撇嘴，說：「問題是，這個不在我們的預算範圍之內呀。」

我說：「那不要緊，您只要把今天早上那混亂勁的錄影給相關領導看看，他就明白這是重大的失誤了，昨天賣大力丸的都跑進來了，這成何體統呀？」

主席終於下定決心，正色道：「你誠心給個價。」

我說：「這樣吧，也別每天兩百了，三百個人，每人發一千塊錢，一直到大會閉幕，怎麼樣？」

主席倒吸一口冷氣：「那就是三十萬吶！」

「三十萬，毛毛雨啦，您在主席臺犄角旮旯貼個小廣告，他不得給個幾百萬？」

主席想了一會兒，苦笑道：「讓你的人下午來吧。」

老頭把我和林沖送出門，拍著我的肩膀笑說：「蕭領隊，我算看出來了，你既不是吳派也沒練過鐵印子，你是『巨鯨幫』的。」然後他再次看了林沖一眼，意味深長地說：「年輕人，門子裡的？」

林沖笑笑不說話，把手展開給他看了看，主席點點頭，讚道：「果然好功夫。」

第七章

教頭點將

林沖剛要坐下，我忙說：

「沖哥，兄弟對各位哥哥還缺乏瞭解，

這點將的事，沖哥一併做了吧。」

林沖武功蓋世，謙和沖淡，人見人愛的老哥型人物，

全山上下沒有不敬服的，他這麼一說，

大家都樂呵呵地應道：甚好。

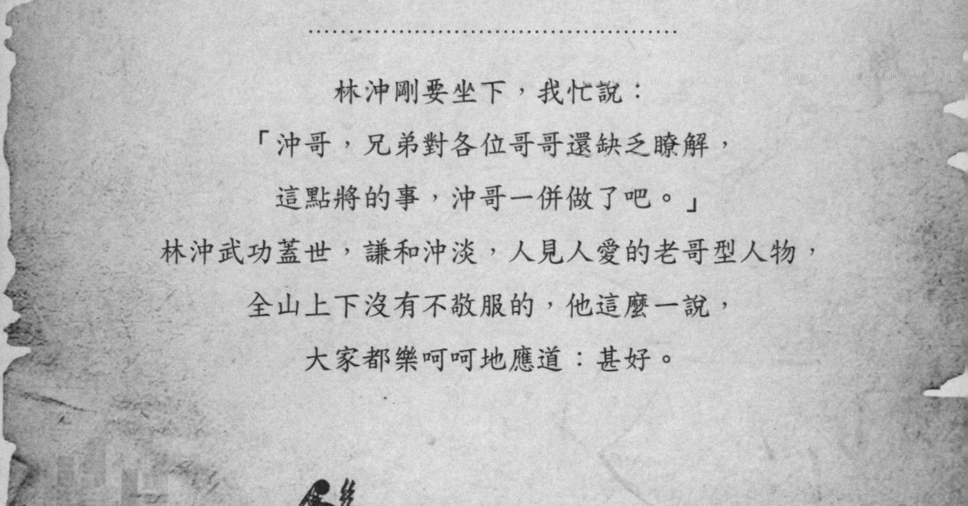

在回去路上我問林沖：「你們倆什麼意思？」

林沖說：「那老頭八成也使槍，手上的老繭厚得都握不住拳了，我給他看看我的，他自然就知道大家是同一路數了。」

三百已經在收拾行裝準備出發，我跟徐得龍說要他幫我最後一個忙，他沒說什麼，很快領著人過來了。

中午，三百受組委會招待，吃過飯後早早入場準備，他們分成三組，一百人負責把守由觀眾席通往場地的圍欄口，一百人分成十個小分隊在場內巡邏，順便協助裁判做些工作，另一百人沒什麼事幹，休息，定點換崗。

下午的比賽還沒正式開始，就有人妄圖在擂臺周圍占個好地勢，結果發現大會加派了人手，這些傢伙連保安也不放在眼裡，更瞧不起還是娃娃臉的三百戰士，有的直接往裡闖，有的扒著圍欄跳，戰士們開始是勸說回去一批，硬闖的一律拽倒，不服可以再打，而且全部是單對單，你想，有身分有本事的全有證件可以進，這些挑事的多半就是「百姓」，誰能是戰士們的對手？

大概也就亂了不到四十分鐘的時間，不老實的全都學乖了，會場上秩序井然，大家憑證出入，五十個擂臺上的賽事比上午幾乎要順利一半。

只是有個擂臺出了點小意外，兩名選手打急眼了，比賽終止後還在廝扯，雙方隊友和教練也開始對罵，幾乎打起群架來，一隊戰士先控制住了局面，由李靜水上臺三拳兩腳把倆人擺平，本來束手無策的裁判一激動，上前高高舉起了李靜水的手……

我們的比賽也很順利，馬賊出身的段景住憑著狠辣和發洩不出的抑鬱，將高出他一頭的對手三次踢出擂臺，最終以點數勝利，董平更不用說，贏得波瀾不驚。

不過這些我都沒怎麼上心，因為明天的第一場團體賽才是最關鍵的！

晚上到了賓館，我打開會議室的大門，展開梁山整風運動暨第二天團體賽名單討論會，與會者：梁山全體好漢，在座的每人面前一瓶礦泉水，盧俊義和吳用則是人手一杯熱茶，吳用把眼睛架在鼻梁上，很專注地看著手裡的稿子。

大會第一項議程，由盧俊義哥哥講話。盧俊義清清嗓子道：「我們梁山是有著悠久歷史的，早在漢代……」

我汗下，俯身壓低聲音說：「哥哥，咱們簡短說吧。」

盧俊義點點頭，又說：「那咱們就從前些年說起——那是宣和三年啊，用現在的說法也就是一一二二年……」

我險些從臺上掉下來，這是前些年？萬幸做報告的不是秦始皇啊。我陪笑說：「哥哥，要不咱再短點？」

盧俊義白了我一眼，輕輕拍著桌子說：「那就一句話，不管誰上場，輸贏如何，一定要打出我們梁山的氣勢來！」我伸出拇指表示大讚。

我拿出蕭讓虛構的名單來，在手裡彈了彈，說：「下面咱們把明天參加團體賽的名單定一下。」然後我看了看林沖，林沖知道自己肩上的責任推不掉，站起來轉向大家說：「眾位兄弟要沒意見，恕我冒昧——明天就由林某帶隊了。」

林沖武功蓋世，又謙和低調，想當年，火拼王倫之後硬是把梁山頭把交椅讓給了晁蓋，屬於那種遠離政治，人品值爆發又百戰百勝、人見人愛的老哥型人物，全山上下沒有不敬服的，他這麼一說，大家都樂呵呵地應道：甚好。

林沖剛要坐下，我忙說：「沖哥，兄弟對各位哥哥還缺乏瞭解，這點將的事，沖哥一併做了吧。」

林沖也不推辭，往坐席裡指點道：「張清、楊志二位兄弟，有勞。」

這兩個人既是天罡裡靠前的，功夫也沒得說，眾人自然毫無意見，我心想：與其這樣，那團體賽不如全由天罡出任算了，林沖和我想一塊去了，接著就指到了張順那。

張順搶先說：「我和阮家兄弟都商量好了，參加個人賽。」

林沖點點頭，接著往人群裡看著。

這時，李逵忽然上前一把抓住林沖的手道：「哥哥，算上俺鐵牛吧，白日裡輸得實在憋屈呀！」

扈三娘猛然站起，氣咻咻地說：「林大哥做事有偏向，咱一百零八個兄弟向來秤不離砣，為什麼一有好事總是你們天罡先上？」

林沖不悅道：「三妹怎麼這說話？我選的這幾人是功夫不如你，還是資歷不如你，僅僅是靠排名來的嗎？」

扈三娘忙道：「是我說錯話了，林大哥別見怪，那麼剩下的兩個名額總該有我一份吧？」

她見眾人都不說話嘿嘿笑，知道大家都拿她當笑話看，一拍桌子喝道：「誰不服？」在座的人裡不少是她馬上擒來的，見女暴龍真毛了，都很聰明地閉上了嘴，而且就算有本事的，也不願意和一個女流之輩較真，所以一時間還真就讓她叫住了。她得意地說：「那我明天可就上了啊！」

李逵這時才反應過來，跳著腳嚷：「憑什麼你上，俺第一個不服！」

扈三娘和李逵素有嫌隙，此刻勃然道：「來人吶，抬刀備馬。」看來是平時喊慣了，李逵也隨手往腰後摸去，叫道：「怕你不成？」

吳用忙道：「莫傷和氣，不是有兩個名額嗎？」

對峙的兩人同時一愣，都訕訕地撤了架勢，然後一起看向林沖。沒等他說什麼，我抄起擴音器說：「喂喂，兩位請安靜，明天的比賽，你們誰也不能參加。」

倆人這回同仇敵愾，齊問：「為什麼？」

「鐵牛，你今天上午比賽已經輸了，而我們的團體賽和個人賽報上去的名單是不一樣的，所以你不能再出現在賽場上了。」

李逵聽完目瞪口呆，扈三娘幸災樂禍地看了他一眼，這才說：「我可沒輸過——丟人敗興的。」她馬上對湯隆說，「我可不是說你啊。」李逵乾生氣，沒辦法。

「你看照片！」我指著報名表上運動員相片的位置跟扈三娘說。

「怎麼了？」她還是不明白。

「這臉雖然都照得跟五筒似的，看不出誰是誰來，」我說：「可是你看那髮型卻絕對都是小平頭，你要捨得剃成這樣你就上！」

扈三娘頓時癡呆，過了好半天才囁嚅問道：「不是能戴頭套嗎？」

我說：「你這麼長的頭髮再戴頭套，那臉得比你那棗紅馬長，弄好了是橄欖型還好看點，要一頭大一頭小，你就成聖火了——而且到時候也沒你合適的頭盔，普通頭盔都是護臉的，戴你頭上成鴨舌帽了。」

扈三娘不寒而慄說：「那明天我先不上了。」

剩下的人又都盯在林沖身上，現在天罡星裡只有戴宗沒有任務，但戴宗不以拳腳見長，所以被排除在外。盧俊義說了，事關梁山榮譽，不能等同兒戲，那麼其餘的人誰被林沖點到，也就意味著至少在林沖眼裡他是七十二地煞中最有本事的。

大家目光灼灼地看著林沖，林沖也挨個看去，他的眼神掃在誰身上，誰都精神為之一振，但剩下的列位好漢之中，要說誰的功夫強到讓其他人無話可說，還真不好找，像人緣好的，如朱貴、杜興，身手卻又著實不行。

林沖看了半天忽然說：「時遷兄弟——」

時遷正在專心致志地拿小刀削一個水梨，這種狀況用腳指頭想都沒他的份，所以林中這一喊他，時遷嚇了一跳，刀尖戳在手背上，他嘬著傷口茫然道：「啊？」

「明天你算一個如何？」

時遷一呆，手中的梨落下，一旁的湯隆手疾眼快接住，喀嚓喀嚓地啃起來。

好漢們一片咦聲，因為技術含量問題，打劫的和小偷向來互相鄙視，自古使然，所以時遷雖然排名不是最末（也差不多），但地位卻一直在梁山的谷底徘徊，好漢們想不通之餘，都把眼睛望向別處，心說林沖下一個叫到誰，便說明在他心目中誰就跟賊一樣沒品，這種丟人的事是不幹的。

林沖見人們都低著頭，像避瘟神一樣避著他，微微一笑，忽然轉過身來道：「小強——」

我正捏著個大喇叭笑吟吟地看他如何收場，他猛地一喊我，我也像時遷一樣嚇了一跳，大聲說：「啊？」只聽會議室裡一陣悠長洪亮的「啊啊啊啊」的回音飄來蕩去。

林沖捂著耳朵，皺眉說：「明天你沒事吧？跟著我們一起上場吧。」

好漢們都笑：「對對對，小強最合適了。」「真是眾望所歸啊！」

我放下喇叭呆若木雞說：「哥哥，做人要厚道啊！」

林沖笑著湊近我，悄聲說：「還不明白嗎，基本用不著你上場。」

我一看也對，林沖、楊志、張清，如果對手有實力把這三位給拼下去，那麼其實別人上場也沒什麼意義，反正都是擺設，而現在也就我和時遷能「服眾」了。

看來只能這樣了。我拿出名單說：「那咱們把人名對一下，沖哥，你來林勝，張清哥哥，你來李新，楊志哥哥，你是王全。」

蕭讓納悶了一會說：「有這麼個名字嗎？」

我看了看那個字，說：「那就是王工。」

蕭讓鄙夷地說：「那個字念仝（銅）！」我大慚。

這時會議室門一開，包子探進頭來，看黑壓壓坐了一片人，招呼說：「都在呢——強子你啥時候能忙完？」

我對著喇叭說：「啥事啊，你進來！」

光露一個臉的包子頭看上去挺恐怖的，等她整個人進來就好多了。

包子說：「你先幹你的事，我在附近看見幾家婚紗店，想讓你陪我逛逛。」

張順奇道：「婚紗是啥玩意兒？」

扈三娘瞪他一眼說：「就是嫁衣。」

包子：「三兒也在呢，一會一起去吧。」

扈三娘黯然道：「我不去了。」

我見包子在場，這會也開不成了，於是邊往外走邊說：「那就這樣吧，咱們明天七點半準時在大廳會合。」

張順歡喜道：「小強要娶媳婦了？這可該慶祝慶祝，咱們喝……」他剛說出一個字就知道犯忌了，急忙打住。

我看出大家是真的為我高興，笑著說：「喝吧喝吧，每人限量一斤半。」

包子說的那幾家婚紗店根本就不是以經營婚紗為主，只是擺在櫥窗裡做個樣子，進去一看，不但價錢死貴，而且上面落滿了塵土，所以我們連試的心也沒有，幾家店很快就被我們溜達完了。

我挽著她的手，趁著夜色就當消食，慢慢走著。

在馬路對面，一個熟人遇到了挺尷尬的事情，我一見之下不禁樂不可支起來。包子奇道：「你笑什麼呢？」也往對面看了一眼。

在馬路對面，一個漂亮的女孩子被三個醉鬼擋在路上，那女孩子左奔右突都被嬉皮笑臉的醉鬼攔了回來，看樣子是想占點小便宜，那女孩有一頭烏黑順滑的秀髮，一雙嫵媚有神的單鳳眼，只不過現在還沒瞇起來——新月的女領隊。你說這仨人不是找死嗎?!

可是包子一看就急了，她很有經驗地從一個電話亭下面抽出兩塊板磚，遞給我一塊，急火火地說：「走！」

我一把拉住她，趴在路邊的欄杆上，不緊不慢說：「我請你看電影。」

包子莫名其妙地說：「什麼電影？」

「《痛》！」

可是看了一會，女領隊太拖戲，也不說揍人，只是脾氣很好的想離開，三個醉鬼圍著她，小動作不斷，卻也沒有大突破。包子掐我一把說：「你這人怎麼這樣，還不去幫忙？」

我心想也好，過去聽聽他們在說什麼，就領著包子過了馬路，往前湊近了一點。誰知那女領隊一眼看見我，興奮地揮手喊：「哥，他們欺負我。」

我一下傻了，叫得那個親呀，我都懷疑我是不是真的有這麼一個妹妹了，當我搜尋到一絲她眼裡的得意和狡猾時，我終於明白了：這小娘皮要陰我，想把我拉下水。

我早該從她表演賽耍的手段，就推斷出這小娘們是隻不折不扣的小狐狸，她這麼一喊，那三個醉鬼卻當了真，用酒瓶子指著我的鼻子警告說：「你少管閒事！」

我無辜地說：「我不管，就看看。」

趁這個工夫，女領隊很不仗義地跑出包圍，邊走邊還笑嘻嘻地跟我說：「哥，狠狠揍他們喲。」

看她那清澈的眼眸和那銀鈴般的聲音，純潔得像花仙子似的，誰能想到她面若桃李，心如蛇蠍！

那三個傻瓜看得直發呆，然後不自覺地把我圍上了，我多冤啊！

包子這時從我身後閃出，舉著板磚咬牙切齒地說：「誰敢動手，老娘拍死他。」

一個傢伙醉眼斜睨道：「嘿，又一個小妞，還挺帶勁的，我喜歡。」

另一個接口說：「就是醜了點。」

最後那個腦袋上染著紅毛的嘿嘿淫笑著說：「沒事，關了燈是一樣的……」

不等他說完，我一磚頭已經狠狠砸在他腦袋上。我小強哥是有點沒皮沒臉，但人總有原則的，我的原則很簡單，欺負我女人：不行。

遇上這樣的敗類，包子的臉也被氣得煞白，在我磚頭拍上紅毛腦袋的同時，她也一腳踹中了這人渣的命根，包子喜歡穿靴子，鞋尖一看上去就很尖銳的那種，紅毛頭上挨磚，襠上中腳，身子弓成一個蝦球，發出了消魂的「哦——」的一聲。

「爽嗎？」我抓著他的頭髮，把他的腦袋在鐵欄杆上撞出一個超重低音，紅毛萎頓在地上，包子像個見了糖果的小女孩一樣，衝上去用鞋尖一下一下點紅毛的肚子，邊點邊罵：「長了個豬頭還想當回民！」

紅毛的同夥愣了幾秒這才抄著瓶子衝上來，包子踢得正高興，我只能擋在她身前，胳膊上馬上挨了一瓶子。

「別打了。」一個聲音冷冷道，女領隊不知什麼時候又回來了，她平靜地對兩個醉鬼說：「等一下。」然後把我和包子手裡的板磚接過去，架在欄杆上，像劈綠豆糕一樣劈了一地磚粉。

醉鬼之一不禁道：「不會是假的吧？」

女領隊腿動了動，醉鬼手裡的酒瓶子就齊刷刷斷成兩截，女領隊跺跺腳，把鞋上的玻璃渣弄乾淨，瞇著眼睛問他們倆：「還打嗎？」

他們倆把頭搖得跟颱風裡的柳枝似的。然後看包子又踢了一會紅毛，三個醉鬼這才與我們灑淚而別。

包子這時已經心情大好，掏出紙巾擦著額頭上的汗，在路邊買了一瓶冰水，咕咚咚喝幾口就感嘆一聲：「哎呀累死了。」她喝光水，這才看著有點尷尬的我們倆說：「你們認識？」

我和女領隊都不知道說什麼好，一個點頭一個搖頭，包子疑竇叢生：「你們倆到底怎麼回事？」

女領隊把包子拉在一邊，跟她低聲說著什麼，邊說邊還回頭瞟我幾眼，包子邊聽邊樂：「哈哈，妹子你別往心裡去，他就那德行。」

我點根菸蹲在馬路旁抽，覺得被這兩個女人排斥了，鬱悶得很。

過了一會兒，女領隊走過來，拍了拍我的肩膀，伸出手說：「強子是吧？我叫佟媛，以前的事情一筆勾銷，咱們這也算不打不相識了。」

我拉著她的手翻來覆去看了半天，感嘆道：「怎麼一點死皮也沒有呢？」

佟媛抽回手，瞪了我一眼，衝包子親熱地招呼：「包子姐——」

包子走過來挽住她的胳膊，兩個人那叫一親熱，包子說：「妹子，手腳夠硬的啊。」

佟媛有點不好意思地說：「從小練的。」

這時我終於有機會問：「剛才那三個混混你怎麼不早點打發了，你是不是光會劈磚頭啊？」

佟媛一笑說：「我們練武之人就是要少招惹是非，能不動手儘量不動手，再說，我們學的是保鏢專業，必須學會潛伏，不在人前曝光，否則就成了擺設。剛才……」佟媛忽然正色跟我說，「剛才我不知道你身後還跟著包子姐，要不我也不會跟你開那樣的玩笑了，算我欠你一個人情。」

「玩笑？」我揉著胳膊叫道：「你知不知道會出人命的？」

說到這，佟媛上下打量著我說：「你到底會不會功夫，為什麼你打起架來像個流氓一樣？」

包子笑道：「你已經不是第一個這麼說他的人了。」

我接口：「也不會是最後一個。」

佟媛拉著包子說：「姐，你條件這麼好，跟著我學功夫吧。」

我一把包子拉到自己懷裡，瞪著眼跟佟媛說：「你還嫌世界不夠亂嗎？」

……

第二天七點半鐘，我和好漢們準時出發向體育場，三百已經被組委會早早接到場地並且到位了，林沖按喇叭的提示，到指定地點進行抽籤，我利用這個時間找到組委會主席，跟他說因為特殊情況，我們隊想換一個人，把一個名叫周挺猛（周通＋焦挺＋童猛）的換成蕭強，也就是我。

還沒等我說理由，主席就和藹地說：「行嘛，我也很想見識見識你的鐵印子。」……

然後我就拿著組委會特批的條子回到貴賓席，林沖已經回來了，今天的對陣表都是團體對團體，林沖樂呵呵把名單遞給我說：「不是冤家不聚頭啊。」我一看也笑了，對手是精武自由搏擊會。

接下來要排出上場名單，名單一旦排定不可更改，選手必須按次序出場，這是為了防止兩支隊伍在選手出場次序上勾心鬥角，最後搞得比武不像比武，下棋不像下棋。

我拿著名單，突然勾起了童年時玩拳皇的情景，那時候跟人單挑，如果水準相近，出場次序的確很重要，我一般是先選個比較養眼的上去試探敵人火力，然後搞定一兩個，隱藏版的重量級人物壓陣，通常我排出這樣的陣容，我們那一片沒人不怕。

今天這種情況，我無疑將作為隱藏任務留到最後，只不過這回誰打通關見到我，那麼驚喜將是大大的……

楊志首先自告奮勇要求打頭陣，張清緊隨其後，依林沖的意思，不給對手任何機會自己第三出場，時遷尖聲細氣道：「別價哥哥，讓我也上去亮亮相唄。」

我在林沖耳邊低聲說：「讓他上，咱也正好需要輸一場……」

我們的比賽被安排在八點四十分，我們所在的五號擂臺剛舉行完一場比賽，滄州紅日武校對山西大同育才文武學校，要不是滄州人厚道，山西人基本早就滿地找牙了，這群鼻青臉腫的老西兒們聽說我們也是育才的，還給我們鼓勁呢：「加油兄弟，爭取拖到第五局……」

看來叫育才的都很沒譜，裁判還說：「怎麼又一個育才呀，光第一輪就四個育才。」

我問：「戰況如何？」

裁判邊收走我們的名單邊說：「已經淘汰三個了，加你們第四個。」

我：「……」

裁判把名單放在一邊，大聲說：「比賽雙方：精武自由搏擊會對育才文武學校，選手名單核對無誤，雙方領隊見禮，比賽馬上開始。」

對面的大塊頭會長穿著一身黑色護甲，雙拳對擊冷笑著走了過來，林沖雖然是我們這邊的主心骨，但育才的官方領隊還是我，我只能走上前去，假模假樣地衝他抱了抱拳，擂臺上楊志和精武會的人已經站好，裁判見過場都走了，手往下一揮，示意比賽開始。

大塊頭見完禮並沒有立刻歸隊，用肩膀扛了我一下，背對著裁判低聲說：「姓蕭的，你們死定了！」

我說：「不見得吧？」

這傢伙嘿嘿獰笑：「你信不信，你們的人連我們第四個人也見不到？」言外之意，育才肯定被三振出局。

還沒等我說話，只聽身後裁判大聲喊：「精武自由搏擊會對育才文武學校第一場，育才文武學校王全勝！」

我看了一眼張大嘴巴合不攏的大塊頭，這才轉過身，鄙夷地對裁判說：「那個字念仝！」

其實我也不知道發生了什麼事情，從楊志上臺到「王全勝利」，總共大概連三十秒的時間也不到，他拳擊手套上的標籤還沒摘呢。當時是楊志的對手躺在擂臺上抱著腿站不起來，裁判這才宣布他直接勝利。

「……我踢到他腿上的麻筋了。」我問楊志怎麼回事的時候他如是說。

一個高手嘴裡居然出現「我踢到他的麻筋了」這樣的措辭，我很是遺憾，就算我這樣一個只看過幾本武俠小說的人，都能說出好幾個穴位來。

下一場是張清，我對張清信心十足，在讀原著的時候，我對張清根本沒有概念，只知道菜園子張青，後來才知道跟張清一比，菜園子就是個賣包子的，因為賣的是人肉包子；而張清沒歸順那會兒，憑著一手飛石連打梁山十五位大將，端的是威風凜凜，差點跟美國人一樣拯救了地球，雖然最後沒拯救，但到底是大咖，不可與張青同日而語。

張清上臺之後就和對手戰在一處，無論是從技巧戰術還是出招上都中規中矩，就是老有一個下意識的小動作讓人看不懂：他一旦和對手分開段距離，就老朝人家甩手。

第一回合打完我問他：「清哥，你老甩手幹什麼？」

張清也有點無奈說：「戴著這手套不習慣，老以為是拿著件暗器呢，想丟出去打人。」……

我看了一會，實在閒得無聊，開始在附近溜達，和我們隔著一個擂臺的是老虎他們，他們第一場還沒打完，老虎見我戴著頭盔穿著護甲，失笑道：「你這是幹什麼？」我衝他高深地笑了笑。

臺上代表老虎一方的是個陌生的大漢，出拳虎虎生風，正把對手逼在角落裡痛打，老虎跟我說那是他師弟，我知道老虎在「門子」裡輩分甚高，這時候跑出個師弟來倒是很蹊蹺，再看站在他身邊的隊友也都是些生面孔，看來老虎畢竟留了後手。

我正看著，覺得有人拽了拽我的衣角，說：「別擋著我。」

我回頭一看，見古爺坐在板凳裡，正津津有味地看戲呢，老傢伙身邊還放著一把二胡，我招呼道：「古爺，您老也來了？」

老古隨便答應了一聲，問：「上次跟著你打架的那倆小子，這次頂大梁了吧？」

我說：「他倆啊……」正見李靜水和魏鐵柱混在一個小分隊裡從我們面前走過，我忙叫過來跟古爺寒暄。

古爺奇道：「你倆沒比賽？」

李靜水笑笑說：「我們功夫太次，上去白丟人。」魏鐵柱點頭。

古爺見他們沒有開玩笑的意思，抬起頭來問我：「你的人在哪比？」我指給他，老頭站起身提著椅子晃蕩了過去。

我往四處看了看，見離我老遠兩個擂臺圍滿了人，現在普通觀眾進不來，場內的都是行家高手，也就是說，這兩個擂臺的比賽含金量絕對高，我屁顛屁顛跑過去看，其中一個難怪人多，佟媛領著她的娘子軍在打呢，而且這些女孩子一個比一個漂亮，都唇紅齒白巧笑嫣然的，現在穿起護甲，別有一番風味，隨便擺個造型都跟廣告似的。

我使勁往裡面擠，擠了半天毫無成效，擋在我前面的無一例外是膀大腰圓的漢子，最裡邊的還壯，離佟媛她們最近的那群人，我估計都是內家高手，要不就是像傳說中一樣踩著別人肩膀進去的。

我在圈外跳著腳喊：「妹了……」一群男人驀然回首，佟媛也回頭看了一眼，朝我笑了笑，我來到臺前，佟媛也是一身護甲，身邊站著她的姐妹們，連打下手的都是小美女。

我往臺上一看，見湖北隊某選手正在和佟媛她們隊的女孩子你一拳我一腳地互毆，那女孩子面目清秀，身材苗條，滿臉通紅，也不知是打的還是累的，每當她擊中對手的時候，臺下圍觀的人就發出一陣陣起鬨的喝彩聲，一被打到，眾人就一起噓那男的，還有人罵：「好男不跟女鬥嘿！」「你他媽是男人嗎？」

那湖北漢子頂著巨大的壓力，一記重拳明明要打中對手了，臺下一片罵聲，結果一遲滯被躲過，自己還挨了一下。打了一會，漢子實在受不了了，趁著一錯身的工夫，趴在擂臺欄杆上朝底下大吼：「要不你們上來試試？」說著還慢慢把一隻拳頭升到自己臉前，明白人一眼就看出來那是一個習慣性準備要出中指的動作。

在那位湖北選手受到裁判警告後，美女隊以點數贏了第一場，那小美女在臺上朝下面頻拋媚眼，還把一隻手放在腰上擺了個POSE，又脫了手套，用兩根手指戳自己的臉蛋做出各種表情，下面的男選手們瘋了一樣拍照。

很多本來是馬上要參加比賽的，已經戴上了拳擊手套，就用一根指頭擺弄手機，比多拉A夢還熟練。我搖頭嘆道：「這也是你們的一種策略吧？」

佟媛聽出我話裡的調笑意味，冷冷道：「怎麼打本來全在自己，如果連對手性別都那麼在意，他就根本不配學武。」她上下打量了我一眼，這才奇怪地說：「你這是搞的什麼，趁機推銷防護服呢？」

我一拍腦袋：「對了，我還有比賽呢，你忙吧。」

佟媛止不住笑意說：「你們隊不至於連你這樣的也派上去吧？」

這時湖北隊第二個選手也戰戰兢兢上場了，一看就必輸無疑，我邊往外擠邊跟佟媛開玩笑：「別忘了你還欠我一個人情，如果以後遇上我們隊，記得放水。」

佟媛笑咪咪說：「好啊。」

我實在有點不懂這個女人，明明狡猾得小狐狸一樣，有時候又冷酷得像狼，在大多數的時候又可以雲淡風輕，這可能跟她的職業有關，反正我哪天要是再被招生的追殺，一定請她這樣的保鏢。

只一會工夫，旁邊的那個擂臺更熱鬧了，人氣幾乎比這邊還高，我心裡直納悶，難道是復仇者聯盟組團比武來了？我拽住正在巡邏的三百小戰士問他：「那邊怎麼那麼熱鬧？」

小戰士跟我笑了笑，說：「大家都是去看天狼武館的，他們的館主段天狼以前號稱打遍華北無敵手，然後說想借著這次機會把華北倆字改改。」

「改成天下？」

小戰士好奇地說：「你怎麼知道的？」

我也汗了一個，沒想到這人的德行跟我一個檔次，不過能讓這麼多人放著美女不看，看來是有真本事。我也懶得再擠，再說我也看不懂，就一溜小跑跑回本陣，正趕上張清旗開得勝，這一場贏得平平無奇，除了想把手套扔出去砸對方，張清的動作像教科書一樣精準。

古爺瞇著眼坐在板凳裡，我湊過去問：「怎麼樣老爺子，最近淘換到好東西沒？」

古爺不說話，只是盯著張清看，我心裡咯登一下，這老頭鑒別古董成精成魔的，別是看出這些人本身就是文物了吧？

古爺指著張清問我：「那後生什麼來頭？腕力夠強的呀！」

我隨口瞎說：「以前幹過廚子。」

古爺搖頭道：「不對，廚子一般是右手有勁，他是兩個手腕一樣。」

我沒想到張清扔個破石頭還是左右開弓，只得說：「他是專管剁餡的。」

古爺這才恍然地點點頭。

第三場輪到時遷，他的對手是精武會的會長，這大塊頭已經感覺到不妙了，林沖的功夫他領教過，知道是勁敵，而我閒雲野鶴一樣滿場溜達，顯得成竹在胸，看來也給他造成了不小的壓力，會長舉著雙拳惡狠狠地望向我們這邊，腳也不安分地刨著地，像頭要發起攻擊的公牛。

我們這邊，時遷也準備就緒了，這位賊祖宗第一次跟人光明正大地單挑，顯得有點緊張，而且看上去有點滑稽，標準尺寸的防護服穿在他身上跟戰袍似的，頭盔像棉軍帽，拳擊手套有他腦袋那麼大，時遷蹦來跳去地緩解緊張心理，一雙小眼珠子東張西望。

我說：「遷哥，看什麼呢？」此刻我突然覺得把小個兒弄上去鬥牛挺不人道的，但事已至此，說什麼也晚了。

可是時遷的一句話把我這些想法都說到九霄雲外去了，他說：「選條路先，一會兒打不過好跑。」

時遷見我們都鄙夷地看著他，猥瑣地笑笑說：「跟你們開玩笑呢，打不過也不能跑啊。」然後他從脖子裡拉出一條賓館拿的白毛巾來遞給林沖，「哥哥，一會見勢頭不妙，幫我把這個扔上去。」

林沖他們可能還不知道白毛巾代表什麼，我氣急敗壞道：「投降上面你倒是學得很快！」

這時裁判示意雙方選手上場，會長撐著臺柱跳到場中，發出「通」一聲巨響，威勢驚人，時遷則輕飄飄邁了進去，還佝僂著腰，眼睛滴溜溜亂轉，兩邊一對比，精武會的人一陣哄笑，士氣高漲了不少，裁判也失笑道：「雙方選手行禮。」

會長低頭看看時遷，像劈柴似的朝下一抱拳，時遷抬頭看看會長，往上拱了拱手，他只到會長腰那兒，舉起手剛能探到人家下巴，看來要想得分，只能在對手腿上打主意了。

裁判見這倆人站一塊像虎頭妖召喚出來個猴子精似的，用略帶質疑的目光往我們這看了看，意思大概是想看看我們這邊是不是要棄權，等了一會沒動靜，只好宣布比賽開始。

他的手還沒徹底落下，時遷已經騰空而起，在越過會長頭頂時順便給他狠狠來了一下。

會長大概早就想好了對付時遷的辦法，如果出拳，他就得彎腰，所以對付這麼矮的對手最好的辦法是用腳，這一腳只要踢上，不管時遷招架不招架，效果都是一樣：起碼臺上是待不住了。結果他的腿才剛抬起來，對手就不見了，然後頭頂一陣劇痛。

散打的頭盔只是護住前額和臉頰，頭髮是露出來的，而皮質的拳擊手套和頭髮之間產生的摩擦絕對能使人痛入骨髓，會長疼得雙手捂頭，但他反應相當快，一擰腰身抬起的腿順勢向後掃去，形似閃電，連古爺都不禁叫道：「好功夫！」

如果他的對手是李逵或者項羽這樣的大個，那這一腳至少能把在身後的敵人逼開，但時遷只略微一低頭，他的腿就白白掃了過去，時遷往前一躥，從會長跨下鑽了過去，整個人又到了會長身後，然後時遷跳起來衝會長的後背就是一通猛擂……

這時裁判有點懵了，他還是第一次遇到這樣的情況，之所以發懵，是因為他不知道攻擊對手背部應該不應該得分。大會前期階段五十個擂臺一起展開比賽，當然沒有那麼多專業裁判，所以有不少還是體校的學生，而這位裁判就是其中之一，他見旁邊擂臺正在中場休息，也顧不得丟人，大聲問那個臺上的年輕裁判：「師兄，後背能算得分區嗎？」

那個裁判也比他強不了多少，支吾了半天說不出話來，然後那臺上正在對敵的一對選手也加入了討論，三個人商量了半天，衝這邊喊：「應該算吧，後背不也是軀幹嗎？」

這時的會長已經越打越鬱悶，自從上了臺，時遷就從沒正面發起過進攻，不是在他頭上跳來跳去，就是在他下盤鑽躥，而且擊打的部位也都匪夷所思：頭頂、後背、屁股、大腿內側，其實以會長的身板，就算放下架子任憑時遷怎麼打，都跟按摩一個效果，但在擂臺上，他的分點就像流水一樣失掉了……

要說會長的功夫那是沒話說的，自由搏擊本來就是幾個歐美懶人發明的，哥幾個閒得無聊湊一起想發明一種格鬥術，結果又不知道怎麼弄，索性將全世界所有武術派別搞在一塊，發明了想怎麼打就怎麼打的無賴辦法，美其名曰自由搏擊。

這種打法也發揚了歐美人一貫的懶散和隨性，而會長的流氓做派正適合這種體制，而且看得出他有很扎實的傳統武術功底，所以絕沒有因為身材高大使得動作笨重，但就算這樣，還是被時遷繞得暈頭轉向，像隻抓狂的大猩猩在和一隻蜂鳥搏鬥。

時遷每每在他身前身後亂飛一氣，會長只能被動地跟著他轉，抽冷子時遷不轉了他還在轉，等他也不轉了，時遷又開始轉，最鬱悶的是，有時候明明在空中把時遷盯住了，眼看著一拳過去就能把他打下來，可是拳頭剛出到一半，對方就像受了風的羽毛一樣，會在空氣裡突兀地轉折，時遷越打越順，動作最快的時候幾乎看不到他的人影，臺上好像只有一個大個兒拳打腳踢，狀似抽風。

第一場比賽的哨聲吹響後，會長暈得一屁股坐在臺上，跟上來扶他的倆徒弟說：「媽的，打了半天，老子連對手長什麼樣也沒看見。」

時遷一條腿蹲在臺柱上，把眼睛瞇起，貌似猥瑣版悟空。

古爺利用休息時間抄起二胡拉了幾個悲音，精武會的人聽得幾乎要潸然淚下，古爺站起身對我說：「可喜可賀，對方敗局已定——臺上那小子是誰啊？我有半個世紀沒見過這麼好的輕功了。」

我說：「那小子啊，從小跟著人販子長大的，賣過盜版光碟，街頭裝過殘疾兒童，一會讓他把腿搬到耳朵上給您看。」

古爺看了我一眼，慢條斯理地說：「我是上了年紀，可還沒老年癡呆。」說罷，掏出幾張名片發給林沖他們，笑道：「若不嫌棄我這個老東西，有空到我茶館坐坐，老夫要誠心請教。」說完拎著椅子和二胡回老虎那去了。

第二局一開始，會長就下意識地緊靠欄杆，只把正面對著時遷，但是這招毫無用處，時遷照舊可以在他頭上飛來飛去，有時明明身子已經在擂臺外了，可小細腿緊倒騰幾步，就又像狂風中的白色垃圾一樣飄飄然回到臺中，應該就是傳說中的「燕子三抄水」或是「八步趕蟾」之類的功夫，總之不是人能練的。

到最後吃虧的還是會長，因為他提供給時遷的得分區只露出頭，所以這個部位頻頻被攻擊，到最後會長的髮型就像剛和幾十個潑婦揪扯完，而且開始有脫毛現象，再打一會會長那濃密的黑髮。開始在時遷一撥一撥的進攻中縷縷起義，隨風飄散，狀極詭異。

任賢齊唱得好：痛快哭痛快笑，痛快的痛死不了。這些練武的人，你砍他幾刀他都未必會覺得怎樣，但一縷一縷往下薅頭髮誰也受不了，而且這對有英雄主義的人來講更是一種心理摧殘，想想看，無論古今中外的英雄，可以失敗可以流血可以死亡，都毫不影響他們的英名被後世傳誦，但沒有一個英雄是被敵人拔光頭髮而死……

眼睛被打青，有的牙被揍掉了，但比武比成禿頂的，會長還是第一人。

當裁判把時遷的手高高舉起時，也就意味著我們以三比零的成績贏了第一場團體賽，還真就沒見上精武會的第四位選手。

這場比賽最大的驚喜無疑是時遷，絕對字面意義上的比賽型選手，看來我是哭著喊著想上場也沒戲了。

我們往場外走的時候，天狼武館的人迎面走來，他們跟我們幾乎是同時上的場，而我們第一場只用了三十秒不到的時間，他們能同時結束比賽，看來他們的對手也有被KO出局的，實力應該不俗。

當我們兩支隊伍擦肩而過的時候，似乎擦起了一點火花，那種只有高手和高手對峙的時候才有的敵意和相惜。

他們隊伍裡，一個面色蠟黃、耳朵尖聳、四十來歲的中年漢子吸引了我的注意，我一眼就看出他就是段天狼，雖然他沒有走在最前面，也沒有人告訴我，但我就是知道——他胸前的牌子上寫著了。

下午，場地裡又展開了如火如荼的復活賽，將近兩百支隊伍參賽，強隊碰弱隊固然沒什麼懸念，如果兩面都是強隊，而因為規則使其中一支早早離開，就難免使人感到遺憾了，為了避免這種事情發生，大會決定每五支淘汰隊組合進行積分賽，復活一支隊伍。

時間是一個下午全部進行完畢，也就是說賽程將非常艱辛，對選手的體力和耐力都是考驗，那也沒辦法，誰讓你輸了呢？

其實精武會就有點冤，以他們的實力再加一點點運氣，應該可以進三十二強，結果會長只能頂著個禿腦袋領著他的人東跑西顛的打復活賽，而我們就坐在有冷氣的貴賓席裡，喝著冰鎮汽水，百無聊賴。

在對面，佟媛帶領的美女團隊裡多出兩個人來，一個是身高在兩米開外、虎背蜂腰的男子，另一個是女孩子，臉型有些尖削，但仍不失驚豔，只是氣質有些清冷，與她身邊那些熱情洋溢的女孩子形成鮮明對比，赫然竟是張冰。

呃，為什麼要用「赫然」呢，好像我什麼都不知道似的，其實他們出現在對面也是我安排的，張冰是學舞蹈的，熱愛運動，武林大會這種盛事就在本市舉行，她自然想來看看，而項羽想也不想就答應帶她進來。

這樣，難題就來了，我絕不能在這個時候讓張冰見到我，那樣一來就什麼都明白了：我、項羽、李師師，這三個人居然認識，尤其是我，依張冰的聰明，只要一看見我，再前後一兜就會明白我為了幫項羽泡她，夥同李師師做了多少令人髮指的事了，所以現在我還不能見光，只能讓李師師去找佟媛幫個忙，就說她們是朋友，然後由佟媛帶著項羽和張冰進來。

其實這事也可以找老虎幫忙，不過老虎雖然當過流氓，但性情還是很耿直，加上這人有點馬虎，我怕他有意無意地說漏嘴，而且他那個地方烏煙瘴氣的，容易讓張冰以為項羽交友不慎。

我拿起望遠鏡往對面看了一會，從兩人的舉止神情上，可以看出他們已經很熟悉彼此的習慣，項羽站在張冰的身邊，專注地看著比賽，張冰偶爾偏頭看他一眼，柔情畢現，但還是明顯可以看出這倆人不是情侶關係，態勢也很明晰了：張冰對成熟穩重又對老人很有愛的項羽頗為傾心，反倒是項羽顯得有點畏縮。

我邊看邊罵項羽，掏出電話還沒打過去，貴賓席的門一開，一夥記者闖了進來，手裡還拿著麥克風，屁股後面跟著好幾個攝影師，我以迅雷不及掩耳盜鈴之勢把手擋在臉前，一邊大喊：「不許拍不許拍……」

喊了幾聲，這才想到又沒在洗浴中心，有什麼不能拍的？於是放下手問他們：「你們幹什麼的？」

最前面的女記者像要刺殺我一樣，把麥克風支在我的咽喉處，用近乎亢奮的聲音說：「請問您就是蕭領隊嗎？」

「……是，你們有什麼事嗎？」

「是這樣，我們是市電視臺的，在對第一輪就勝出的隊伍進行隨機採訪，你能說幾句話嗎，對以後有什麼展望？」

她說這幾句話的時候，完全是一副喜氣洋洋的表情，等說完了這才小聲跟我說：「是劉秘書讓我們來的……」

看來劉秘書已經開始為我們育才，也是為自己造勢了，事關重大，我清清嗓子鄭重地說：「首先，我想感謝這次大賽的主辦方，組委會，給了我們這個嶄露頭角的機……」

好漢們都算是見過世面的主，知道這就是所謂的採訪，一個個不但不怯場，還明爭暗鬥地搶鏡頭，張清冷不丁跳起，奪過女記者的麥克風，對著鏡頭大喊：「我們一定要拿第五名！」

女記者奇怪道：「為什麼是第五名呢？」

我大汗，忙拿過話筒說：「其實他說的是Two，也就是第二的意思。」

女記者：「那為什麼不是第一名呢？」

我小聲問她：「你們這是現場直播嗎？」

「不是呀。」

我立刻大聲說：「你死心眼啊，不是那把這段剪了不會？」

女記者也笑了，跟我說：「蕭領隊，把上午上場的隊員召集一下，咱們拍個勵志的小短片，大概十秒左右。」

我犯難道：「你們帶導演了嗎？我們不會弄啊。」

「用不著太麻煩，每人一句話就可以。」

我想了半天不得其所，不自然地目光望向體育場外，有個東西忽然吸引了我，我若有所思地點點頭，然後把林沖、張清他們找齊……

當晚的本市新聞裡，記者們在象徵性地採訪了幾支隊伍以後，鏡頭一轉到我們育才，旁白說的是：育才文武學校是在我市領導關懷下茁壯的一所師資雄厚、教學資源豐富的職業院校……讓我們來聆聽這些健兒們的心聲！

畫面再一轉，林沖對著鏡頭憨厚一笑，豎起大拇指說：「有我。」

楊志：「有我。」

張清：「有我。」

時遷：「有我。」

鏡頭取齊四人，四人在校旗的背景前把手放在胸脯上，篤定，自豪地齊聲道：「有我，育才強！」

第八章

虎狼之爭

接著比賽的是老虎和段天狼。董平拿望遠鏡看著，失笑道：

「這回可是虎狼之爭了。」

說雖這麼說，但我們知道老虎的實力比段天狼差了不是一個檔次，果然，第一局老虎就被段天狼那邊一個二十多歲的後生打下去了。

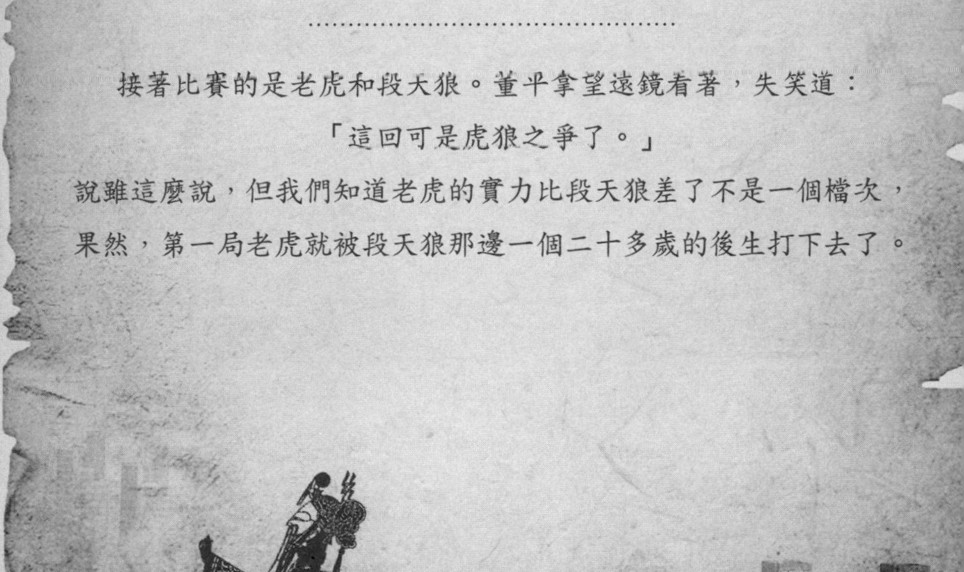

第一場團體賽之後，第二天又是單人賽，這回我們輕車熟路，一早由張順先去抽籤，阮氏兄弟頂盔冑甲做著準備，還有一個名額沒定下來，我的意思是隨便派個人去，結果好漢們又起了爭執。

這幾天這些人閒得慌，所以他們認為去擂臺上活動活動手腳是件好玩的事，本來誰也不熱心的事，這回是搶著要去，吵了半天也沒有頭緒。

張順回來了，他帶上阮家兄弟，跟我說：「我們先去報到，你們快點。」

我見時間還早，就裁了一堆條子，在其中一張上做了記號然後讓他們抽，「神機軍師」朱武舉著條子跳了起來，大喊：「我中了！我中了！」

拿過他的一看，上面寫著大大一個「中」字，他飛快地抓起防護服，生拉硬拽地就往自己身上穿，我一把把他拉住：「老朱，你少跟我耍小聰明，這字是你自己寫的吧？」

朱武嘿嘿一笑：「那麼認真幹什麼，誰去不是去呀？」

這時「井木犴」郝思文看著自己手裡的紙條納悶道：「這是什麼東西？」

眾人圍過去一看，見他的條子上畫著一個紅臉蛋大嘴叉的小人，十分風騷地擺成一個「大」字。我擠進人群，大聲宣布：「恭喜郝思文哥哥抽籤得中。」

朱武失魂落魄地說：「真想不到小強居然畫了幅春宮。」

我一邊把他身上的防護服扒下來，一邊鄙夷道：「那是撲克牌裡的小丑好不好？」

等郝思文穿戴好，我看看錶，把他推向門外說：「快走吧，又遲到了，身分證馬上辦好給你送過去。」

郝思文急匆匆地低頭往外走，正和一個進門的人撞了個滿懷，這人有一雙漂亮的杏核眼，身材高挑，只是頭皮剃得澄明刷亮，郝思文看看不認識，推了這人一把，急道：「閃開點。」

這人一把拿住郝思文的腕子，問：「你上哪去？」

這時好漢中有人驚道：「三妹？」

仔細再看來人，這才發現居然是扈三娘！

郝思文終於認出了她，失笑道：「你怎麼成這樣了？」

扈三娘得意地摸了摸自己的光頭：「你們不是說我頭髮太長不能比賽嗎，我乾脆剃了。」她看看郝思文的裝扮，說，「你這是要比賽去？」郝思文點頭。

扈三娘衝我說：「算我一個。」

我攤手道：「沒名額了，郝大哥是最後一個。」

扈三娘理所當然地跟郝思文說：「那你別去了，讓給我。」

「這……」郝思文有點傻了。

扈三娘把美目一瞪，陰森森說：「難道你還想跟我搶？」

郝思文打了個寒戰，當年他和扈三娘交過手，沒幾回合就被活擒了，這才上山當了土匪，看來他對扈三娘還是心有餘悸，扈三娘也不囉嗦，三兩下把他的防護服扒下來穿在自己身上，問我：「比賽用的什麼名字？」

我看了一眼名單說：「公孫智深！」

扈三娘憑空一個踉蹌，劈手奪過名單，指著幾個名字說：「用別的行不？」

「別的已經被張順他們頂上了。」

扈三娘帶著哭音說：「公孫智深太難聽了，你給我留個呼延大嬸也行啊——」

我說：「呼延大嬸被湯隆打沒了，就剩公孫智深了。」

扈三娘一跺腳：「我認了！」說罷，淚奔著找張順他們會合去了。

朱武看看呆若木雞的郝思文說：「早知道讓我上不就沒事了，誰也沒落著好吧？」

經過隨機分組，張順、阮小五和扈三娘的比賽排在上午進行，所有選手根據擂臺號再次進行集合，拍照留念後各自回去準備比賽。

阮小二因為上午比不成，心情極度不爽，回到觀眾席後，一邊脫護具，一邊罵罵咧咧地說：「照個毛的相，又不認識，還得摟著肩膀假笑，還得喊茄子，為什麼不喊麻花？」

我說：「你沒覺得人喊茄子的時候，嘴型最好看嗎？」

阮小二忿忿道：「好看個屁，我覺得喊『啊』的時候最好看。」

我立刻露出了男人那種特有的淫笑：「想不到二哥也是此道中人，那你覺得『爹』怎麼樣，亞麻爹？」

阮小二莫名其妙地說：「什麼亂七八糟的，我說的『啊』是『殺啊』——」

……

也不知道是不是有意的安排，我們的三個選手擂臺又離得十萬八千里，好漢們分成三撥助陣，我和湯隆戴宗幾個來到扈三娘身邊給她打氣，上場比賽一完，裁判衝一群準備中的選手喊：「下一場，由二一〇七號選手……」

扈三娘一看是自己的號碼，急忙起身用一隻手擋住臉，衝裁判叫道：「是我是我，別念名字了。」

裁判壓根不理她，大聲念了出來：「公孫智深，對二一八八號選手——」

人群裡衝出一條鐵塔般的黑大漢，粗聲粗氣嚷：「是我是我，別點名了。」

裁判依然我行我素：「——方小柔，請雙方選手上臺見禮。」

臺下等待比賽的選手們和幾個看熱鬧的，這時才看清擂臺上比賽的兩個人一個是位漂亮姑娘，另一個是條大漢，又知道一個叫方小柔，一個叫公孫智深，自然按著性別和正常的思維邏輯把兩個名字對號入座了，而公孫智深這名字仍舊引起了一片哄笑。

黑大漢方小柔和以公孫智深之名作戰的扈三娘對望了一眼，還沒開打就有了幾分惺惺相惜，倆人同時祈禱裁判千萬別再點名，就這樣誤會著挺好。

但這位裁判顯然極負責任，他檢查完選手的身分證，本來比賽就可以開始了，他非得再念一遍：「二一八八號選手方小柔……」說著一指黑大漢，臺下已經開始有人笑，裁判繼續道：「一二〇七號選手公孫智深——」說著一指扈三娘，「核對無誤，比賽開始。」

扈三娘和方小柔無奈地相互看看，然後開始對打，可臺下卻一直不能安靜，有人道：「我不是聽錯了吧，那男的叫方小柔？」

選手甲說：「肯定是裁判說反了。」

觀眾甲說：「我想也是，女孩子怎麼可能叫公孫智深這麼個名字呢？」

選手乙道：「這有什麼，前天我還見過有個男的叫呼延大嬸的呢。」

湯隆急忙把臉轉向一邊。觀眾乙說：「別吵別吵，咱們一會再聽裁判念名字。」……

於是扈三娘和黑大漢的第一局比賽就在這樣無聊的爭論中度過了，其實要說精彩程度，扈三娘身經百戰，那黑大漢是以個人名義報的名，有職業運動員資格，出招防守法度森嚴，在試探出扈三娘真實實力以後，更是毫無保留地將功夫發揮到了極限，可以說兩人的較量在全場來說也是一流對決，可就因為名字問題，他們的功夫反而被人無視了。

三分鐘後，助理裁判示意第一局結束，中場休息，人們立刻鴉雀無聲靜下來，擂臺附近十米處靜可聽針，裁判鄭重道：「第一局，一二〇七號選手，」一指扈三娘，「公孫智深對——」一指黑大漢，「三一八八號選手方小柔，中場休息。」

選手丙：「看見沒，我就說那男的叫方小柔吧？」

觀眾丙：「那叫公孫智深的女的才好笑呢。」黑大漢不等他說完，已經羞得跳下臺去。

最後扈三娘以些微優勢贏得了比賽。

我離開原先的擂臺，四處閒逛，聽說阮小五的比賽還早，就往張順的十七號擂臺走。

在半路上，見張順和一個鄉農似的中年漢子坐在場邊，人手一瓶啤酒，兩個人頭上脖子裡全是汗，身上的衣服也濕透了，我忙跑過去問他怎麼不比賽。

「剛打完，」張順指指鄉農說，「這是我對手。」

鄉農使勁拍拍張順的膀子，由衷說：「兄弟，真是好功夫啊！」

張順連連擺手：「別這麼說，今天是我運氣好。」

兩個人邊說邊喘氣邊喝酒，看來是張順贏了，倆人在場上都盡了全力，一下臺就成了莫逆之交。

鄉農咕咚咕咚兩口喝光酒，站起身說：「兄弟，但願團體賽上再見，到時候我們痛痛快快地再打一場！」

張順搖頭道：「就算碰上也見不到我，我這兩下子還輪不上。」

鄉農驚道：「說笑吧兄弟？」

張順一指我說：「這是我們蕭領隊。」

鄉農立即肅然道：「還沒請教？」

我笑笑說：「我們育才的，大哥你呢？」

「育才？」鄉農遲疑了一下說：「昨天團體賽，我們好像就遇了一個叫育才的。」

這下我知道他是哪的了，昨天在同一個擂臺上，我們之前，山西大同文武學校對滄州紅日武校，輸得有夠慘，而在開幕式上，滄州這支隊伍也是被林冲他們看好的，現在從立拼張順來看，實力絕對一流。

鄉農上上下下打量著我，又圍著我轉了幾個圈圈，嘴裡嘖嘖有聲，張順問：「大哥，怎麼了？」

鄉農繼續嘖嘖了半天這才說：「我浸淫武術二十年，見識過無數的高手前輩，可一個武人隱藏再深，身量氣勢上總能看出些端倪，難為你們這位領隊，年紀輕輕，卻能氣息內斂，看上去居然不像有半點武功的人……」

張順呵呵笑了起來，卻不說破，我也樂得裝傻，把手往身後一背，滿臉孤傲之色。

可是他的下一句話差點沒讓我一個跟頭栽死，他拉著我的手，發自肺腑地說：「蕭領隊，我知道我不是你的對手，但你能跟我打一場嗎？」

我被口水嗆得直咳嗽，鄉農關切地問：「蕭領隊，你怎麼了？」

我邊倒騰氣邊擺手說：「不礙，練內功有點小走火入魔。」

鄉農愈發恭謹，說：「說實話，練了這麼多年武術，我僅僅是身體健康而已，所謂的內功還沒登堂入室……」

我覺得再這麼騙一個老實人有點不厚道，於是指著我們校旗跟他說：「那邊是我們老窩，隨時歡迎你去做客，你跟那些傢伙肯定有共同語言。」

鄉農兩眼發亮，有點不好意思地說：「嘿嘿，實在是冒昧了，我們這種人就有這樣的毛病，見了高人不想交臂失之。」

……

上午我們的成績驕人，三戰三勝，下午，阮小二正在準備上場，體育場的保安通過內線電話找到我，說有個叫陳可嬌的女人找我，末了保安有點抱歉地說：「你也知道，經過上次賣大力丸的事，我們可不敢再輕易放人進來了。」

我邊說著「可以理解」，邊納悶陳可嬌在這個時候找我能有什麼事，難道電話裡說不清？

保安小心翼翼地說：「那我讓她跟你說話？」

我一下回過神來，嘿嘿笑了幾聲，問保安：「對方的胸部小不小？」

保安沉默了半天，也不知是難為情還是看去了，過了一會才偷偷摸摸地說：「不小……」

我哈哈一笑：「不小就是真的，放她進來吧。」

我端起望遠鏡，向體育場門口看著，只見陳可嬌額頭光潔，胸部飽滿，依舊邁著自信的步伐，引得路人紛紛側目，保安揚著手指著我們校旗給她看，陳可嬌道過謝之後就徑直朝這邊走來。

這個女人，永遠是鬥志滿滿，今天她穿著一條黑色的喇叭長褲，銀白色的背心，在她的脖子上，掛著一條像嚙齒動物的牙印似的細密顆粒項鍊，隨著她的行動一閃一閃，讓人印象深刻。可以說在服飾上，陳可嬌無懈可擊，絲毫不用懷疑扔給她兩條拖把、一塊廉價窗簾她都能穿出時尚感來，但她的氣勢往往讓人忽略她在穿著上的品味——她總帶著一股義無反顧的勁頭。

不一會兒，通往貴賓席的走廊裡就傳來高跟鞋的聲音，門一開，陳可嬌端凝地站在那裡，眼睛搜索一圈找到了我，快步走過來和我握了握手，我的鼻子裡全是香水味，一聞就知道是高級貨。

陳可嬌看了看橫七豎八睡午覺的好漢們，又輕聲和朱貴杜興打了招呼，這才略帶笑意地跟我說：「現在我是該叫你蕭經理，還是蕭領隊呢？」

我看出她有點嘲諷的味道，說：「你叫我小強最好。」

「能借一步說話嗎？」

我知道她不可能是閒得無聊來看我這個在她心目中的流氓領著一群人打架的，我把她帶到放機器的辦公室裡。

陳可嬌四下打量著說：「真不錯，我見別人好幾家也未必能有一間辦公室，你這間最大，居然就這麼鎖著。」

我開門見山說：「陳小姐是有什麼事要交給我辦吧？」

「你覺得我人怎麼樣？」陳可嬌突兀地問了一句。

因為太突然，我一愣，下意識地說：「腦子夠用，人不算壞。」

陳可嬌嫣然笑道：「謝謝，這算是誇獎吧？」

我又是一愣，急忙使勁點頭：「算，絕對算！」

陳可嬌止住笑，緩緩說：「這次我是來請你幫忙的。」不知道為什麼，我一直覺得她有些鬱鬱，而現在這種感覺尤其強烈。

我模稜兩可地說：「不妨先說說，能幫得上的我一定盡力。」

通過幾次交往，我知道這個女人可是個厲害角色，能使人吃虧於不知不覺中，所以格外加著小心。

「知道我為什麼把值兩百萬的東西二十萬賣給你嗎？」

陳可嬌又和我繞起了圈子，這件事上，我確實是占了一個大便宜，我那小別墅就是這麼來的，這就更得警惕了，女人聲討男人或是想得到更大的好處，她們也總是說：想想我是怎麼對你的……

見我在裝傻，陳可嬌索性自言自語地說下去：「一是因為你識貨，二是想以此表達我們的誠意，方便日後更大的合作，現在……」

我接口道：「這種更大的合作機會到了？」

陳可嬌讚許地點點頭，我給她倒了一杯水，示意她繼續。

陳可嬌轉著水杯說：「我的父親是一個狂熱的古董收藏家，而且幸運地擁有一間很大的公司，他的個人資產幾乎全部都用來收購古玩了，這些東西的價值加起來大約有四億。」

我倒吸了一口冷氣，聽她繼續說。

「不幸的是，公司的業績從去年開始走下坡路，剛開頭只是資金有些周轉不靈，今年的一場地震，給公司帶來的傷害就絕不僅僅是雪上加霜那麼簡單了，可以說是毀滅性的。」

我忍不住問：「你爸是開黑煤窯的？」

陳可嬌並沒有理會我的笑話，她慢慢說：「我父親是做房地產的，清水家園。」

「啊？」我像被電烙鐵燙了般叫了起來，清水家園，不就是我買別墅的地方嗎？

陳可嬌表示對我的大驚小怪可以理解，她說：「蕭經理也想像得到地震對房地產的打擊有多大了吧？」

我馬上一擺手：「不對，那只瓶子是你在地震之前就賣給我的，難道你預測出了有地震，所以提前想到我們會有合作的機會？」

陳可嬌微微一笑：「看來蕭經理並不笨。」

這他媽叫什麼話呀？合著我在她印象裡一直就是個二百五。

她說：「其實在地震之前，我就勸我父親把他手裡的古董賣掉一些，但那無異於要他的命，在我再三勸說下，他才勉強同意通過典當行先當出去，這樣以後還可以贖回來，所以那段時間我和陳助理跑遍了全市的典當行，有實力而且識貨的都被我們甄選了出來。」

「那為什麼最後選定了我們吉豪？」

「吉豪最專業，更重要的是，我看出蕭經理是個有趣的人，你大概也很喜歡古董吧？」

說著，陳可嬌眼裡出現了一絲不易察覺的笑。

我羞慚欲死，我永遠忘不了那天我穿著劉邦的皇袍出現在陳可嬌面前的樣子，其實這完全是扯淡，吉豪在本市有多家連鎖，在典當行界內想做大買賣，別無二家可選。

「因為這場地震的到來，我父親終於下定了決心要把他的古董當出去拯救公司，畢竟收藏只是業餘愛好，清水家園才是他這輩子最大的驕傲。」

「你們準備出手幾件？」

「全部！」陳可嬌毅然地說。

我驚得險些從凳子上翻過去，沉聲問道：「已經到了這種程度？」

陳可嬌黯然道：「不瞞你說，被我們寄予厚望的清水家園別墅區到現在只賣出一套房子……」

可不是就賣出一套麼，還是我買的。

繞了半天，清水家園給了我一個瓶子，我把瓶子換了錢，又買了一套他們的房子，早知道你們一開始送我套房子不就完了麼？還省一個瓶子——哎，為什麼相同的結果，瓶子卻沒了，難道這就是市場經濟的作用？

「所以我現在很需要錢，公司看上去光鮮，那是硬撐著，如果沒有一筆鉅款熬過這段時期，它就會垮掉。」

「……這算商業秘密吧？」我小心地問。

「以前算，馬上就不是了。」陳可嬌自嘲地說。

「這是好事啊——呃，我是指我們合作的事。我這就給我們老闆打電話。」

一想到現在做的是上億的生意，我就有點暈眩，就按百分之五的提成，這輩子都夠了。實際上，這段時間忙來忙去，幾乎都要忘了我是一個當鋪經理了。

陳可嬌說：「等等，聽我把話說完，我知道你們也是生意人，請人驗貨，往下壓價，這些都沒問題，但我有一個要求。」

「說。」

「當期十年。」

「什麼意思？」

「很簡單，這就意味著我父親的古董要在貴行保存不多不少正好十年，如果我們提前贖當，會按約定交納違約金。」

我提醒她說：「那你想好了，每年兩成的保管費，十年就相當於翻了兩番，四億的東西你得十二億贖回去。」

「這個不用你操心。」

「如果你到時候沒有能力贖當呢？」

陳可嬌用不容置疑的語氣說：「一定能。」

我隱隱覺得有些不妥，可又說不出是哪不對勁，幸好我還有一個郝老闆，現在我只擔心他拿不出那麼多錢，老郝雖然是業內大鱷，但對外一直號稱賠錢，同行那些老傢伙們暗地裡算過他，最賠錢的一年淨賺了四百萬，而且幹當鋪這行，就算真的連著賠幾年，只要一件好東西落手裡馬上成仙成佛，老郝幹了這麼多年，沒人能知道他的深淺。

老郝一聽是我，顯得有幾分親熱，我們閒聊了幾句之後，我把事情跟他說了一遍，等我說完，對面老半天沒動靜，我以為老郝是高興地迷了心竅，沒想到老郝對我破口大罵：

「你做事情不用腦子的？我問你，做咱們這一行為什麼只有最高年限沒有最低──很簡單，最低，他就算經我們手一秒鐘也是兩成的保管費，我們反正不虧，最高呢？三年，因為三年是我們可以控制的極限，時間越久變數越多，貨幣貶值、通貨膨脹、天災、戰亂，你敢不敢保證十年裡這些事情一個也不發生？」

陳可嬌見我臉色越來越難看，自覺地走了出去。

我馬上討好地說：「掌櫃，您別生氣啊，您就不能盼點好嗎？古董怎麼說也是升值的嘛。」

老郝平靜了一下心緒又說：「好，就算十年安定繁榮，我只問你一句話：這十年裡，拿這四億幹點什麼不賺兩倍？再說升值的問題，就說四億的古董十年以後值四十億了，那人家正好贖回去，那這十年你是不是白替人保管了？還得擔驚受怕，東西丟了壞了你還得賠，我這麼說你明白了嗎？」

陳可嬌這女人，她終究是陰我來的！我就說哪不對勁呢，這娘們跟我玩起時間差來了。

我想明白之餘也有點悲哀：我這個腦子，看來也該和當鋪這行告別了。

有句俗話叫瘦死的駱駝比馬大，四億對以前的陳家來說可能不算什麼，可現在卻是救命錢，所以陳可嬌這頭快要瘦死的駱駝就跟我們這匹馬說：讓我狠狠咬你幾口吧，等十年以後我再肥起來的時候，把吃你的肉吐出來還你，她就沒想過這匹馬受不受得了。

最後老郝用一句話做了總結：「這筆買賣，在價錢上周旋周旋還是有的可做——關鍵是，我拿不出那麼多錢。」

靠！沒錢你就說沒錢，白訓我半天，現在的人怎麼都這麼不厚道呢?!

陳可嬌再進來一看我青著個臉就知道沒戲了，我捏著電話也不知道該說什麼，我們兩個對視了幾秒鐘，卻比兩個沒話的人待在一起半年還尷尬。

無聊之中，我對她使用了一個讀心術，出現在電話螢幕上的只有滾來滾去的幾個字：一輩子的心血，一輩子的心血……

我再不忍心諷刺她什麼，只能像安慰她似的說：「沒有人願意替別人保管升值潛力無限的東西，你為什麼不把它們賣掉？」

陳可嬌把手在空中一抹，決絕道：「賣這個字在我的選項欄裡是灰的！」

我反應了半天才明白她的意思是絕不考慮賣，切，快淪落到賣身了，說話還這麼貴族。

陳可嬌下意識地挺起胸，把眼角眉梢的失落掩去，最後看了我一眼，推門而走。我坐在那裡，眼睛無意地望向廣場，忽然覺得有點不是滋味。

這時，操場上一個懶洋洋的人影進入了我的眼簾，我撒腿就往外跑，出門後對陳可嬌的後背大喊：「你站住！」

陳可嬌愕然回頭道：「什麼？」

我指了指那個人跟她說：「或許他可以幫你！」

陳可嬌順著我的手看去，只見一個瘦老頭左手拎著小板凳，右手提著把二胡，無所事事地這逛逛那看看，怎麼都像個串廟會的江湖騙子。

陳可嬌一跺腳：「不幫忙也用不著這樣耍我吧？」

陳可嬌把雙手交叉放在胸前，站得遠遠的看著我，眼神裡有一絲疑惑，更多的是憤怒。再看古爺，挑了一個打得好看的擂臺，把小板凳放好坐下，解開黑絲汗衫，在瘦骨嶙峋的胸前摸出一根旱煙絲搓的煙捲來，又打口袋裡掏出火柴，先在耳朵邊搖了搖，這才捏出一根擦著火點上，舒暢地抽了一口，瞇著眼往臺上看著。

這就無怪陳可嬌看上去是很想踹我兩腳的樣子了。我一時又沒法跟她解釋，只好拉起她的手直奔古爺。

我拉著她來到古爺面前，討好地說：「老爺子，給你介紹個朋友。」

陳可嬌怒氣沖沖地瞪了我一眼，她本來是想馬上走掉的，可是看了看古爺，忽然改變了主意，我想這大概就是所謂的氣勢吧，古爺那抬頭一掃，霸氣十足，看著起碼在青洪幫掃過地。

「古爺，這位是……」

古爺擺擺手，指著前面的擂臺道：「看完這場再說，臺上是兩個好小子。」

我扭頭一看，不禁笑道：「那個紅的是我們隊的。」原來臺上的正是阮小二，來給他助威的是張順阮小五他們。

阮小二的對手是個小青年，出手凌厲體力充沛，一看就知道是下過苦功，但和阮小二相比還是有些稚嫩。

這時剛好第一局比完，張順他們把阮小二接下來，阮小二呼扇著衣領道：「熱死了，要是有碗水酒就好了。」

正說著，倪思雨嬌小的身影出現在場內，她的懷裡抱著一罈「五星杜松」酒，她一瘸一瘸地來到阮小二近前，把一隻碗塞在他手裡，拍開泥封邊倒酒邊說：「知道二師父沒有酒不行，所以我就來啦。」

散打比賽規定隊員中場休息不能吸氧，但補充水分那很正常，所以裁判也沒什麼話說，那酒在她家冰箱裡鎮了一夜，還冒著涼氣，阮小二怔怔地看著自己這個小徒弟，眼淚巴叉地說：「師父真沒白疼你呀。」說罷一口喝乾碗裡的酒，爽得直嘆氣。

張順他們饞蟲大動，每人也喝了一碗，酒香頓時飄了出來。

阮小二的對手喝著白開水，眼巴巴地往這面看著，忽然舉手說：「裁判，我懷疑他們飲用興奮劑！」

因為大賽還在初級階段，沒條件為每位選手做這樣那樣的檢查，裁判只能為難地看看我們這邊，張順笑道：「這好辦，那位兄弟你也過來一起喝。」

那小青年等的就是這句話，一個箭步躥過來，搶過一隻碗便喝，張順倒了一碗給裁判：「你也嘗嘗吧。」

裁判往四周看看，實在忍不住，接過去喝了一口，讚道：「好喝！」旁邊等著比賽的選手們都探頭探腦地看，張順索性道：「酒有的是，大夥都來。」

這些來比賽的隊員都是外地人，自然沒去過「逆時光」，這一喝之下，頓時讚不絕口，這個擂臺瞬間變成了酒水攤，我也過去端了一碗捧給古爺，古爺抿了一口，翻著白眼罵我：「有這麼好的東西，也不說早點孝敬我老人家。」

我指著陳可嬌說：「這酒只有她開的酒吧裡才有。」

古爺這才認真看了看陳可嬌，衝她笑了笑。無形中我又幫了她一個小忙，雖然古爺能不能頂用還在兩說，陳可嬌感激地看了我一眼。

古爺忽然站起說：「哎喲，哪有讓姑娘站著的道理，你坐。」

陳可嬌看了看髒兮兮的小板凳，尷尬地說：「不用了，您坐吧。」我把她往板凳上一按：「讓你坐你就坐。」

陳可嬌有點不好意思地跟古爺說：「那您呢？」

「我坐地上就行。」說著，古爺真的一屁股坐在了地上，馬上又跳起來，「娘的，燙屁股。」

陳可嬌終於撲哧一聲笑了出來，毫不猶豫地把手裡的名牌包放在地上：「那您墊著點。」

於是當天下午就出現了一個非常詭異的場面：一個時尚漂亮的都市女郎坐在小板凳上，一個老江湖騙子盤腿坐在地上，在他屁股底下是一個價值好幾萬的限量版女包，在他們身邊，站著一個頂天立地的流氓——小強。

那邊，裁判見他這一畝三分地快變成酒館了，吹了聲哨子道：「比賽比賽，繼續比賽，你們這一個中場休息了快十分鐘了。」

朱貴見酒下去一多半了，急忙摟在懷裡，喊著：「大家想盡興，晚上去逆時光酒吧消費，快比賽去吧。」

我跟陳可嬌說：「看見沒，我給你找的這個經理好吧？時時刻刻不忘宣傳自家企業。」

這時第二局比賽開始，阮小二和他的對手兩個人都沒少喝，而且喝的又是冷酒，兩人上臺一活動酒意上湧，腳下都有點打晃。打了片刻，大家都看出原本占著優勢的阮小二現在居然有點打不過那小青年了。

要說因為醉酒，那是一點也沒可能，阮家兄弟酒量恢弘，平時都整罈整罈的喝，而且這一運動，酒精馬上就揮發了，甚至還起到提神的作用，阮小二出手躲閃之間也根本看不出半點遲緩，但他就是打不過人家了。

反觀他的對手倒是有很明顯的醉意，進退之餘踉踉蹌蹌的，上身也搖擺不定，絕不是裝的，但無形中招式狠了，身法卻靈動得多，搖搖晃晃的不經意間躲過了不少拳頭，還能好整以暇地痛揍阮小二。

第二局一完，阮小二揉著臉趺坐在凳子上，叫道：「快點，酒來，我發現就是酒少，有一分酒才有一分本事。」

張順邊給他倒酒邊吐嘈說：「你以為你是武松呢？」

那個小青年也有點不好意思地湊過來，嘿嘿笑道：「能不能再給我一碗喝？」

張順道：「兄弟，不是我們小氣，你再喝，上了臺還怎麼打？我們可不想占這種便宜。」

阮小二也說：「是呀，你和我不一樣，我是練出來的酒量，冬天下水全靠它呢。」

那青年靦腆道：「沒事的，我就是渴。」

張順沒法，只好又給他灌了一通。

這次再上臺，青年已經搖晃得像朵水中花似的了，阮小二看看他，都不好意思出拳，那青年醉眼斜睨，嘿嘿笑道：「你……儘管來！」已經完全一副醉鬼樣子了。

阮小二一拳打出去，還沒挨上對方，這青年已經撲通一聲栽倒在臺上，他馬上一個盤旋站起，順勢把阮小二踢了個跟頭，這在規則上叫主動倒地攻擊對方後立刻站起，就這麼糊裡糊塗地得了兩分。

再後來就剩青年痛毆阮小二了，只見他趁著酒勁一會兒掄王八拳，一會練兔兒蹬天，把阮小二打得暈頭轉向都不知道怎麼辦。

倪思雨大聲喊著：「二師父加油！」

我點著她腦門子說：「喊師父就喊師父，別帶二。」

第三局，阮小二以絕對優勢——輸了。不過輸得也真是沒話說，大家對那青年的拼搏精神都很敬服，毫無芥蒂地上去祝賀，阮小二垂頭喪氣地往回走，大家都跟在他後面，偶爾安慰一兩句。

阮小五遠遠的追上來，邊喊：「二哥，你輸冤了，我剛知道那小子是他媽練醉拳的。」眾人面面相覷，然後一陣哄笑。這酒阮小二喝下去是酒，人家喝下去卻無異於興奮劑，撞槍口上了。不過還不能找後帳去，人家賽前沒喝酒，足見厚道了。

倪思雨險些哭出來，抓著阮小二的胳膊一個勁地說：「二師父，對不起呀。」

阮小二撓撓她的頭說：「不怪你，怪師父二。」

古爺看了這場別開生面的比賽很是開心，回味了半天才問我：「哎對了，你小子找我什麼事？」

「咱們換個地方說吧。」

我一邊走，一邊小聲把古爺的情況告訴了陳可嬌。

……

在辦公室，我把事情的經過一說，古爺很認真地聽完，跟我和陳可嬌說：「錢我有，可我不是開當鋪的呀。」

陳可嬌馬上說：「這很容易，我們可以簽一個協議，我先把東西放在您那十年，您借錢給我，十年後我再用三倍的錢贖回來。」

「十年，呵呵，」古爺緩緩搖搖頭：「姑娘啊，我不缺錢，而且看樣子我也活不了十年了。」

「這……」陳可嬌一滯，顯然沒想過這個問題。

我見有點說不下去，急忙跳出來：「什麼十年呀錢不錢的，這樣吧，古爺，您不是就愛玩個古董嗎？那陳小姐的貨絕對都是精品，就當借給您玩，您不是有錢嗎？就當幫小字輩一個忙，扶她一把，等她有能力了，把錢還您，您也玩得差不多了，再把東西給她，以後大家還是朋友，弄得那麼複雜幹嘛呀？」

我說得是痛快淋漓的，不過自己也知道這其實有點離譜，這倆人第一次見，相互根本不會太信任，單靠口頭協議，陳可嬌的古董最後很有可能贖不回來；當然，古爺基本上不會這麼幹，但那又意味著古爺將白白把上億的鉅款借給別人使用，在這個錢生錢的年代，親兄弟明算帳，借錢都是要算利息的。

果然，古爺似笑非笑地看著我說：「小子，我這可吃著老虧呢，這丫頭是你什麼人，你這麼幫她？」

我隨口說：「妹子唄。」

陳可嬌瞟了我一眼，卻不好反駁，最後她跟古爺說：「這樣吧古老，大體上還按原計劃，每年往上翻兩成，我會儘快還您錢，應該就不會等十年那麼久了。」

古爺呵呵一笑：「又扯到錢上來了，丫頭我問你，你就不怕我到時候把你的古董據為己有，或者沒等你還錢我就死了怎麼辦？」

陳可嬌一愣，她這樣的人，萬事滴水不漏，絕不會說出「我相信你不是那樣的人」或者「你一定長命百歲」這樣的話來，她和古爺要做這筆買賣，好像註定得有一個人吃個大虧，因為包含了很多不確定的因素，所以並不是一買一賣那麼簡單。

很快古爺就自己解答了這個問題：「其實你可以放心，我沒有孩子，要錢沒用，所以我不用貪心，事實上，我已經留了遺囑，我死後，那些古董全部無償捐獻給國家，損人不利己的事我是不會幹的，所以你不用擔心我會霸佔你的東西，也不用害怕協議達成第二天我就嗝屁，我的律師會繼續我們的約定。」

陳可嬌眼裡露出了欣喜的神色。

「只是——」古爺眼光一閃，慢慢道：「我為什麼要幫你？」

這句話終於還是問出來了，人家老古說了，不缺錢，你就是翻十倍翻二十倍人家也不稀罕，說到底還是人家在幫你。

又有點僵持不下了，陳可嬌不是那種容易放棄的人，古爺是正宗的江湖人，但他不是俠客，嘗盡人情冷暖的他更懂金錢的力量和可貴，誰也沒權利指責他什麼。

這時我終於想到：不就是古董嗎？我小強什麼都缺，好像就是不缺古董啊，我猛地站起來，對古爺說：「您老等我一會兒，絕不讓您白幫忙。」

然後我撒腿跑到操場上，迎面碰上一隊維持秩序的三百戰士，我攔住他們，火急火燎地說：「誰身上有從你們那會兒帶來的東西，捐獻出來。」

小戰士們也不多問，都掏了起來，我找張報紙兜著，然後這個拿出根髮簪，那個摸出塊火石，到後來什麼千奇百怪的東西都有，有小紙片碎布頭，鑰匙，我一邊接一邊說：「只要是你們那時候的東西就行，不要太值錢的啊。」

其實戰士們身上也沒值錢的，最後我搜羅了一堆亂七八糟的小東西，跑回辦公室往古爺面前一放，說：「知道您不愛錢，那就拿這些東西當利息吧。」

古爺用一根手指撥弄著，問：「這是什麼？」

「您自己看。」

古爺捏起一根髮簪，開始還不以為意，看了一眼馬上曲起了腰，從懷裡摸出一個小放大鏡仔細端詳著，喃喃道：「這是宋朝的東西啊。」

我不說話，得意地向陳可嬌遞個眼色。

古爺又拿起一枚鑰匙：「這也是宋朝的。」

他又拿起一塊看上去像玉牌的東西，我一驚，當時也沒仔細看，沒想到戰士身上還有這種東西，大概是當兵以前就一直帶的，後來就留下來做紀念。

古爺看了一眼說：「這是石頭的。」

我這才放下心來。

古爺又說：「可是石頭也是宋朝的石頭，這一加工，比現在的玉值錢多了。」

接著，他又從報紙裡撈出半塊硬麵餅來，詫異道：「這是什麼東西？」

我幾乎要發瘋了，這是誰幹的啊？讓他們拿東西，連保存下的行軍糧也拿出來了。

我一把搶過來往嘴裡塞著，一邊含糊說：「這個不算。」我真怕古爺看出這餅也是宋朝的，那可就玩大了。

我啃著宋朝的餅，看古爺清點東西，古爺把那些不值錢的小玩意仔細看遍，有點興奮地問我：「這是哪兒來的？」

我晃著二郎腿說：「我是做當鋪的嘛。」

「做當鋪的就隨身帶著一堆宋朝的古玩？」

「……」這老傢伙看來真是不好騙啊！

好在老古也顧不上深究，追問我：「這些你都送我了？」

「可不是白送，是當利息的。」

我之所以這麼做，完全是因為老古剛才的一番話，這些東西如果在他去世以後都給國家的話，那就不會引火上身，而且我也算愛國人士了。

古爺在興奮之後有點不好意思，嘿嘿了幾聲說：「其實我不是那個意思……我剛才就是隨便問問的，對了丫頭，你的東西什麼時候送我那兒去？」

陳可嬌自打我進來以後就一直處於發傻狀態，這時才回過神來，驚喜道：「您願意幫我啦？」

古爺尷尬地笑笑：「幾萬塊的包都給我墊屁股了，我好意思不幫嗎？」

我不知道我給古爺的那些東西到底值多少錢，據我猜測可能不會太多，至少不會多過陳可嬌原來許諾的利潤，古爺固然不願意不聲不響地吃虧，也不會白占人家便宜，他答應幫忙，主要還是因為我投其所好，正中下懷。

古爺一件一件賞玩著，我把最後一塊餅塞進嘴裡，噎得眼睛一瞪一瞪說：「老爺子，哪件最值錢啊？」

古爺拿起一枚棍狀鑰匙在手裡撫摸著，說：「哪件也不太值錢……」

那鑰匙光溜溜的在老頭手裡還閃著光澤，好像昨天還被人用過，古爺突然變色道：「不對！」

「怎麼？」我嚇了一跳。

古爺又拿放大鏡仔細觀察著手裡的鑰匙，最終他放下鏡子，自言自語說：「確實是宋朝的東西，但是——」他突然問我：「這些東西你從誰手裡收的，為什麼能保存得這麼好？」

是啊，不管是鐵鑰匙還是銅鑰匙，經歷了九百多年的歷史，就算保管再好，也不可能連點鏽跡也沒有，更不應該光可鑒人。

我張著嘴支吾了半天，最後說：「可能賣我那小子他們家九世為賊，這是流傳下來的一把萬能鑰匙？」

古爺好像根本沒聽見我在說什麼，有點失神地撈出一張小紙片，展開看了一眼，驚悚道：「護身符？這要也是宋代的東西可就真有鬼了！」

那紙片略帶黃色，只是因為紙質粗糙，而且全身沒有一點破損，我估計連給漢奸上老虎凳灌辣椒水，他都不好意思說那是千年文物。

問題是它確實是千年文物！和餅不同的是，這張紙片我剛才就看見了，但潛意識裡馬上就把它歸入了不值錢的行列，和秦始皇、項羽待的時間長了，我腦子裡根本就沒有什麼歷史和時間觀了，再這樣下去非露餡不可。

好在古爺在鑑定紙張上沒那麼厲害，我趁他發愣的工夫急中生智說：「那是我媳婦替我求的平安符，剛才一著急拿混了。」

古爺懷疑地看著我，並沒有還給我的意思。

「要不送給您做個紀念？」我以退為進。

「你小名叫二狗子？」

「我……可不是麼。」

我這一頓加重了古爺的疑心，他把那張護身符放回報紙裡，然後起身說：「我就留著玩兩天，你什麼時候想要再去找我。」

我也沒話說，否則更得讓他起疑。

古爺從報紙上撕下一角來，寫了個號碼交給陳可嬌：「儘快找我律師，咱們約個時間把事辦了。」

陳可嬌小心翼翼地收好，然後就看著老古脫下黑絲衫，把那一堆東西連同報紙都包著，身上只穿個小背心就走了。

我看著古爺的背影喃喃自語說：「雖然江湖騙子不全是老頭，但為什麼我碰見的老頭全像是江湖騙子？」

我忽然有點想劉老六了，又一個月底將至，不知道這次他能為我帶來什麼驚喜，讀心術雖然不錯，但每人每天只能用一次，大部分的時候得不到什麼有用的資訊，我還等著它升級呢。

第九章

四海之內皆育才

小平頭一拍大腿：「又一個育才！」

我看名片上寫的是「北京文成武就文武專修學院」，

我想起來了，這次大會一共五個育才，

第一輪在同一個擂臺上就淘汰了三個，我說怎麼還有一個不見了，

原來一直藏在這兒呢。

「說說我們的事吧，蕭經理。」

「我們……是啊，說說吧。」

我這才反應過來，我好像幫了這娘們很大一個忙啊，本來開始只想落個空頭人情，結果說著說著就弄成這樣了。既然已經這樣了，那就看看她怎麼感謝我吧，做了好事不求回報，我只在夢裡幹過。

「你給他那些古董值多少錢？」

我哪知道？只好高深地擺了擺手。

陳可嬌有些尷尬地笑了幾聲說：「我也知道不是錢那麼簡單，你幫了我這麼大一個忙，可是我沒什麼可以給你的……」

女人說這句話的潛臺詞通常是「只有我自己了。」不過用腳指頭想她也不是那樣的女人，我真想痛快地跟她說：「別為難了陳小姐，就是錢那麼簡單。」

陳可嬌站到我旁邊，望著窗外說：「為什麼幫我？」

我該怎麼說？因為你高傲的倔強打動了一個男人保護弱小的欲望？這太瓊瑤了，或者用霸道總裁的口吻托起她的下巴對她說：「因為你（的胸部）很美？」

陳可嬌看著我的眼睛，好像想從裡面找到什麼似的，她見我不說話，抱起肩膀說：「放心吧，不會讓你吃虧的，『逆時光』由你來照顧比我要好得多，我會在這一兩天之內寫一個無償轉讓的合約給你，以後它徹底姓蕭了。」

她的話把我們又擺到了利益關係上，我也暗暗鬆了口氣，提醒她：「現在『逆時光』很賺錢。」

「那都是因為你經營得當，還有五星杜松酒好，其實它就是我弄著玩的，以後我更沒時間打理了，轉給你是最合適的。」她看看我，又說：「等我和古老的協議達成以後，再想想該怎麼謝你吧。」

她很精明，在估量出一個酒吧可能頂不上那些我送古爺的古玩時，她便先做好鋪陳。她不想得罪我，是因為覺得我還有利用價值。

我盯著她的臉看了一會，發現她其實還很年輕，別人用化妝品是為了漂亮，她卻是為了使自己看上去更成熟。我奇怪地問她：「你多大了？」

「呵呵，你不知道問女人的年齡是不禮貌的嗎？」她用這句話來抵擋，說明她有點著慌。

「我什麼時候禮貌過，實在不行，你就告訴我你屬什麼的吧？」

「……我快廿五了。」陳可嬌看來已經慢慢適應該怎麼跟我說話了。

我驚訝道：「我以為你三十多了。」

陳可嬌無奈地說：「那說明我成熟。」

我繼續氣她：「不是，一般抹得像三十多的，其實都四十開外了，你看劉曉慶像四十多吧，其實她今年已經五十好幾了。」

陳可嬌冷冷說：「你講完了沒？」

我說：「我還意猶未盡，但你現在可以把我『始亂終棄』了。」

我看見她嘴角微微往上揚了揚，跟我說了聲再見，又義無反顧地踏上她的行程，看得出她很忙，四億大概還不夠拯救一個輝煌過的地產公司，這從十年之期上也能看出端倪。

四億，十年，這女人肩上的擔子不輕。

下午當所有比賽都快進行完畢的時候，大會喇叭廣播，讓第二天所有參加團體賽的隊伍派代表進行抽籤，這樣方便明天一早就開始比賽。

我們隊仍然是林沖代表，在從主席臺回來的路上，我就一直見他捏著張紙不停地發笑，平時那麼穩重的一個人，什麼事情樂成這樣？就算輪空也不至於這麼高興吧？

等他回來我拿過那紙一看，也不由大笑起來：我們明天的對手，依舊是精武自由搏擊會。上回算是冤家路窄，這回真有點哭笑不得，他們上次輸了，辛辛苦苦打復活賽又打出來，結果又碰上林沖他們，我都有點不忍心了。

晚上在賓館，精武會的會長領著一幫人敲我房門，我還以為是鬧事來的，卻聽會長在門外說：「蕭領隊，我知道上次比賽你們沒出全力，我今天來，就是想請你們明天認真地跟我們打一場。」

我一開門，見會長同學禿著腦瓜頂兒，耳朵兩邊的頭髮歸攏起來在脖子後紮了個小辮，看上去像契丹人。

他見了我，有點不好意思地說：「本來是不應該來的，但請你答應我這個請求。」

我點點頭：「我答應你。」

會長他們走後，林沖走過來問我：「怎麼打？」

我想了想，有點黯然說：「憑他們的實力走不到最後，早死早超生吧。」其實我有點喜歡會長了。

第二天，我把時遷和我放在最後，會長他們依舊沒見到我們第四個隊員，而且被揍得鼻青臉腫，然後心滿意足地直奔火車站。

他們也明白，繼續打復活賽沒有意義，他們高興的是這次來總算見識到了真正的高手，在臨分別的時候，他們毫無怨言地和我們一一擁抱。

會長拍拍我肩膀說：「我最大的遺憾就是沒能跟你打一場。」使本來有點感動的我對練武的人徹底絕望了。

其實看著他們離去的身影我還是有點內疚的，如果不是遇上我們這個作弊一樣的變態組合，他們的血汗會有更多的回報，我不知道因為我們的參與會不會給國家的宏圖大計帶來負面影響，不過想到我們的目標只是個區區第五名，我的心裡就又好受點了。

接下來幾天的比賽更加激烈和艱苦，每天都有一半人被淘汰，不過他們大部分都留下了，絕大多數的隊伍都清楚自己的實力，他們來主要是為了開開眼界的。

隨著比賽的殘酷加劇，全國各地的電視臺都蜂擁而至，我把辦證機還了，再把辦公室高價租給幾家外地記者合用，至少得把租機器的錢撈回來吧。

個人賽已經打出了三十二強，我們占了三個名額，已經算很強的隊伍了，董平當然風平浪靜地過關，另外兩個你一定猜不到，是扈三娘和段景住。

張順和阮小五都沒多久就被對手打下來了，若論真實對敵，那些人一個也不是他們的對手，但打比賽不是拼命，是有規則的，讓張順他們戴上拳擊手套站在一小方塊裡和下辛苦鑽研過規則的人對打，有點像讓帕華羅蒂和偶像歌手比賽唱「見到小強，我不怕不怕啦」一樣。

當然，張順和阮小五消極備戰也是一個因素，他們輕視對手，結果吃了大虧。而扈三娘和段景住都是憋著勁參加比賽的，扈三娘一心要和搶盡風頭的佟媛勝利會師；段景住則全心全意地要在一百零七位哥哥面前證明自己，加上些許運氣，倆人順利留了下來。

留下來的人還有一個共同性，那就是大部分是特色鮮明的門派中人，他們至少掌握了一門功夫的真諦。

不過臺上全是這樣的選手比賽，也挺充滿未知和趣味的，我就見過一位練八卦游龍掌的圍著對手瘋跑，十分鐘的比賽打下來，有人給他一算，整整跑了三公里，比賽雖然輸了，卻被某省的長跑隊吸收走了。

還有跟阮小二交過手的哥們，這回學精了，每天喝得醉醺醺的上臺跟人動手，他要是參加一般比賽，八成早就被人趕出去了，但這次大賽就是要凸顯傳統特色，也就默認了他這種行為。

還有一位練「沾衣十八跌」的選手，對手每打他一下他就摔人家一個跟頭，對手打他一下得一分，他讓對手倒地一次得二分，就這樣百戰百勝衝進了三十二強。

還有更好笑的是倆練太極的碰一塊，要不練螳螂拳的和練猴拳的一起打，他們戴著拳擊手套做出各種賞心悅目的動作，看上去十分滑稽。

團體賽已經決出了十六強，下一場將是八分之一決賽，面對所有選手都疲憊不堪的現狀，組委會臨時決定全體休整兩天。

其實很多有實力的團隊就是被單賽和團賽拖垮的，大部分的隊伍，中堅力量都不會太多，得兩面跑。他們面臨著單賽團賽魚與熊掌不可兼得的尷尬，很多人都選擇逆天而行，結果到了比賽後半段，對手一強，體力就明顯跟不上了。

我們育才當然不存在這樣的問題，團體賽雖然贏得也不算輕鬆，但還是很少有人能見上我們第四個選手，時遷都百戰百勝，這樣就出了一個問題，因為我永遠是墊底，所以一直是默默無聞，隨著我們越進入所有人的視線，我也就成了謎一般的人物。

因為強隊都是把最有實力的選手放在最後當底牌的，我的身分又是領隊，每次比賽，我都要走到最前面和對方的領隊行禮，然後就走到後面坐下發呆或者看小說，對臺上的形勢漠不關心（關心也看不懂），這種姿態在眾目睽睽之下，就成了他們眼裡的絕頂高手，除了老虎知道內情，連佟媛都迷糊了，在她眼裡我已經快成了一個遊戲風塵的隱俠了。

現在很多人的夢想就是和我打一架，害得我進進出出都得跟著林沖他們，要不帶上趙白臉——他比探測器還好用。

在我們衝進十六強的當天下午，散場後，三百幫著工人們拆著擂臺，以後的比賽只需要留下四個擂臺就夠了，我和徐得龍在場邊慢慢溜達，我問他：「比賽一完就走？」

徐得龍點點頭。

我說：「再有一個多月我結婚，之後再走吧？」

「恭喜你，但是我們已經沒時間了。」

我終於忍不住問：「能告訴我，你們要去幹什麼嗎？」

徐得龍沒有直接拒絕我，他說：「很複雜的事情，而且和外人無關。」

我偷偷對他用了一個讀心術，但只得到一條毫無相干的資訊，看來這個信念隱藏在他心底已經成為他和戰士們的一部分，是不會時時念叨的。

這時倪思雨出現在體育場門口，她見了我，問項羽在哪，正好項羽跟著好漢們一起出來往賓館走，今天張冰有課，所以沒有陪他。

倪思雨興奮地一瘸一點跑過去，抓住項羽胳膊喊道：「大哥哥。」項羽朝她微微一笑。

「大哥哥，明天我就決賽了，你來不來看？」

項羽說：「好啊，這不是一直是你盼望的嗎？」

倪思雨甜甜一笑，把時間地點告訴了項羽，路過我身邊時，對我做了個鬼臉說：「就在體育館裡，很近的，小強你也來給我加油吧。」

這場比賽是倪思雨盼望已久，也是她要實現夢想的一個節骨眼，我不明白奪個省冠軍有什麼好處，大概倪思雨只是想以此證明自己並不比別人差吧。

我發現她一離開項羽的視野就會放慢腳步遮蓋她的殘疾，她喜歡項羽這不是什麼秘密了，少女懷春嘛，可奇怪的是，別的女孩都希望在自己喜歡的人面前表現優秀的一面，倪思雨卻相反，只有在項羽面前不避諱自己的殘疾，這在心理學上就叫……說了你們也不懂。

我沒想到一場省級的游泳比賽，居然也激起不小的波瀾，我們到了比賽場地一看，觀眾席已經擠滿人，人群中架起不少攝影機，一小簇一小簇的參賽選手和教練圍在一起做最後的準備。

我和張順、阮家兄弟還有項羽居然沒地方坐，好在不管是倪思雨還是我，在這個地方都有大把的熟人，我們就擁在最前面，趴在用來隔離觀眾和泳池的欄杆上。

我們看到倪思雨的父親把學生們召集在一起做臨場指導和戰前動員，倪思雨背對著我們，還是那身黑色的泳衣，張順旁若無人地喊：「徒兒。」

一群人回頭看，倪思雨的父親一看是自己女兒的三個無良師父來了，無奈地跟她說：「你去吧。」

倪思雨咯咯笑著走向我們，小丫頭先是拉著她的三個師父又說又笑，然後這才抬頭看看項羽，認真地招呼：「大哥哥你來了。」

項羽點點頭：「準備得怎麼樣，有把握嗎？」

倪思雨回頭指了指一個穿著灰色泳衣的女孩子，面有憂色地說：「本來還好，可我沒想到劉菲菲也來了，你們知道她是誰嗎？她可是國家隊的，因為違反紀律才又被退回省隊，我爸爸說輸給她也沒關係，今年的第二就算是省裡第一了。」

項羽聽完眉頭一皺，忽然道：「小雨你過來，我跟你說幾句話。」

「好啊。」倪思雨快樂地答應一聲，跟項羽去了一邊。

項羽彎著腰在她耳邊說了沒三句話，倪思雨很突兀地眼圈就紅了，項羽直起身，回到我們邊上，倪思雨就那樣紅著眼睛默默走了，連頭也沒回一下，我和她三個師父都莫名其妙。

然後倪思雨從頭到尾再沒跟別人說一句話，比賽開始後，劉菲菲就在她旁邊，她連看都沒看一眼，哨聲響後，倪思雨沒有給別人任何機會，最後以領先劉菲菲半個身子的優勢拿了五十米女子自由泳冠軍頭銜。

一場她期待了很久的比賽，居然就這樣看似草草地收場了。

我第N次拍著項羽的肩膀問：「你到底跟她說什麼了？」

項羽見倪思雨贏了，淡淡一笑，這才回答我：「我問她，你的想法對得起你付出的努力嗎？我還跟她說，輸了就不要再來見我。」

我吃驚道：「你真的跟她這麼說的？」

項羽點點頭。

我一跺腳：「你除了破釜沉舟還會別的招不？她那麼倚賴你，你想沒想過她要真輸了怎麼辦？」

項羽冷冷道：「這就跟打仗一樣，還沒打呢就給自己的失敗找藉口，怎麼可能贏？」

「那……問題是對手真的很強勁啊。」阮小五小心地說，他是很佩服項羽的。

「大家都是人，勝利者只有一個，那麼那個人為什麼不是我呢？」

我叫道：「你這是軍國主義投機思想，那大家都這麼想怎麼辦？」

「呵呵……」項羽笑了一聲，朝我們搖了搖手，慢慢走了出去。

頒獎儀式上，倪思雨站在高高的領獎臺，萬千閃光燈打在她身上，照得這條小美人魚肌凝眸粲，比賽成績公佈了，倪思雨以廿四秒四七的成績打破了省記錄。

半秒鐘，我都不知道能幹什麼，點根菸搔一下頭髮都不夠啊。

阮小五問我：「一秒到底有多長？」

我拍了他一下。

阮小五莫名其妙說：「你幹什麼，我問你話呢。」

「這就是一秒。」

阮小五恍然，然後他試探性地往自己胸脯上拍了兩下，想了想又加拍了一下。

我問他：「你這又是幹什麼？」

阮小五道：「我覺得稍微訓練一下，小雨快三秒沒問題，努努力直接進二十秒，給以後的人留個念想，省得他們破來破去的麻煩。」

我汗道：「二十秒恐怕連男子記錄都破了，你們有把握嗎？」

阮小二自豪地說：「那要看誰教了，再說這跟男女沒關係，你是男人，打得過三妹嗎？」

想到扈三娘和她那光閃閃的禿頭，我寒了一個，急忙附和：「那是那是。」

站在領獎臺上的倪思雨一直往我們這邊看，我知道她在找項羽，果然，頒獎儀式一結束，她就不顧很多記者拍照的要求直接走過來，急切地問：「大哥哥呢？」

「走了。」她的二師父告訴她。

「為什麼，他是不是生氣了？我還想把這個送給他呢。」倪思雨握著剛得的金杯說。

我對她說：「以後別跟他玩了，除了冒涼腔就是胡說八道。」

倪思雨瞪我一眼：「不許你說大哥哥，我看你才是。」我一想，還真是。

張順點著她腦門子說：「大哥哥大哥哥，你就知道大哥哥，你個小沒良心的。」

倪思雨臉一紅，拉住張順胳膊撒嬌道：「怎麼會忘了三位可愛的師父呢，第一名獎金有五千塊，我請你們喝酒去。」她衝我皺鼻子，「不請你。」

「那我自己請自己。」說著，我們都想起在游泳館剛認識時的樣子，忍不住笑了起來。

阮小二和阮小五一左一右托住她的胳膊，一下把她拎了出來：「說走就走！」

倪思雨驚叫了一聲：「我沒帶錢。」

「那把你押在酒館……」

看得出張順和阮家兄弟真的是很疼這個小徒弟，為她取得的成績高興，雖然他們還是認為一群人跳到大水坑裡比誰游得快是一件很無聊的事情。

喝酒，當然還是回酒吧，值得一提的是，現在「逆時光」已經改成廿四小時營業了，就像李雲說的那樣，門兩邊掛上大大的燈籠，門口的大甕上貼了一個足有廿八吋電視那麼大一張「酒」字，成為一道風景，不斷有人站在缸沿那抄著勺子拍照留念。

如果說這次武林大會刺激了本市消費，那麼最大的受益者毫無疑問是我們酒吧，這源於朱貴的那次宣傳。不管是選手還是觀摩的武術迷，閒暇時都會來「逆時光」坐坐，喝幾碗「五星杜松」，它的內部設施也裝成原木風格，白天可以當茶樓，晚上還不影響表演。

我讓孫思欣給我們開一個小包廂，有人給端來幾個開胃小吃，我一看錶，這才中午十一點，為了趕比賽，我連早飯也沒吃，開什麼胃？我問服務生：「有啥扛餓的沒？」

孫思欣笑道：「就因為這個，老有客人提意見，說本來想在這吃飯呢，結果只有酒賣。」

我擺擺手說：「這個以後再說吧，酒吧開成飯館不是搞笑麼？這桌喝著軒尼詩，那桌吃著牛肉麵也不像話。」

別人退出去以後，倪思雨機靈地給我們倒上酒，站起來俏生生地說：「這碗酒，要多謝三位師父對我的苦心栽培……」

我神色不善地看著她，倪思雨咯咯一笑，「還有小強對我的鼓勵。」

張順他們紛紛叫道：「這碗酒可無論如何得喝。」

倪思雨一口喝乾，忽然變得沉默了，她又把酒倒滿端起，張順看出有點不對勁，說：「小雨你怎麼了，不舒服就別喝了。」

倪思雨眼圈一紅，哽咽道：「第二碗，還是謝謝你們——你們都是很好的人。」說著又是一口喝光。

我們面面相覷，知道她有點激動，急忙打岔說開心話，氣氛這才又活躍起來。

大家都是空肚喝酒，不一會都上了頭，三雄勾脖子搭肩膀粗聲大氣地吹牛，倪思雨忽然拍拍我，輕聲問道：「大哥哥到底為什麼走了？」

「被我氣得唄。」我粗略地把項羽的話跟她說了幾句。

倪思雨兩眼放光：「我覺得大哥哥說的有道理，我身上確實缺少拼搏精神。」

「這跟拼搏扯得上關係嗎？這是拼命！」我見她眼眸如水雙腮飛紅，知道這小妞現在處於發情期，便打擊她道：「你大哥哥可是已經有女朋友了。」

「不是還沒有結婚嗎，再說，她有我這麼喜歡大哥哥嗎？」

「……現在不好說，以前他們可是愛得死去活來的。」

倪思雨給自己倒上最後一碗酒，豪氣干雲地說：「同樣是人，勝利者只有一個，那麼那個人為什麼不能是我？」說罷一仰頭，一碗酒下去，然後她把碗往桌上一放，猛地站起身。

我和三雄立刻都不說話了，抬頭眼巴巴地看著她，省冠軍已經拿了，我們倒要看看她這回說什麼。

「我好喜歡……大哥哥。」說完倪思雨向後倒去。

早有準備的阮小五接住她，扭臉跟我們說：「她又有新目標了。」

……

今天是武術迷們期待已久的日子，十六進八的決賽，也是武林大會整個賽程唯一休整期後的第一場大戰。

愛看世界盃的人可能會有這樣的感覺：十六進八和八進四的比賽往往比總決賽還有看頭，這時候的隊伍鬥志最滿，戰術水準更能充分發揮，不像在總決賽中那麼畏首畏尾，患得患失的。

所以今天的會場特別滿，主席臺上，五位評委也已經就座，操場被劃分成兩個區，每區兩個擂臺，但有一個是作為備用的，大會將同時進行兩場比賽，所有八場賽事將在一上午舉行完畢。

經過抽籤，我們將和東北一家跆拳道館首場競技，在另外半場，由鄉農組成的紅日武校對敵一組八極拳組合，我很慶幸沒抽到紅日和段天狼他們這樣的強隊，不是怕他們，如果沒有我們育才，冠亞之爭很可能就由他們來完成了，但不論是鄉農高手還是段天狼，比起林沖他們好像還是要稍遜一籌，既然我們就是奔第五來的，沒必要給人家添堵，真要在十六進八就碰上，我會很為難。

十六強裡還有兩支我們老朋友的隊伍，老虎和佟媛。和老虎配合的人，原來都是古爺幫他在大洪門裡找的高手，要從淵源上講，也不算作弊。佟媛帶著美女死亡組走到今天，我看有七成是靠智謀得來的，要想靠著僥倖進八強那可難了。

我們按時間到了場地，好漢們傾巢出動來助威，李逵肩扛一桿大旗，上畫一朵向日葵和倆三角板——大部分人這麼認為。所過之處人皆變色。

我低著頭走在隊伍最後面，就聽見離我近的觀眾議論：「那個就是育才的領隊。」

「是呀，到現在還沒出過手！」

「不用看就知道是高手。」

「切，你怎麼知道？」

「你看人家那……平地上你能摔那麼帥嗎?!」

我急忙爬起來，昨天睡晚了，早上起來就沒精神，從操場那頭走到這頭，漫長的過程中，我開始打盹，前面的人停了我也沒看見，一直走到張清腳後跟上去了。

他可能也沒睡醒，以為是有人偷襲，往後一蹬，我摔了個轉圈跟頭，身體在某段時間還完全凌空，在別人看來就是我走著走著忽然翻一跟頭，然後啪就摔那了，狼狽固然是挺狼狽，但也挺讓他們嘆為觀止的。

這時四支比賽隊伍集合完畢，我們旁邊就是紅日武校的，輸給過張順那鄉農高手果然也在其列，他見我好好的忽然折了個個兒還沒折好，屁股先著地了，關切地問：

「蕭領隊，又走火入魔了？」

對於我們的對手，我沒什麼可說的，跆拳道選手能走到今天，實力肯定是強的。

我環視了一下四周，四支參賽隊都在這兒，紅日的人我是認識的，可是我看不出我們對手是剩下兩支的哪一支，他們都三十鋃鐺歲，其中一隊，五個人清一色的光頭，我猜測應該是另外那組，因為我還沒見過練跆拳道剃光頭的。

結果一分擂臺，光頭全站到了我們對面。

進了十六強的隊伍我都大概有個印象，也看過幾場這個叫「北道」的武館的比賽，印象裡他們好像都長髮飄飄的，腰裡繫著黑帶，上面繡著數目不等的金邊，那代表他們擁有很高的段位，我盯了一會，依稀辨認出其中幾個確實是北道的人，可為什麼今天都剃了大禿子，實在是百思不得其解。

第一場是張清上，我們這邊名單排的是：張清、楊志、時遷、林沖然後是我，這種排列也是我們最近最常用的，穩健安全。

他們派出一個風度儼然的禿子來和張清打，剛一開始禿子就大喊一聲，一個凌空側身踢，把張清踹得一個趔趄。

張清挨上這一腳主要原因是他被嚇了一跳，裁判一叫開始，就有深仇大恨似的哇呀呀直叫喚的他還是第一次見，這一腳之後還沒完，禿子後著大大的有，只見他一會兒連環踢一會兒後旋踢，橫踢豎踢勾踢，使勁踢玩命踢……總之那兩條腿就像不是他的似的，張清有點搞不明白狀況了，他一貼近對手，人家就跳開繼續蹬他。

一局打完，我們不知道張清丟了多少分，雖然大部分擋開了，但氣勢上卻輸了不少，張清拿毛巾擦著臉，罵道：「媽的太噁心了，大腳丫子直往臉上杵。」

時遷笑道：「真應該讓湯隆上，染他一腳癬。」

我上前問：「張哥怎麼回事？你不會拿他沒辦法吧？」

「如果沒有這勞什子，」張清說著，看看拳擊手套：「很容易就能抓住他的腳，可現在只能擋，那廝腳臭烘烘的，只要過了胸就直熏人。」

我說：「你看著點他肩膀，他踢哪條腿總得先動肩膀吧？你也好有個防備。」

張清抬頭看看我，像不認識似的說：「行啊強子，這辦法都讓你想出來了。」

這哪是我想出來的啊，凡是看過九〇年代香港武打片的都知道一大堆這種稀奇古怪的理論。不過張清不是我，他之所以想不出這樣的點子，是因為他是馬上的大將，在戰場上很少能有亮飛腳踢人的機會，所以在平地與人動手，他總有一個下意識的劈砍動作，還老想把手套扔出去砸人。

戰局再開，張清在適應了一會兒以後馬上佔據了主動，跆拳道的跆字就有腳踢人的意思，可見跆拳道主要的功夫都在腳上，禿子完全是習慣性地還想用腳攻擊張清，只要他肩膀一抬，張清的腿就封了過去，兩人腿磕腿崩崩悶響，聽著都特別疼。

禿子腿抬不起來，只能用拳，但跆拳道裡用拳頗多禁忌，包括不能擊打對手頭部，雖然現在是打散打，但禿子習慣成自然，他和張清玩拳法，那就跟兔子直立起來和狗熊打拳擊一樣，只有被虐的份了。

第二場是楊志，對手是二禿子，二禿子在臺邊呼呼的把腳踢到耳朵邊上，以顯示自己不凡的腿功，我看看二禿子，摟著要上臺的楊志肩膀低聲囑咐：「踩他。」

然後比賽一開始，楊志就假裝一個小低踹沒站穩，踩在了二禿子腳上，二禿子功夫確實比一禿子好，至少他這一聲叫得就響亮多了。我發現觀眾席裡有一個人笑得特別歡暢，這人也是個禿子，曾經代表紅龍道館去老虎那裡踢過場子……

後來雖然利用中場休息二禿子穿了雙鞋，但還是難挽敗局。至此，我這領隊終於多少起了點作用。

時遷一上場，我就明白他們為什麼剃光頭了……當時遷飛身而起，拳頭擰上三禿子的腦袋時差點滑下來我就明白了。

我打死也想不到他們剃光頭居然是為了防時遷！因為不知道出場先後，所以一律剃禿。看來人家為了打這場比賽沒少研究我們，甚至剛才對付張清，那都是有針對性的。

這也怪時遷，自打學會了擰人頭髮這一招後，他就樂此不疲，他用過的拳擊手套上面積了一層頭油，特別噁心。

時遷的陰謀沒有得逞，三禿子特別得意，而且和時遷比賽的跆拳道選手應該都很開心，因為他們最愛幹的事就是用腳踢人腦袋，而按時遷的高度，踢他的腦袋就跟踢普通對手的胸口是一樣的，技術難度會降低很多。

不過附帶的一個難處就是，時遷只要稍微貓貓腰腿就容易踢空把腰閃了，還有就是他也從不老老實實站在一個地方，他上躥下跳的那個勁簡直就像是一隻猴子打了五千CC的雞血。

林沖看看臺上，跟我說：「八進四的比賽我們贏不贏？」

「贏，為什麼不贏？」臺上的時遷鑽來躥去，三禿子一點便宜也占不到，已經略顯惶急，這一場我們應該沒問題了。

「再贏一場我們就是第四了，你不是只拿第五嗎？」

林沖一句話把我問愣了，這個問題我還從沒認真想過——原來是沒有第五的，如果八進四輸了，只能說我們進過八強，如果贏了那就是四強，就算打半決賽輸了還得打場季軍賽，那樣就太顯眼了。

育才如果成了人們關注的對象，三百要走，好漢們的心也早飛到了梁山，那時候可就真的有麻煩了，不說有人踢場子怎麼辦，就說人家是奔你而來學東西的，我總不能舉著塊板磚做示範吧？

我想了一會說：「林大哥，你一會兒看看其他隊的比賽，如果我們明天抽到實力強的，就借坡下驢吧，進了八強也算有個交代了。」林沖點點頭。

這時，時遷還在臺上跟對手繞圈子，三禿子已經有點不耐煩了，出拳踢腿間章法大亂，時遷滴溜溜鑽到了裁判身後，三禿子一個收招不住，腳踹向裁判小腹，裁判手疾眼快，一把抱住三禿子腳往懷裡一帶，「嗨」的一聲清喝向下使力，三禿子撲通一聲摔入塵埃，觀眾愣怔了片刻掌聲大作，裁判不好意思地向四面抱了抱拳。

經此一役，三禿子心思不振，十分鐘的比賽草草收場，時遷以點數獲勝。

他們的隊長大禿子和我行完禮，提出要和我擁抱一下，然後他在我耳邊說：「自始至終沒見你出手，你不打一場我是不會走的。」

觀眾們忽然全體自發性地站起來，邊鼓掌邊齊聲喊：「加賽！加賽！」

裁判看看吶喊的觀眾，跟我說：「蕭領隊，你要不介意，就跟這位吳館主來一場表演賽吧，我這就跟主席申請去。」看來他也對我充滿了好奇。

我貌似寬厚地擺擺手：「有機會的，還有機會的。」心裡暗罵：不就是想看老子肝腦塗地嗎？老子還就真——不能成全你們。小強的生存哲理不是不怕死，而是要活著。

我看著群情激憤的觀眾，衝他們抱抱拳，在拳擊手套裡神鬼不知地挺了挺中指。

「老子不跟你們玩了，讓八進四見鬼去吧！」

我們退場的時候，紅日在打第四局，他們暫時二比一領先，目前這局看樣子問題也不大了。

與此同時，又有兩支隊伍入場，佟媛帶著她的新月隊赫然在內，她和我們擦肩而過的時候，我衝她喊：「妹子，好好打。」佟媛只是微微一笑，看得出她在想事情，如果在平時，她肯定得和我鬥幾句嘴，這小娘們又不知在想什麼陰謀詭計呢。

當她和扈三娘臉對臉的時候，扈三娘喊道：「姐們兒，找時間咱倆比劃比劃。」

佟媛見一個大光頭跟自己說話，腦子又有點走神，不禁問我：「這位大哥是你們隊……哎呀對不起，原來是位師太。」我和好漢們哈哈大笑。

我們回到座位，紅日的鄉農高手們也贏了比賽，接著在他們那個擂臺比賽的是老虎和——段天狼，董平拿望遠鏡看著，失笑道：「這回可是虎狼之爭了。」

說雖這麼說，但我們都知道老虎他們的實力比段天狼差了不是一個檔次，這個爭字那是談不上的。果然，第一局老虎就被段天狼那邊一個二十多歲的後生打下去了。

第二局雖然戰得頗為激烈，猛虎隊還是在點數上吃了虧，裁判剛宣布完成績，在臺下一直閉目養神的段天狼忽然站起，把披在身上的斗篷甩給徒弟，也不見如何動，已然站在了擂臺上，看來第三局他要親自出場。

老虎他們這方則是一個敦厚的漢子，老虎叫這人大師兄，是本門功夫最強的一個，兩個人從上臺開始就打量對方，顯然是先鬥上氣了。

這一動上手立刻顯出不一樣來，只見臺上人影閃動，出手間勾拿鎖打無所不用，除了穿戴，已經沒一點競技比賽的樣子，分明是兩個絕頂高手在拼鬥。

我指指段天狼問林沖：「他和你比怎麼樣？」

林沖背著手看著擂臺上格鬥的二人，慢慢道：「若在馬上比槍我有把握，若在地上比拳，那就不好說了。」

這時觀眾席裡也漸進瘋狂，原來比武的兩人終於都拿出平生絕技，以快打快讓人眼花繚亂，我急忙端起望遠鏡，兩位高手那魁偉的身影在我眼裡已經如遠山般飄渺不可及——望遠鏡拿反了。

在這種像八倍速的快動作裡，兩個人的臉部肌肉像通電一樣抖動，身形已經出現虛影，招式完全看不見，只有在兩條影子交疊的時候會發出密如連珠落地的啪啪啪聲，不光普通觀眾，就連那些行家高手以及主席臺上的五位評委都看得目暈神馳。

結果就在這個節骨眼，中場休息的哨聲響了，段天狼馬上收招站好，老虎的師兄卻一個收手不住又往前撲了一段，段天狼讓過他的身子，在他肩膀上提了一下，老虎的師兄這才立穩，現場高手如雲，透過這一下就看出段天狼終究是技勝一籌。

在另外半場，佟媛她們已經結束了比賽，前兩局她們輸得很明顯，然後佟媛表示放棄後面的比賽，因為後面的三個女選手裡，除了她還有一個要參加第二天的單人賽，為了保存體力，佟媛放棄了最後一搏。

因為是第一次有人主動放棄，有不少人開始喝倒彩吹口哨，但也有不少觀眾把掌聲送給這支給大會帶來特色的美女隊還有佟媛的理智。

段天狼和老虎師兄的比賽基本上吸引了場內的全部目光，在另外半場比賽的兩組選手只能可憐兮兮地自己玩。

由於周圍觀眾的歡呼聲一浪高過一浪，臺上正在比賽的選手注意力根本集中不起來，他們的裁判更是利用一切空檔往對面瞄幾眼，一局打完，兩個選手同時提出申請，要求看完對面的比賽再接著打。

這時老虎他們的比賽已經到了第三場的第三局，在功力上，段天狼無疑深厚得多，但因為是戴著手套打規則賽，有很多招用不出也不能用，所以這倆人到目前為止打了個堪堪平手的局面。

時間一點一滴的過去，如果最後打成平局，進行延長賽，那對段天狼這面是不利的，贏他們是肯定贏定了，但把過多的體力浪費在這兒，對後面的比賽自然是非常不好。

就在離比賽結束還有十秒的時候，段天狼腳尖點地，身體就像條魚一樣平滑向對手，大師兄雙臂緊合擋在胸前，也不見怎樣，段天狼在他肘端輕輕巧巧地一撥，大師兄頓時門戶大開，段天狼的身體突兀地在空中一轉個兒，一腳踹上了大師兄的胸膛，接著在空中「騰騰」又是兩腳，大師兄不由自主地登登登退到臺邊上，眼看要掉下去了，段天狼助跑幾步又是一個飛腳結結實實踢在大師兄的前胸。

這條壯實的漢子慘叫一聲落到臺下，老虎等人急忙上前接住，大師兄吐了一口血，慘然道：「我輸了。」

段天狼走到臺邊，接過那繡著一匹猙獰牙口的狼斗篷披上，滿臉寥落，一副高處不勝寒的樣子。可是這精彩一幕並沒有博得多少掌聲，大家都看出即使沒有最後一腳，大師兄也會掉下擂臺，段天狼非補上那一重腳，如此毒辣讓人不寒而慄。

林沖連連搖頭道：「此人出手成傷，如果遇上比他高強的對頭，反噬也就越厲害，這種功夫不練也罷。」

我問：「咱們山上誰能拿下此人？」我見段天狼那個臭屁表情實在不爽。

「武松、魯智深、燕青三位兄弟任一人在場，拿他易如反掌。」張清湊過來說。

「你就說在場的有誰？」

「……」張清張了半天嘴，最後乾笑兩聲，說：「你知道我們都是馬上的戰將……」

我嘿嘿一笑：「咱又遇上史文恭了？」

阮小五不平道：「若在水裡，他可不是我的對手。」

阮小二也覺得自己兄弟說這句話挺丟人的，拍了他一把罵：「在水裡他連小雨也打不過。」

我不禁又看了段天狼一眼，真沒想到在現代還有這樣的強人，能把梁山的土匪震得無話可說。

比賽一結束，新產生的八強要去抽籤準備下一輪的比賽，我想到這可能是我們最後一次抽籤，也多少覺得有點失落，就跟林沖說我自己去。

到了主席臺，其他領隊也到齊了，主席先把按號碼排的隨機對陣表公佈，大家再拿號，我隨便拿了一張籤，打開一看是三號，再看對陣表對應的是八號，我捏著條子嚷嚷：「誰是八號？」

我旁邊的鄉農是代表紅日來的，聽我一喊，笑道：「可惜了，我是七號，但願咱們下一輪能見。」

這時，一個理著小平頭、和我差不多大的後生上下打量我說：「甭喊了，我是八號。」

我既無心再戰，樂得與人為善，跟他握握手道：「怎麼稱呼啊？」

小平頭懶洋洋地說：「王，我說哥幾個你們叫什麼名字啊？」說著他給我一張名片。

我往對面的校旗指了指：「我們育才的。」

小平頭一拍大腿：「又一個育才，你說你們沒事叫什麼育才呀，北大清華都沒叫，你們瞎起什麼鬨啊？」

我見他很激動，納悶道：「我們叫育才礙你什麼事了？」

小平頭又一拍大腿：「我們也叫育才！」

我看名片上寫的是「北京文成武就文武專修學院」，這小子一把搶過去，在手心裡拍著說：「看見沒，就因為你們這樣的學校給這倆字抹黑，害得我們都不敢往上印了，我拿著以前的名片住酒店，櫃臺小姐非好心給我推薦招待所——我們學校的官名是：北京育才文武學校。」

我想起來了，這次大會一共五個育才，第一輪在同一個擂臺上就淘汰了三個，我說怎麼還有一個不見了，原來一直藏在這兒呢。

我笑道：「都是育才的，咱也算半個校友啊。」

小平頭打開我的手，咚一聲跳下主席臺，頭也不回地說：「少套交情，跟你說，比賽誰輸了誰把名改改，才字旁邊加個木字旁——」

我愣了一下，喃喃道：「木字旁——育材？」我這才反應過來這小子說我們學校專出下腳料，我有心上去踢他幾腳吧，他已經回歸本隊了，以我一人之力單挑闖進八強的隊伍……還是算了。

回了棚子裡，我氣得暴跳如雷，跟拿著筆等著我們定名單的宋清嚷：「下場比賽把我排在第一個！」

「然後呢，還按平時那樣排？」宋清邊往紙上寫邊說。

「嗯……你不是真把我排第一了吧？」我提心吊膽地問。

宋清面無表情地說：「倒著數你是第一個。」

我放心之餘一把摟住他，嘆道：「兄弟，你真是太貼心了！」

打完比賽我們往外走的時候，我和項羽落在最後面，一個和項羽差不多高的小巨人攔住我們，口氣不善地問項羽：「你就是張冰新交的男朋友？」

我打量著這個小巨人，他還非常年輕，應該還是在校學生，劍眉星目，帥得一塌糊塗，從一身運動裝上看應該是搞體育的。

項羽愣了一下問：「你是？」

「我叫張帥，體育學院的。」

我靈機一動，說：「你就是那個追張冰的籃球中鋒吧？」

張帥掃了我一眼，對項羽冷冷說：「你們這些生意人，能不能離張冰遠點，她不是你們想的那種女孩，別仗著有錢跑來橫插一槓，否則我對你不客氣！」

我忍不住說：「人家和張冰認識可比你早。」

張帥居高臨下指著我鼻子說：「我和你說話了嗎？」看得出這小夥子也有很好的家庭背景，而且有點被慣壞了。

項羽淡淡道：「對我朋友客氣點。」

張帥剛想發火，忽然又奇怪地看了項羽一眼：「咦，你這身西服怎麼看著這麼眼熟啊——這布料還是我親自挑的。」

項羽呵呵一笑：「眼光不錯。」

張帥終於暴跳起來：「裁縫說我那套西服被人搶了我還不信，原來是你幹的！」

我汗道：「這麼巧啊？」

張帥怒道：「害得我穿著風衣給人當伴郎！」

我撲哧一樂：「找你當伴郎，你參加的是智障人士的婚禮吧？」

張帥死盯著項羽眼睛說：「我要和你單挑，輸的離開張冰。」

我急忙往旁邊跳去，狂派和博派要開戰，地球人遠離為妙，這兩人要動起手來，打個滾就能把我壓死。

哪知項羽只是微微一笑：「我不會和你動手的，小兄弟你記住，喜歡一個女人就要去追，就算你消滅了所有競爭對手，她不喜歡你還是不喜歡。」說著他拍了拍張帥的肩膀，兀自走了。

哇，這還是楚霸王嗎？當初他為了一個素不相識的女孩可以和三雄大打出手，現在有人要搶他的虞姬，他居然可以不慍不火地說一大堆有哲理的話。

張帥愣在當地，我急忙追上項羽，問：「羽哥你沒事吧？」

「怎麼？」

「你不給那小子一個教訓，他賊心不死啊。」

項羽輕笑道：「你的意思是讓我揍他一頓？」

「那有什麼不行的？你讓他一條胳膊一條腿，照樣打得他滿地摸小錢。」

「打仗可以奪得一座城池，但換不來一顆女人的心，其實有人真心喜歡張冰，我挺欣慰的，至少我可以放心地走了。」

我聽出有點不對勁，問項羽：「張冰到底是不是虞姬？」

項羽坐在路邊，居然掏出一包菸來點了一根，低著頭說：「小強，我們可能做錯事了。」

我從沒見他這麼沮喪過，驚道：「張冰不是虞姬？」

項羽慢慢搖頭：「我不知道，身形樣貌、習慣語調都是阿虞，可是……她完全不記得我是誰了。」

「那又怎樣？」

項羽問我：「你想過沒有，如果一個女人和包子一模一樣，但她卻不認得你了，不再纏你，見了你客客氣氣的，你會是什麼感覺？」

我一揮手：「得了吧，哪有這樣的好事？」

「這些天我一直在想蕭讓說的那句話，樣子再像，此人終究非彼人，張冰——或許真的只是個巧合罷了。」

「可她現在不是很喜歡你嗎？」

「那或許是另一個巧合，你讓我一年以後怎麼辦？」

我說：「不對呀，就算張冰真是虞姬，她也記得你是誰了，可你照樣得面對這一年後的分別，那時候你怎麼辦？」

項羽淡淡笑道：「我和阿虞都可以輕易地為對方去死，如果是真的阿虞，她跟我走也好，或者她覺得在這個世界還有沒完成的責任繼續留下來也好，我們都不會有遺憾。」

我起了一身雞皮疙瘩：「你不會在走之前把張冰掐死吧？她們藝術系的女生因愛成恨的事倒是特別多。」

項羽瞪了我一眼說：「別開這種玩笑，我不是正在後悔發愁嗎？一年以後，我不聲不響地消失了，張冰會怎麼想？我從沒想過要傷害她，所以我現在只能慢慢疏遠她。」

我叫道：「張冰可是我們群策群力幫你泡上的，你就這麼糟蹋我們的心血成果啊？」

項羽苦澀道：「我以前從沒想過記憶是如此重要，其實一份記憶就代表著一個人。」

我說：「你這麼做對張冰公平嗎？」

「正是為了公平我才這麼做的，張冰沒有義務為我做的錯事承擔痛苦，我這樣做是為了贖罪，再說，要不這樣，對虞姬公平嗎？」

最後我嘆了一口氣，總結道：「你說說你圖個啥，穿越兩千年跑到現代就為拍文藝片來了。」

第十章

第一百零九個

盧俊義拍拍我肩膀說：「小強啊，經過我和吳軍師研究，決定正式吸納你做我們梁山第一百零九個兄弟。」

「三十六天罡星七十二地煞星，那我算什麼？」

「你是介乎兩者之間的。」

我嘆了口氣：「得，我還是天煞孤星。」

回到賓館，扈三娘正在揪住段景住猛打，原因很簡單：我們這次單賽三十二進十六的抽籤中抽了一個大烏龍，扈三娘和段景住成對手了。

黑山老妖扈三娘的意思很明確，就是想讓段景住主動退出比賽，這樣還能節省不少體力留著和佟媛會合，而一向沒啥地位的段景住這次不知中了什麼邪，非要堅持到底。我知道，這次比賽，段景住是最用心的一個，從第一場開始他就總結不少比賽經驗，還偷偷摸摸在小本上記了下來，所以小段雖然功夫不行，但要打規則賽還是相當有實力的。

他這麼做，無非是想引起哥哥們的重視罷了。可扈三娘怎麼能知道段景住的心思，一聽段景住不同意退出撵著就打，段景住哪裡是三姐的對手，被趕得上躥下跳，一邊大喊：「我要去組委會投訴你！說你賽前騷擾對手——」

我進來正是最亂的時候，忙攔住兩個人，問明白了情況，兩個人都很不服氣，扈三娘氣鼓鼓地說：「你跑，我看你明天上了臺還跑不跑？」

段景住隔著茶几道：「在臺上讓你打死我也認了！」

扈三娘邁腿就要過去：「讓我現在就打死你吧……」

直到第二天也沒有誰做出讓步，只能打。

選手們按編號分了擂臺，扈三娘左顧右盼，忽然發現佟媛就在她旁邊的擂臺，就站在她的背後，她用戴著手套的手捅捅佟媛的腰：「姐們兒。」

佟媛回頭一看是她，微微笑了笑。

扈三娘：「吃了嗎？」

佟媛：「……」

扈三娘又問：「你的對手是誰呀？」

還沒等佟媛回答，一個聲音冷冷道：「是我。」

這人面色蠟黃，耳朵尖聳，居然是段天狼，他這麼一說話，周圍的人都用惋惜的目光看佟媛，知道她這回是走不下去了。

扈三娘掃了一眼段天狼，不以為意地說：「跩什麼呀，德性！」她又使勁拍拍佟媛的肩膀說：「好好打，把他弄下去，咱倆在決賽裡見。」

佟媛受她這種沒心沒肺的感染，微笑著點點頭說：「你也加油。」

扈三娘鼻子不是鼻子臉不是臉地說：「不用，我那個對手簡直就是一坨屎……」把段景住氣得剛想說什麼，只聽擂臺上裁判叫號了：「第一場，由〇〇九號選手……」

扈三娘立刻回頭喊：「是我是我，別點名了！」

裁判看了看她的名字，笑了笑，非常善良地沒有念出口，誰想觀眾席裡一個大塊頭搖著一面大旗站起來狂喊：「公孫智深，我支持你——」說完還對旁邊的人解釋，「看見沒，那個光頭的女孩子叫公孫智深，我們倆打過，什麼，你問我啊？我叫方小柔。」

扈三娘和段景住剛上擂臺還沒站穩，那邊佟媛和段天狼已經準備就緒，他們也是第一場比。於是這半場就集中了兩個美女和一個絕頂高手，以絕對優勢吸引了所有觀眾的目光，另外半場的兩組選手只能鬱悶地在萬眾矚目下孤獨地比賽。

兩個擂臺相距不遠，扈三娘和佟媛背對背站著，她忽然扭過頭說：「妹子，要不咱倆換換吧？」惹得周圍的人都哭笑不得。

裁判尷尬地咳嗽了一聲：「○○九號選手，請你集中精力比賽。」

佟媛面色凝重，在所有人眼裡她是敗局已定，這次武林大會，她帶領新月先奪表演賽第一，再衝進團體十六強，個人賽有兩名選手名列三十二強，能有這樣的成績已經可以算是巨大的成功。但這終究是武林大會，隨著比賽漸漸殘酷，是該讓女孩子離開的時候了，尤其是碰上段天狼，沒有一個人會認為這場比賽再有懸念，他們更多的是當表演來看的。

可通過幾天的接觸，我很瞭解佟媛，她在凝神想一件事的時候，說明她其實是在憋著使壞，她現在面帶微笑假模假式地和段天狼比劃幾下，趁機展示一下自己優美的身段，我想段天狼也一定樂意奉陪，他現在站在風口浪尖上，要想走到最後，能保持一分體力是一分，沒必要對無害的小美女痛下殺手。

裁判介紹完選手，就在正式比賽的前一秒，佟媛的眉頭忽然舒展了，接著她對段天狼展顏一笑，如春風拂過大地，段天狼被這一笑感染得愣了一下，他的嘴角也不由自主地掛起一絲笑意，非常不易察覺地衝佟媛點了點頭，對小美女的妥協表示了寬容和接納。

就在裁判的手揮下那一瞬間，我看見佟媛瞇起了眼睛。接著，「砰砰，啪」，佟媛的拳頭已經毫不留情地砸中了段天狼的頭部，凌空一腳踹在他的胸口，猝不及防中，段天狼竟被打得連退數步，身子到了擂臺邊緣。

佟媛一瞇眼，我就知道要不好，果然，中了美人計的段天狼馬上吃了一個大虧，本來準備欣賞走秀的觀眾們也都呆住了。

佟媛的進攻一旦發動再不遲疑，她猱身而上，拳腳掛風，試圖把段天狼一舉打下擂臺，有點搞不清楚狀況的絕世高手在一輪輪的攻擊中著實手忙腳亂了一陣，但段天狼終究是段天狼，雙拳一劃已經格開了佟媛，接著身形一轉又來到臺中央，本來又驚又怒卻很快就平靜下來，再看佟媛的眼神裡，已然有了一絲蔑視和殺機。

吳用見狀，惋惜道：「美人計不錯，可惜用早了。」

林沖看著段天狼點頭道：「此人武藝高強倒在其次，能這麼快調息情緒，才不愧高手二字。」

段天狼細細打量著佟媛，眼神裡三分欣賞七分殺氣，比賽剛開始他就丟掉了三分，如果是實力相當的兩個選手比賽，三分之差可屬實不好追趕，不過段天狼一點也沒著急，他吃虧吃在大意上，現在提高警惕，佟媛看來是終究難免落敗。

在另一個擂臺上，扈三娘全身心地關注著這邊的比賽，對段景住的進攻只是招招架架不予理睬，見佟媛占了個大便宜，扈三娘興奮地拽住金毛犬就是一陣猛擂，段景住暈頭轉向地說：「三姐，你吃春藥啦？」

裁判對著段景住一舉手：「〇一二號選手言語不遜，勸告一次扣一分！」

扈三娘罵道：「我們自家兄弟說話，干你鳥事？」

裁判舉手：「〇〇九號選手頂撞裁判，警告一次扣兩分！」

段景住笑道：「三姐，這下你輸定了，比我多扣一分。」

裁判立刻舉手：「〇一二號選手賽間用言語騷擾對手扣一分。」

段景住眼巴巴地等著扈三娘再罵裁判，扈三娘卻聰明地閉了嘴，利用一錯身的機會站到擂臺側面，邊打邊看佟媛的比賽。

段天狼這時終於展開了反攻，本來所有人都以為佟媛會被打得毫無還手之力，結果讓人大吃一驚，雖然局勢頗為被動，但佟媛還能在七八招中間或攻出一手，而且法度森嚴，條理清晰。

本來我怎麼也想不明白小白兔怎麼能抵擋得住大灰狼的撕咬，不過漸漸也看出了端倪，只見佟媛的雙手就像雨刷一樣把段天狼的拳頭都刷開了，而且連捎帶抹借力化力，一個小弧圈套著另一個小弧圈，我扭頭往主席臺上看去，那個老道盯著這邊搖頭晃腦陶醉其中，這樣看來，佟媛打的果然是傳說中的太極拳。

我早就想到能一口氣劈碎五塊磚的人不可能只會劈磚，只是我沒想到佟媛小小年紀居然是位太極高手，看來這場比賽早就在她設計之中，先示弱取得點數上的優勢，再和對手死拖。

段天狼看似霸道凌厲，像一隻俯衝獵食的蒼鷹，佟媛則像一隻老練聰明的山羚，利用一切遮掩從容應對，處處委曲求全但卻吃不了大虧，有時候還能抓到對手因為狂躁帶來的失誤「啪」的遞出一招，雖然占不到便宜，卻能緩解不少壓力。

每當這時，也是扈三娘痛揍段景住的時候，段景住很快發現自己的待遇和另一個擂臺上的形勢是掛鉤的，馬上臨時想出了對應措施，只要一見佟媛處在被動挨打階段，立刻不管不顧對著扈三娘掄一通狗刨拳，佟媛一反擊，立刻拼命護住頭臉。

這時全場的觀眾都在看段天狼追打佟媛，其實按戰術來說這叫遊走，而且那三分的差距還在，這說明佟媛並沒有受到實質的打擊，可一般觀眾哪懂這個，他們只看見段天狼一個大男人攆著人家小姑娘不依不饒的打，這極大的激發了他們憐香惜玉的情感和英雄救美的欲望，不少一開始還對佟媛抱冷嘲熱諷態度的男人，現在臉紅脖子粗地拍著胸脯喊：「姓段的，你敢和我打嗎？」又有人喊：「是男人別打女人嘿。」

只見他臉色越來越難看，最後竟然憋成了醬紫色，這時離第一局結束只有十秒不到的時間了，段天狼突然清喝一聲，腳尖點地，整個人頭前腳後向佟媛飛去。這一招所有人都認識，全場在這一刻都屏住了呼吸。

佟媛見段天狼這麼快就使出了絕招，稍稍一愣，馬上把雙手一前一後架在面前，段天狼右拳揮出，妙到顛峰地打開了佟媛一隻手，使她前胸露出破綻，接著段天狼腰身一擰，一隻腳結實地蹬上了佟媛的鎖骨，又一腳踢上了她的前心。

佟媛被踢得急劇退向臺邊，段天狼腳一落地就助跑幾步，身子再次凌空，只不過這次是腳前頭後，人們都知道，這一腳才是致命的，很多人都不忍心看，閉上了眼睛，新月隊的女孩子們更是驚叫連聲。

就在這時，一條碩大的身影靈貓般飛上擂臺，在千鈞一髮之際抓住了段天狼的腳踝，將他提在半空，冷冷道：「對一個女孩子用不著下這樣的狠手吧？」

正是項羽。

這時佟媛已經跌下擂臺，新月的人忙把她接住，段天狼的兩腳已然給她造成了不小的傷害，佟媛咳嗽連連，裁判示意比賽終止。

扈三娘把拳擊手套摘下扔在裁判懷裡：「不打了。」說著跳下擂臺去救護佟媛。

而擂臺上的段天狼還被項羽提在手裡，這位絕世高手身材消瘦，項羽把他提在一臂之外，段天狼手刨腳蹬竭力掙扎也碰不到項羽分毫。

幾萬人的場地鴉雀無聲，包括另外半場的比賽選手也都停下往這邊瞧。

項羽看著風乾雞一樣在空中蕩來蕩去的段天狼，滿眼都是輕蔑，最後還是裁判最先回過神來，用商量的口氣跟項羽說：「那個……你把他放下吧，他是本場的冠軍。」

項羽微笑著把段天狼高高一提，向四周大聲道：「他贏了。」說罷把手裡的人隨處一扔，在漫天的笑聲中跳下擂臺。

賽場上風雲突變，這是誰也沒想到的，項羽放開段天狼之後，他的那幫剛回過神來的徒弟頓時炸了窩，有幾個蹦上擂臺去扶段天狼，更多的人怒氣沖沖地撲向項羽，新月隊的女孩子們呼啦一下把項羽圍在當中，拉起架子續勢待發，眼看一場曠世群架就要打起來了，在附近觀戰順便維護秩序的三百戰士像一把快刀一樣插進兩幫人中間。

段天狼的那些弟子們見三百人多勢眾且身手矯捷，知道架是打不成了，紛紛指著項羽和新月的人破口大罵，女孩子們也不甘示弱，依葫蘆畫瓢原樣罵回去，一時間熱鬧非凡。

觀眾們也跟著瘋狂了，他們揮舞著拳頭和上衣，厲聲高吼。到場的觀眾都大呼過癮，覺得不虛此行，這就像看球賽，射門固然讓人激動，但要能看到裸奔的女球迷那才真正賺到了，屬於意外之喜。

這時段天狼慢慢站起，使勁推開想要扶住自己的兩個徒弟，指著臺下亂哄哄的場面沉聲道：「讓他們都給我滾回來。」兩個徒弟急忙去把己方的人勸說回來。

段天狼茫然地往四面看了看，好像不知身在何處，過了好半天才看見臺上的裁判，他神情空洞地問：「我贏了？」裁判小心翼翼地點點頭。

「可以走了嗎？」

「……簽個字就可以了。」

段天狼拿過裁判的紙筆簽上自己的名字，又往四下看了看，這時所有人都安靜下來注視著他，誰也不知道他下一步會做什麼，很顯然他肯定是受了很大的刺激，像他這樣孤傲的高手，在萬眾矚目下丟了這麼大的醜，很多人都認為他接下來一定會有報復的行動，就連張清也在手裡扣了一枚石子預備著。

段天狼簽完字，四下裡抱了抱拳，又朝臺下的佟媛抱抱拳，然後招手帶上自己的弟子，居然就此平靜退場。不過誰都能看出他的腳步有些踉蹌，在他的心裡，一定掀起了巨大的波瀾。

我認為項羽做得並不算過分，那一腳要是蹬上，輕則十天半個月，重則一年半載都不能恢復，不過是場比賽而已，何必下這樣的毒手？

這邊，佟媛已經緩過精神，她感激地對項羽說：「項大哥，謝謝了。」項羽對外宣稱自己叫項宇。

一個苗條的身影出現在項羽身邊，手有意無意地放在項羽腰畔，輕聲笑道：「英雄救美喲。」淡淡的醋意卻是人人都能感覺得到。

項羽一怔，皺眉對張冰說：「難道我做錯了嗎？」

張冰笑了笑說：「我只是開個玩笑嘛。」

佟媛先是抱歉地看了張冰一眼，然後轉過頭去，看著一直在自己身邊護持自己的扈三娘，笑道：「姐姐，可惜我不能和你在擂臺上相見了。」

扈三娘揮揮手：「現在說這些幹嘛，養傷要緊。」

佟媛一個漂亮的鯉魚翻身站起說：「我沒事了，倒是你的比賽……」

扈三娘一拍禿頭，再看自己那邊的擂臺，裁判都沒了，段景住湊過來說：「裁判說咱們的比賽算你棄權，我連名都簽了。」

佟媛抱歉地摟住扈三娘的腰說：「姐，有空我陪你好好打一次。」

扈三娘一腳把段景住踢開，親熱地拍拍佟媛的肩膀：「等的就是你這句話。」兩人相視一笑，我卻暴寒了一下，此情此景怎能不讓人想起電影裡東方不敗和她（他）的小姘？

項羽現在已經成為人們注目的對象，他並沒有半分的不自在，和張冰慢慢離開大家的視野，現在他終於又成了英雄，唯一遺憾的是他身邊的虞姬好像有點小心眼。

還有一件事我得操心，那就是如果別人問起我來我該怎麼說，我很難解釋一個包子鋪老闆為什麼能有如此強悍的身手……

和育才的團體賽我想了很久該怎麼打，話說人爭閒氣一場空，小平頭雖然說話有點欠扁，但也是為了「育才」這倆字，至於我們這個育才，好像已經有點過於引人注目了，而劉秘書那邊，我想進了團體前八也算有一個交代了。

在開賽初始，劉秘書一到有團體賽的日子就特別緊張，尤其是比賽剛完問結果，口氣那叫一個提心吊膽，可是自從進了三十二強以後，他反而不聞不問了。

據吳用的分析，劉秘書是不知道該說什麼，怕影響軍心，口氣重了怕有壓力，口氣輕了怕我們驕傲，所以索性放牛吃草，盡情發揮。不過據我分析，除此之外還有其它原因：進了三十二強以後，他就可以看電視直播得知結果了。

我猜老劉心裡早就樂開了花了，本來一個建在荒郊野地，龍門客棧似的學校能在高手如雲的比賽裡闖進前八還想怎麼樣?!他當初支持我們，未必不是抱著死馬當活馬醫的心態，現在死馬變黑馬，夠意思了。

所以要不要進前四，我一直從昨晚上想到今天早上，到開始穿護具馬上要上場了我還在想，結論是對方如果真的很強，我們還是按原計劃就此收手，畢竟現代人練功不易，為了一句意氣之爭就斷送人家幾十年的辛苦有點不厚道……

我剛胡思亂想完，打算把我的決定告訴林沖他們，忽然有人拍我肩膀，回頭一看吃了一驚，是組委會主席！

我不知道這老頭為什麼會出現在我們棚子裡，只能小心地陪著笑，老頭笑咪咪地看了看棚子裡的好漢們，對我說：「跟我去一趟吧。」

我愈加不知道他要幹什麼，只好期期艾艾地說：「我這還有比賽呢……」

沒想到這老傢伙很乾脆地說：「反正也用不著你，跟我走吧。」

「您身為組委會主席和評委，這麼說是不是對我們的對手有失公允?」

主席笑著拍了我一把：「少廢話，就說我特批的，你們可以只用四個人比賽。」

我覺察出來了，他這一掌不輕不重暗含警告。我只好苦著臉把剛穿上的防護服扒在地下，說：「那走吧。」

林沖道：「小……蕭領隊，我們的比賽怎麼打?」

他的意思我明白，就是問該輸還是該贏，隨著比賽到了尾聲，好漢們也迫不及待起來，絲毫不用懷疑，如果今天結束比賽，他們明天就會一起出現在開往梁山的地鐵上。

問題是我該怎麼說，當著主席的面說「能輸就輸吧」還是說「該贏就贏吧」？我只能很隱晦地說：「還是按原計劃。」

林沖點頭：「明白了。」

主席臨走還不忘跟好漢們打了招呼，可是一出門，他的臉就變了，背著手在前面一聲不吭地帶路，我只能忐忑地跟在他後面。

我們揀小徑又來到上次和一幫掌門人見面的屋子裡，其他四個評委都已經去觀賽了，只有一個年輕人在打掃衛生。

主席習慣性地端起他的玻璃茶杯，回過頭對我笑了笑，說：「坐吧蕭領隊，找你來就是閒聊，不要想太多。」

外面還有我的比賽，他身為組委會主席把我叫來就為了閒聊？這我可不信，靜等他後文。

主席見我表情嚴肅，笑道：「是真的，昨天我是一夜沒睡好啊，其實就是有點好奇。」

我在沙發上擰著屁股說：「您說的是？」

主席端杯凝視窗外，正好有一隊三百戰士遠遠地走過去，他指了指說：「這些學生都是你手把手教出來的？」

「呃……不是，其實他們是我在一個偏僻的村子裡找到的，見他們身體壯實，就免費招過來了。」

「哦，我就說麼，這些孩子不可能是一個人教出來的，昨天我才發現他們之中不少人跟人交手用的都是古拳法，個別招式在現在只有殘缺記載。」

「嘿嘿，是吧？可能都是祖傳的吧。」我打馬虎眼搪塞說。

果然，主席點點頭，又問：「團體賽上，你的那四位隊員都是咱們本地人嗎？」

「……山東的。」

「山東的武術名家我也知道一些，可這四位我還是第一次見。」

「……是我從另一個偏僻的小村子裡找到的。」

「這麼說，這四人和你那些學生們還不是一個地方的人？」主席呵呵笑了起來：「蕭領隊遊歷很廣啊。」

「是呀是呀，咱們中華民族可是有五千年的文明啊。」我驢頭不對馬嘴地說，與此同時，我突然產生了一種非常不好的預感……

主席見我眼珠骨碌骨碌轉，拿起一隻玻璃杯給我接了一杯水遞到我手上，一邊說：「你說的這種事情我也遇見過，中國地大物博，所謂世外高人肯定也有不少。」

我急忙點頭：「哎，您是明白人。」

主席看著我端杯的手突然說：「蕭領隊果然是好功夫呀。」

我「啊」的一聲扔掉杯子，才發覺手裡的水杯像烙鐵一樣燙，我吹著手上的水泡，一個勁地蹦高。這老傢伙故意拿了一杯熱水試探我。

主席笑道：「我還以為蕭領隊練過鐵砂掌，想不到是比鐵砂掌更高一層的神遊物外，苦悲大師要在，肯定得讚不絕口了。」

我看不出老傢伙是說真的還是嘲笑我，那個打掃衛生的工作人員過來把玻璃渣子掃走，他直起腰看著外邊說：「蕭領隊，你們育才已經贏了兩局了。」

我悚然一驚：「他們怎麼又贏，不是說好……」主席看了我一眼，我忙改口，「這群傢伙，不等我就開打了——那個，您要沒什麼別的事，我就先走了。」

主席衝我擺擺手：「不急不急，你現在去也晚了，不如我們好好聊聊。對了蕭領隊，對昨天段天狼那場比賽上突然出現的大個子，你是怎麼看的？」

我故作好奇說：「那人不是新月那個領隊的朋友嗎？」

「是啊，可是據佟媛說，他還是你介紹給她認識的。」

「呃……」我尷尬地說：「是這樣啊？我都快把這事忘了。」我已經有點亂了方寸了。

「還有，這位叫項宇的小老弟好像不是咱們行子裡的人，聽說他開了一間包子鋪？」

來了，來了！包子鋪老闆為什麼能痛毆「打遍華北（天下）無敵手」這個放到中科院都未必能解決的問題終於被提了出來，我邊擦汗邊想著說詞。

問題是我要告訴主席包子鋪老闆是楚霸王項羽，他肯定得跟我翻臉，我偷瞄了一眼主席，見他正目光灼灼地盯著我，好像發現了什麼苗頭。我突然很想知道關於這個問題他想知道什麼，就假借看時間，對老頭用了一個讀心術，手機上的顯示只有幾個字：他們真的很熟？

我一下就豁然開朗了：項羽雖然算我半個祖宗，別人又不知道。於是——

「其實我跟他也不是很熟。」

老頭立時傻了，看著我張口結舌，說不出半句來。

我趁機站起，往門口邊移步邊說還有比賽馬上得走什麼的，主席這次沒有特別阻攔，跟我說：「關於這次談話，蕭領隊別多心，凡是進了八強的隊伍都有這麼一次例行調查。」

我立刻站住腳步，問：「凡是進了前八的團體都有可能得到國家的贊助辦學嗎？」我領著好漢們打了這麼久，有好處當然還是能撈點就撈點。

主席沉吟了半天沒說話，一邊的那個工作人員替他回答說：「恐怕不行，事實上，這次比賽的團體第一才會得到補助，連第二名都只是觀察對象。」

主席說：「總之你加油吧，已經有人注意你們很久了。」

那個工作人員直起腰笑道：「蕭領隊的育才早就是焦點了。」

他的這最後一句話說得我出了一身冷汗：我現在最怕的就是成為焦點，而且這席談話我總覺得古古怪怪，像是被一雙明察秋毫的眼睛從背後死死盯住，甩也甩不開，跑也跑不了。我繃著臉從主席的屋裡退出來，然後撒腿就跑！

「不能再贏了！」這就是在我腦海裡反覆出現的幾個字，看看吧，操場上巡邏的是我們育才的學生，賽場上打四分之一決賽的是我們育才的隊伍，整個大會最搶眼的旗幟是我們的向日葵校旗，不知不覺中我們早就成了焦點，再這樣下去太危險了！

我氣喘吁吁地跑到比賽場，一把抓住林沖說：「幾比幾了？」

「二比○咱們領先。」

我看了一眼臺上的時遷說：「還能輸嗎？」

張清插口道：「恐怕晚了。」說著指了指記分牌，我一看，第三局第三場還剩不到半分鐘的時間，時遷十二比零領先對手……

我跺著腳說：「不是讓你們按原計劃來嗎，怎麼又贏了？」

張清說：「是按原計劃呀，抽籤那天你不是氣得又叫又跳的，說一局也不能讓他們贏嗎？」

我抓著頭髮說：「我說的是只要他們還行，咱們就趁機放水……」

楊志酷酷地說：「可問題是他們不行！」

張清點頭道：「其實還有一個辦法能輸。」

我一把拉住他：「快說！」

「我現在做手勢讓時遷假裝掉下擂臺放棄比賽，然後就剩下林沖哥哥和你，林哥哥放水輸掉比賽那是沒問題，至於你那就更沒問題了，完全不用裝，就是不知道你能不能經得起十分鐘的揍。」

我咳嗽了一聲，說：「這場贏就贏了，咱們還是下不為例吧。」

這時比賽結束，我們以三比零大勝。雙方領隊行禮的時候，對方出來的是一個陌生的大個兒，我眼睛往他們隊伍裡一掃，小平頭很自覺地越眾而出，原來他不是隊員，身分類似於教導主任，就跟我一樣，只不過人們都叫他「經理」。

這位王經理低眉臊眼地說：「願賭服輸，我們這就回去改名去，等拍了照，把相片給你寄到學校。」把我逗得撲哧一樂，拍拍他肩膀說：「別當真，咱育才也屬於百年老校了，多不容易，我們應該團結一致沆瀣一氣把它的牌子打得更響亮，天下育才是一家，讓我們停止互相傾軋吧！」

小王一拍我肩膀：「到了北京招呼一聲，咱到一醉方休。」

按規定，比賽全部結束後新產生的四強到主席臺抽籤，其他三強分別是紅日武校，天狼武館還有一家遠在雲南的武校，至此，我們育才的原定任務已經圓滿完成，後面不管抽到誰已經不重要了，因為我去意已決。

不過我還是希望對手最好是紅日，或者是另一家也行，對段天狼這個人，我和好漢們都沒什麼好感，既然打定主意要放水，當然都想把這個機會讓給朋友。

結果等抽完籤我還沒打開看，紅日的那位鄉農已經和雲南隊的代表握了手。我手裡抓著紙條還在準備打開時，段天狼已經來到我身後，這小子好像已經完全恢復了原來的模樣，似笑非笑地跟我說：「不用看了，咱們下場見。」

我捏著那張紙條往回走，一路上人們都對我指指點點，有的人衝我大聲喊：「哥們，下場上吧！」還有不少人拿著喇叭和汽笛朝我直吹，其中包括不少女孩子。

「我也是有女粉絲的人了。」我有點飄飄然地想。

一點不誇張地說，我現在身揣兩百塊錢就能走遍大江南北吃香喝辣的，只要不跟人動手就能活著回來，而且身上的錢只會多不會少。

好在包子對我的新身分毫無概念，自從武林大會產生三十二強以後，本市地方臺就暫停了原來的節目，對比賽進行全程轉播，連「有我育才強」的廣告都得插播三次，包子對此很不滿，她每次一轉過來看見螢幕上是紛紛擾擾的體育賽事就立馬換臺，一邊抱怨道：「這破大會還沒完呀？」

有時候我也偶爾跟她說一聲，說我們育才進十六進前八了，包子「哦」一聲就完了，我估計就是因為她聽說連我們這樣的都進前八了，所以才不看的。

包子是一個馬虎的女人，馬虎到就算我當了美國總統，只要不跟她說一聲她也察覺不到的程度。

我回到棚子裡，張清和董平一起圍過來問：「誰呀？」在他們身後，連盧俊義和吳用他們也都豎起耳朵聽著，比賽到了這個程度，好漢們都特別關心起來。

我指了指段天狼他們的席子，張清搓著手說：「這回終於有對手了，咱們好好跟他們幹一場。」

我面色凝重地走到最前面，拍了拍桌子說：「趁大家都在，開個小會，就一句話：咱不能再贏了！」好漢們雖然都心裡有數，但我把話一說出來，還是都沉默了。

「董平哥哥，狗哥，你們倆的單人賽咱們也不能再往前了，明天能輸都輸了吧。」

董平說：「明天我還得贏一場，我對手是老虎。」

我納悶道：「老虎也進十六強了？」

董平笑著說：「你不知道，這小子功夫還是挺硬的。」

我說：「那得贏，他對咱知根知底的，要輸給他說不過去。」

段景住喊道：「小強，你就讓我好好打下去吧，反正我也拿不了第一。」

我見他滿臉淤青，知道他能有今天完全是拼出來的，要他主動放棄他肯定是捨不得，於是跟他說：「那你看著辦吧。」

在賓館的餐廳裡，我碰到了老虎，這小子樂呵呵的，我問他高興什麼呢，他說：「你不知道吧，我明天的對手是董大哥。」

我奇道：「他答應你放水啦？」

老虎橫了我一眼說：「我知道董大哥看不上我，他可以不收我這個徒弟，但他明天必須得好好跟我打一場了。」

我翻個白眼說：「我看是好好揍你一頓。」

老虎絲毫不以為意：「跟你說你也不懂。對了，打團體賽的時候你老跟著，算怎麼回事啊？」

「什麼怎麼回事，我領隊啊。」

「就你？還領隊？來咱哥倆先過幾招！」

我嚇得一下跳出兩丈開外，老虎一看就樂了：「喲，還真練過？」

……

回到房間，我一晚上都在唉聲嘆氣，包子從浴室裡探出頭來說：「我說你這是怎麼了，像丟了錢包似的？」

「……比丟了錢包還讓人揪心。」

包子一邊繼續刷牙一邊支吾說：「叔叔（說說）怎麼混（回）事？」

我點了根菸：「沒法說，也說不清。」

包子吐掉牙膏沫子：「那你打比方。」

「……那我就打比方，比如說你，項包子，一個月掙八百塊錢，卻看中了一條一千塊錢的裙子，你該怎麼辦？」

「要實在喜歡的，不行就跟別人借兩百唄。」

嗯，這確實是包子的風格，這樣的事她不是沒幹過，看來這個比方還不算貼切，於是我說：「那那條裙子要是八千塊呢？」

包子說：「放屁，哪有那麼貴的裙子？」

嗯，這也是包子的風格，八千塊的裙子多的是，不過她可以假裝沒看見過。

我拍著腿叫道：「簡單說，就是一個別人都知道他每月只能掙八百塊的人看中了一件八千塊的東西，可他其實有八萬，現在的問題就是：這個人明明有錢卻不敢去買自己喜歡的東西，心裡憋屈呀。」

包子見我有點小激動，納悶道：「說什麼呢，一句都聽不懂，跟你有關係嗎？」

事實上我確實有點鬱悶了，打了這麼久比賽就這麼突然要結束了，而且還一點好處也得不到，這麼長時間就算臉盆裡練憋氣還增長肺活量呢！

第二天我一睜眼，就通過搖曳的窗簾後面透出來的光判斷出時間可能不早了，果然，一看錶快九點了，這次我沒有急，從容不迫地刷牙洗臉，又換了一身衣服，心裡忽然感到一陣輕鬆，或許早點結束也好，至少不用每天這麼抓心撓肝的，把該走的都送走，我也該忙我結婚的事了。而且除了項羽，五人組我也很少見到了，劉邦和黑寡婦雙宿雙飛，二傻和胖子也不知道在忙什麼，李師師有時候會去會場看一眼，穿得上班族似的，也不知傍沒傍上二流導演什麼的。

我到了會場，一眼就看見好漢們圍住一個擂臺在觀戰，臺上，董平正在大戰老虎——或者說在痛揍老虎，可以看出老虎的眼角和鼻梁都已經做過了處理，傷痕明顯，我不知道比賽進行了多長時間，總之他的腳步已經凌亂，所能做的就是兇狠地衝上來，然後被董平輕描淡寫地踢倒在地，或者一閃身就自己撲在地上。

我來到好漢們中間，失笑道：「這人還真是不怕揍，第幾局了？」

林沖密切地關注著臺上的情勢，說：「第二局了。」我這才發現好漢們的表情都很肅穆，他們一言不發地盯著臺上的老虎，我悄悄拍了拍朱貴，問：「出什麼事了？」

朱貴敬佩地說：「老虎真是條硬漢，明知道不行，還是一直在進攻。」

這時第二局結束，裁判拉住腳步踉蹌的老虎低聲問訊了半天，這才勉強同意讓他繼續比賽。

董平下臺後擦著汗對我說：「小強，你去勸勸老虎，讓他別再打了。」

我聳聳肩膀說：「誰讓你一直不搭理人家，他覺得能有個機會讓你揍他也很難得。」

董平有點發怔說：「我有嗎？」

說是這麼說，我還是繞到老虎身邊，平時氣宇軒昂的一條漢子，現在已經是奄奄一息，從鼻腔裡不斷有細微的血線流下來。董平也真是不厚道，下手這麼狠！

我來到他近前，用開玩笑的口氣說：「虎哥，咱不打了行不？你要喜歡這調調，我給你找倆豹皮女拿鞭子抽，比這個爽。」

老虎的胸腔劇烈地起伏著，他的眼神已經有點渙散，艱難地笑著說：「他終於把我當對手了……」

後來我也明白董平的無奈了，第三局一開始，緩過力氣來的老虎又開始不要命一樣發起衝鋒，只要不把他撂倒，他就連滾帶爬地糾纏你，在這種情況下，只有用重拳把他擂在地上才能讓他有片刻安寧。

但老虎好像也明白他時間不多了，每一次倒地之後就立刻爬起來，我們就只能看著董平無奈地一次又一次把他打倒，打到最後，董平都快哭了。

就在董平馬上要崩潰的時候，比賽結束的哨聲終於響了，老虎身子一軟就要倒下去，董平一把把他夾起來，問道：「你還想拜我為師嗎？」

老虎羞澀地笑了一下，牽動了傷口，疼得一個激靈，虛弱地說：「我……行嗎？」

董平一把抱住他：「你這徒弟，我收定了！」

臺下，盧俊義指著老虎很不平靜地說：「這人跟小強一樣，武藝雖然稀鬆了點，但是可以當兄弟。」

這天傍晚，在賓館的會議室我又一次召開了梁山全體會議，這次會議主要有兩個特點，一是完整性，為此我緊急召回了幫我裝房子的李雲，和拽住了準備和佟媛前去搶購打折商品的扈三娘，使得本次會議第一出現應到五十四人實到五十四人的壯觀場面。

二是單純性，包括特別叮囑賓館工作人員不得隨意進入會場，打發掉了佟媛和跟在董平身後的老虎，連平時和好漢們玩笑慣了的倪思雨也被我擋在了門外。會議室裡唯一的外人，就是捧著一本《水煮三國》傻笑的李白。

好漢們似乎也知道我有重大事情宣布，而且這件事情還很沉重，所以他們一個個顯得神色凝重。

段景住在白天的比賽裡，腿被對手踢腫了，他把褲腿剪開，用不知從哪揀的紙片子扇著，會場上一股紅花油的味道。

我把一隻手按在主席臺的桌子上，咳嗽了一聲，開門見山說：「哥哥們，比賽到了今天，就算走到頭了。」

我頓了頓，想看看他們的反應，平時我說一句話，他們能說幾百句，光維持秩序就得半個小時，可奇怪的是，今天他們個個都很安靜，尤其我說完這句話以後，有的人還低下了頭，好像頗為黯然神傷。

我原以為他們對輸贏根本不在乎，只想早早敷衍完我去玩呢。可想想也難怪，半個多月的時間怎麼說都不算短，好漢們每天泡在體育場裡，這看看那望望，替這個喝彩為那個惋惜，晚上一回來總能聽到自己人勝利的消息，這些日子裡他們充滿了戰鬥豪情，不知不覺的早已沉浸其中，所以土匪們一時有點適應不過來，都茫然若失的。

我看了看他們，只好繼續說好消息：「錢我已經給你們準備好了，明天上午的比賽一完，你們下午就能動身，至於咱們的單賽……」

董平插口道：「團賽都不打了還打什麼單賽，我棄權。」

我點點頭，又看向段景住，段景住扇著傷腿說：「我打不打都一樣，我下場的對手是段天狼。」他此言一出，人們紛紛回頭張望，氣氛更加沉默。

李逵終於暴跳起來：「段天狼有什麼了不起的，你們這麼怕他？」

張清猛地站起身指著李逵鼻子罵道：「鐵牛你給我坐下，咱們輸他是因為這個嗎？」

張清雖然武藝高強，可平時一貫是調笑的性子，李逵從沒見他發過這麼大的脾氣，只得悻悻坐下。

張清盯著我的眼睛說：「小強，我們能不能再贏一場，就一場，輸給段天狼我實在不服！」

好漢們一齊望向我，我怎麼也沒想到會出現這樣的局面，其實明天的對手要是任何一支隊伍，輸也就輸了，可偏偏是橫行無忌的段天狼，看得出好漢們都憋著氣呢，輸給這樣的人，別說他們，就連我也感到窩囊。

我囁嚅道：「可問題是……問題是……」

李白忽然合上書，悠悠地道：「你想讓他們帶著一顆失敗的心回家嗎？」把我氣得直想抽他，這詩仙自從來了除了添亂，是一點忙也沒幫上。

這時盧俊義終於說話了：「大家就別再為難小強了，我們本來就陪不了他多久，再加上你們想回梁山，剩下他一個人怎麼辦？」

會場再次陷入沉默……

林沖站起身，緩緩道：「明天把我排在第一個吧，事情早了早歇心，好過受煎熬。」他衝人們一抱拳，「各位兄弟，失禮了。」說完走出了會議室。

接下來是董平，他一把抱住我，拍了拍我的後背，沉聲道：「兄弟，我們這一走就不回來了，你好好保重，真希望能後會有期。」

我愕然道：「那老虎怎麼辦？」

董平為難地愣了一下，澀聲說：「代我向他道個歉，就說徒弟不算，他這個兄弟我認了。」說完他也離開了會場。

張順和阮小二阮小五來到我跟前，還沒等他們說什麼，我大聲道：「你們走了，那倪思雨不得和我要人？」

張順尷尬地笑笑，說：「本事我們全教給她了，以後什麼樣就全靠她自己了，再說，她不是有大哥哥了嗎？」

我乾笑兩聲：「也是——」

他們三個忽然把我合抱住，大聲說：「兄弟，我們也捨不得你。」

這三條漢子向來沒個正形，這是我第一次見他們感情流露，阮小五把腦袋擱在我肩膀上不讓我看到他的眼睛，等我把他扳過來的時候，他卻指著段景住罵道：「上的什麼藥，嗆得老子眼睛直難受。」

段景住抱著腿大哭道：「最難受的是老子，最難受的是老子！」

好漢們一一來與我作別，眼睛都紅得像兔子一樣，卻還要說些豪氣干雲的話，弄得我心裡更加難受，我知道這一別將遙遙無期，確實是永遠見不上了。

朱貴和杜興來跟我道別的時候，朱貴有點不好意思地說：「小強，這段時間我結識了不少朋友，他們只要在酒吧提我名字一向是打八折的，你繼續關照著，別讓人家以為我老朱人走茶就涼……」

我笑道：「以後凡是提你名字的，一律免費。」

杜興拉著我的手說：「五星杜松酒的配方就在我住的地方的枕頭下壓著，做酒那個地方的牆底下，我埋了幾罈子極品，你別忘了。」

我問他：「以後你們喝酒怎麼辦？」

杜興強笑道：「兄弟們在一起，喝白水也是香的，再說，除了『逆時光』，我們也不想在別的地方喝五星杜松了。」

我見現場氣氛充滿了離別的憂傷，於是朗聲道：「哥哥們，咱們青山不改綠水長流，日後江湖相見，自當……」

扈三娘哈地一下跳過來，把我的腦袋夾在她胳肢窩裡，一邊擰著我頭皮一邊叫道：「我讓你說我讓你說。」

我掙開她，委屈道：「每次都不讓人說完——」

扈三娘摸著光頭說：「好好對包子。」

戴宗插嘴說：「我沒事就會回來看你的。」

我說：「戴哥哥要不趕時間，還是坐飛機吧，一趟費好幾雙愛迪達，比買機票貴多了。」

最後安道全賊兮兮地把一張秘方塞到我手裡，我納悶道：「這是什麼？」

安道全左右看看，神秘地說：「你不是快結婚了嗎？」說著嘿嘿淫笑數聲，我立刻心領神會，把紙條揣進袖口，得此寶物這才悲戚稍減。

當我把存有一百萬的卡交給盧俊義後，他親切地拍拍我肩膀說：「小強啊，經過我和吳軍師研究，決定正式吸納你做我們梁山第一百零九個兄弟。」

「這合適嗎？」

「沒什麼不合適的，兄弟們也都同意。」

「等等！三十六天罡星七十二地煞星，那我算什麼？」

「你是介乎兩者之間的。」

我嘆了口氣：「得，我還是天煞孤星。」

……

回到房間以後，我還沒換鞋包子就問我：「強子，你怎麼了？」

我很納悶：「什麼怎麼了？」

「你的臉色比第一次去完我們家還難看。」

我邊照鏡子邊說：「有嗎？」鏡子裡的那個人眼睛有點紅紅的，眉頭不甘地擰成了一個八字。

包子忽然問：「你們育才是不是進四強了？」

「你怎麼知道？」

「我們經理今天跟我們閒聊說的，聽他說這次比賽的規模可不小呀。」

我說：「嗯。」

「那你們是怎麼弄的？」

我橫眉冷對地說：「什麼怎麼弄的，我們靠的是實力。」

包子一撇嘴：「狗屁，哎，我還聽說第一名有五十萬吶？」

我說：「嗯。」

「那你們萬一得了第一，這五十萬有你的份沒？」

我拍著桌子喊叫道：「你能不能不要他媽的問了，煩死了！」

包子今天格外好脾氣地站在我身後幫我捏著背，調侃說：「呀，我男人也有壓力了。」

我沒好氣地說：「老子一直有壓力。」

包子在我背上抽了一巴掌：「你有個屁的壓力，你哪天不睡十二個小時？」

我：「……」

包子繼續給我捏著，說：「你們進了前四，我們張老師誇你沒？」

我回頭看了她一眼，這才想起來：「是呀，這麼長時間老張也沒來看一眼，不對吧？」

育才可是猶如他一手操辦起來的，而且在比賽之前老張特別上心著呢，我問包子：「老張家最近是不是有什麼大事啊，婚喪嫁娶？」

包子搖頭說：「沒啊，張老師就一個女兒，早就嫁人了。」

「別是老頭自己娶小吧？」我一邊壞笑著一邊拿出電話，感覺肩膀上被包子狠狠掐了一把，老張可是她最尊敬的人。

電話沒響幾聲就通了，我大聲說：「最美不過夕陽紅，新娘子漂亮嗎？」肩膀上變本加厲地疼。

「喂，你是？」對方是一個略帶疲憊的中年女人的聲音。

「喲對不起，我找張校長，跟他說我是強子。」

「哦……您就是蕭主任吧，我常聽我父親提起您。」對方說著客套話，可語氣裡透出遮掩不住的疲倦和低落。

「張校長方便說話嗎？」

「對不起，他恐怕不能接您電話。」

我把電話拿在手裡，瞪大眼睛看了看包子，這才緊張地說：「老張他還好嗎？」

老張的女兒沉默了半天，可能是在想怎麼措辭，最後還是說：「他……不算太好。」

我警惕地問：「你在哪呢？」

「中心醫院。」

「我馬上過去！」我放下電話，跟包子說了聲「快走。」就直接去拿外套。

「怎麼回事？」包子如墜雲霧。

我沒有說話，只是看了她一眼，包子看著我眼睛，像預感到了什麼一樣，她沒有再說別的，快步走向門口。

我邊穿外衣邊跑去開車，包子一言不發地跟在我身後，然後直奔醫院，一路上我不知道該說什麼，勉強說了句——「老張可能是病了。」

在醫院二樓的觀察室門口，我們找到了老張的女兒，這是一個樸素的中年婦女，聽包子說好像也是一個小學老師。包子不由分說就往觀察室裡闖，被一個小護士兩句話罵了出來，包子只好換上另一副面孔苦苦哀求。

我走到老張女兒跟前，低聲問：「張姐，什麼狀況？」

「……明天的手術。」張姐手裡捏著一張皺巴巴的紙巾，用不了幾秒就要擦擦通紅的鼻子，看得出這些日子她沒少哭，已經沒有多少眼淚可流，只剩下抽噎，而且神情雖然悲傷，但還能保持平靜。

我小心翼翼地問：「明天的手術，那是？」

張姐轉過身去，肩膀抽搐了幾下，終於說了兩個字：「肺癌。」

「肺癌！」這兩個字使我想起了「好人不長命，禍害活千年」這句話來。

老張絕對是個好人，雖然他老給我出難題，動不動就板起臉來訓我，可我一點也不恨他，老張像隻老母雞，雖然平時咭咭咯咯的，但一有風吹草動，他從來都是毫不猶豫地把小雞崽們護在羽翼下，他一輩子都在做這樣的事情。

包子還在跟小護士軟磨硬泡，小護士義正詞嚴地說：「病人明天動那麼大的手術需要休息，你知道麼？」

這時主治醫生從病房裡探出頭問：「誰是小強？」顯然我們弄出來的動靜已經驚動了裡面的人。

我忙說：「我我我。」

醫生說：「患者提出要見你，不過時間不要太久。」

張姐跟著我一起往裡走，被醫生攔了下來：「患者特別吩咐只見小強一個人，你留在外邊。」

包子裝做一副心安理得的樣子想跟在我屁股後頭蒙混過關，被明察秋毫的醫生推了一把：「還有你，出去！」

我對包子說：「你去給張姐買點喝的吧。」

包子眼睛一紅，衝病房裡喊：「張老師，我是小項，你好好保重。」

醫生揮手把她趕走，順便從外面關上了門。

我看到了床上的張校長，我從來沒想到過一個人能在短短半個月瘦那麼多，老張現在像一個嚴重縮水的玩具。

他斜靠著，頭髮稀疏得像懶漢種的地壟一樣，可還是笑咪咪地望著我，拍了拍床邊說：「坐。」

我坐到他近前，老張用一貫像老子對兒子的霸道語氣問：「進前八了？」

我奇道：「你還有空看電視？」

「醫生不怎麼讓看，每天都是讓閨女問個結果然後告訴我。」

我拿起一個蘋果低頭削著，小聲說：「你怎麼也不告訴我一聲呢？」

老張笑了笑說：「一開始本來是隨時等著你們給我報喪呢，誰知道你們越走越前，再想告訴你們又怕你們分心，本來又不是什麼好事。」

「……其實咱們已經進了四強了。」

老張眼睛一亮：「劉秘書怎麼說，能給咱起幾棟樓嗎？」

「他說要是進了前三，他會向市裡申請一批經費。」

老張點點頭說：「下場比賽準備得怎麼樣了？」

我心虛地說：「……不怎麼樣，對手很強。」

老張呵呵笑說：「不要有壓力，其實我聽到你們進了八強，比知道我得了肺癌晚期還震驚。」

這回反而是我吃了一驚：「你都知道了？」

老張依舊笑笑說：「我又不怕死，再說身體是自己的，別人怎麼能騙得了我？」

我把削好的蘋果遞給他，他說：「我現在不能吃東西。」

「那你不早說！」我把蘋果塞在自己嘴裡啃著，問他：「把我叫來什麼事？包子也特想見見你。」我發現跟一個得了絕症的人對話原來也不是那麼沉重。

老張忽然沉默起來，半天才說：「其實我就是想跟你道個歉。」

「道歉？」我納悶地說。

「知道我為什麼幫你嗎？」

「……包子難道是你私生女？」

老張滿臉黑線說：「你跟一個快死的人說話能不能嚴肅點？」

我一拍頭頂：「我混蛋。」

老張笑道：「我早知道你是個混蛋。」

「就因為這個你才幫我的？」

老張正色道：「可我還知道你是一個心地還不錯的混蛋——其實一開始我幫你很簡單，就因為你要蓋的是學校，這總比建高爾夫球場好；後來你說招生全是免費的，我才下決心幫你，雖然我到現在也不知道你到底想幹什麼，但小顏跟我說了，你對那些孩子是真的不錯。」

我說：「顏景生？」

老張點點頭：「他說你雖然不經常去學校，還招了一幫閒漢當老師，但他能感覺到你的心是熱的，而且你真的沒收任何人學費。」

我撇嘴：「他們也得有錢呀。」

「這時候正好要辦武林大會，我想你們閒著也是閒著，就抱著死馬當活馬醫的想法給你們報了名。」

我嘆了口氣：「一點驚喜也沒有，都被我猜到了。」

「我知道這是一個契機，還知道一點內幕，國家要興建武術培訓基地，於是我的心也就跟著動了。」

我奇道：「你心動什麼？」

「小強，還記得上次我跟你說的話嗎，我想跟你借間教室，把爻村附近的孩子召集起來辦一個學習班。」

「記得，借什麼借呀，你是我們的校長，等你出了院，教學樓宿舍樓你隨便用。」

老張搖了搖頭：「這就是我為什麼要跟你道歉的原因了，我一直惦念的只有那些孩子，我只想著你們能通過這次比賽，從上頭賺到一塊磚一片瓦的便宜也好，從沒想過比武是會受傷的，是會丟人現眼的，我心裡有愧呀。」

我擦著汗說：「看來我們這些人真是沒給你留下什麼好印象，其實咱們的人受傷的很少，就出過一次危險，有個傢伙差點被雞蛋憋死。」

老張仍舊自責地說：「我是一個自私的人。」

我壓制住心裡的波瀾，故意插科打諢說：「就是就是，要人人都像你這麼自私，我們怎麼活呀？」我假裝不在意地問：「我不是給那些村子每村十萬塊了嗎？」

老張苦笑：「這錢又不是官方撥款，到了那些土皇帝手裡還能有好？有心的把這錢全給村民修葺房子了，差一點的，拿著這錢做活動經費跑關係，想從上面要更多的賑災款，混蛋一點的直接裝自己腰包了。」

我安慰他說：「你也別心急，我把教學樓全借給你，不就一個村的孩子麼，我食宿全包了。」

老張激動地直了直身子說：「沒有公家的支持，你能管到什麼時候，交村以外的孩子你管得了嗎？」

我目瞪口呆地說：「老張，你心夠大的呀！」

老張的臉色又灰暗下去，慢慢說：「其實就算你這次進了前三，我沒有病，照樣解決不了什麼問題，但至少能幫助一小部分孩子，他們還小……」

我還以為他能說出什麼慷慨激昂的話來，結果老張只是無力地說了一句，「而我是他們的校長。」

我也隨之黯然，養著三百那是沒辦法的事，要再讓我養一大幫孩子，還得給他們找老師，還得負責他們的安全，不管是從精力上還是經濟上我都力不從心，把一百萬給了好漢們，我已經窮得跟以前掙一千二時沒什麼兩樣了，所不同的是以前一個月掙一千二是我一個人花，現在一天掙一萬二有好幾百人幫我花。

老張揭過這個話題，換了一副表情說：「說說你的事吧，怎麼混進八強的？」

我糾正他：「四強！」

老張理了理稀疏的頭髮，說：「那你告訴我這是怎麼回事，我聽說裡面有不少強隊，我也看過幾場別人的比賽，絕對都是手下有真章的，你就是靠著幾個野路子披荊斬棘的？」

我低頭啃著蘋果，不知道該怎麼說了。老張和主席不一樣，我不想騙他，更騙不了他，他掌握的情況可不少。

老張不等我說話又道：「我在死前總算還幹了一件好事，明天的比賽你一旦贏了，對學校也有好處。」

我悶聲說：「明天的比賽我們不能贏。」

「為什麼？」老張教了一輩子國文，當然明白「不能贏」和「贏不了」之間的差別。

我又低下了頭。

老張好像一下看到了問題的關鍵，他問：「幫你比賽的到底是些什麼人？」

「……」

「有什麼不能說的？」老張的話裡調侃味很重，意思很明白：對一個馬上要死的人還有什麼可保密的？

我為難地道：「不說你不高興，說了怕你受不了，連明天的麻藥都省了。」

「那就省了吧！」

我穩了穩心神才說：「你知道梁山一百零八條好漢吧……」

……

十分鐘後，老張傻傻地瞪著我。我急忙擺手：「一句別信，你當我放了個屁。」

老張拿起一塊蘋果皮丟了過來，罵道：「混帳小子，你看老子快死了才告訴我。」

我詫異道：「你信了？」

「一開始我就覺得不對勁，還有那三百個學生，我還記得一個叫魏鐵柱的，說自己字鄉德，是誰——岳雲給起的？」

我點頭：「是，他們都是岳飛的親兵。」

「要不是我快死了，真的很難相信，替我問候他們，託他們給岳元帥帶好。」

我笑道：「他們也見不到岳飛。」

「那些你所謂的老師們，黑大個就是李逵吧？」

「對，他第一場就輸了，把對手揍了個半死，結果分數是零。」說著我和老張一起笑出來。

我們又聊了一會好漢們的趣事，老張問我：「就算是這樣，比賽也是可以贏的呀。」

老張想起了什麼似的一把抓住我，興奮地說：「對，是可以贏的，等育才成了國家培養的武術基地，你還可以幫幫那些孩子們，小強，拜託你了！」

我輕輕拍了拍老張瘦骨嶙峋的手：「不是這樣的，好漢們只有一年時間，包括三百岳家軍，都是一樣，而且他們都馬上要走了，贏完比賽，到時候款撥下來了，學員送過來了，我怎麼辦？」

老張呆了呆，失望之色溢於言表，他把手抽走，又過了半天才淡淡說：「你這麼做是對的。」

我感覺到了他的失望和冷淡，站起身想說幾句安慰的話，可又無從說起，老張衝我無力地揮了揮手：「你走吧，我累了。」

我走到門口，最後回頭看了一眼，老張已經平躺到了床上，瘦弱地好像經不起被子的重量似的，現在連精神也萎靡了下去。

我像木頭桿子一樣移到門外，包子跑上來問我：「張老師和你說什麼了？」

我反問她：「張姐呢？」

「我讓她回去睡會兒，明天早上再來。」

我一屁股坐在走廊裡的長凳上，抱著頭不說話，包子小心翼翼地坐在我身邊，輕聲問：「怎麼了？」

我猛地扭臉問她：「我是混蛋嗎？」

包子毫不猶豫地說：「是啊。」

我繼續抱頭。

「不過你有時候混蛋得挺酷的。」

不愧是老張教出來的學生……

後半夜的時候，包子靠在我肩膀上睡著了，我目光灼灼地盯著對面的牆看了一夜，腦子裡一團亂麻。等到了天微微亮的時候，我的整個眼球以及眼瞼都成了赤紅色，除了偶爾眨眼，我一動也沒動。我一直在堅定著一個想法：我這麼做沒錯，真的沒錯，絕對沒錯，我想老張也一定能理解我的處境……

包子一睜眼被我嚇了一大跳，她輕喊道：「你幹什麼呢？」我倒頭便睡。

不知過了多長時間，我被一陣嘈雜聲弄醒，抬頭一看，張姐已經來了，正在幫著一群醫生護士往外推老張，包子在後面緊張地瞭望。

為了保持最佳狀態，老張已經戴上了氧氣罩，他的眼睛骨碌碌轉著，顯然是在找人，當他看見我的時候終於不再搜尋，就那麼定定地看著我，瞳孔一閃一閃的好像有什麼話對我說，我急忙掏出手機對他按著，他想說的只有兩個字：孩子……

我再也忍不住了，暴跳起來，衝老張喊道：「交給我了，我們不會輸！」

老張舒心地點點頭，閉上眼睛，了無牽掛地任人推走。

再看錶已經八點半了，我瘋了一樣邊抻外套邊往外面跑，包子一把拽住我：「你幹什麼去？」

「老子再酷一個給你看！」我甩開她，風一樣衝進車裡，沒用幾秒就飛馳在路上，我給朱貴打通電話，問他：「比賽開始沒有？」

朱貴說：「林沖哥哥已經輸了，現在是張清在打。」

我衝他吼道：「讓他們無論如何一定要贏！」

朱貴馬上喘了一口氣說：「我沒聽錯吧，那我們走了以後……」

我吼道：「讓那些去他媽的吧，老子現在就是要贏！」

請續看《史上第一混亂》卷四 尋找岳飛

史上第一混亂 卷三 天馬行空

作者：張小花
發行人：陳曉林
出版所：風雲時代出版股份有限公司
地址：10576台北市民生東路五段178號7樓之3
電話：(02) 2756-0949
傳真：(02) 2765-3799
執行主編：朱墨菲
美術設計：吳宗潔
行銷企劃：林安莉
業務總監：張瑋鳳

初版日期：2019年7月
版權授權：閱文集團
ISBN：978-986-352-687-2
風雲書網：http://www.eastbooks.com.tw
官方部落格：http://eastbooks.pixnet.net/blog
Facebook：http://www.facebook.com/h7560949
E-mail：h7560949@ms15.hinet.net
劃撥帳號：12043291
戶名：風雲時代出版股份有限公司

風雲發行所：33373桃園市龜山區公西村2鄰復興街304巷96號
電話：(03) 318-1378
傳真：(03) 318-1378
法律顧問：永然法律事務所 李永然律師
北辰著作權事務所 蕭雄淋律師

行政院新聞局局版台業字第3595號 營利事業統一編號22759935

定價：270元

國家圖書館出版品預行編目資料

史上第一混亂 / 張小花著. -- 初版. -- 臺北市：風雲時代, 2019.03- 冊； 公分

ISBN 978-986-352-687-2（第3冊：平裝）--

857.7 108002518